K. L. McCoy

Mein Leben als Fön

PIPER ORIGINAL

K. L. McCoy

Mein Leben als Fön

Abenteuerroman

Aufgeschrieben von Tilman Rammstedt,
Michael Ebmeyer, Florian Werner
und Bruno Franceschini

Piper München Zürich

Originalausgabe
November 2004

Satz: Filmsatz Schröter GmbH, München
Druck und Bindung: Clausen & Bosse, Leck
Printed in Germany ISBN 3-492-27079-4

www.piper.de

Inhalt

Vorwort der Herausgeber

An einem Morgen im April 2001 erreichte uns ein Brief von K. L. McCoy. Unfrankiert und ohne Stempel, jemand musste ihn über Nacht persönlich bei uns eingeworfen haben. Neben einer kurzen handschriftlichen Notiz enthielt der Umschlag einen doppelbärtigen Schlüssel, auf seinem Griff eingestanzt die Ziffer 1. Unseren übermütigen Mutmaßungen, wofür diese Zahl stehen könnte, auf welche Spur der Brief uns ansetzte, wohin das Ganze führen würde (zurück in die Schule, diesmal mit Supernoten? in ein Studio der ARD? an die Spitze einer Hitparade?), bereitete der beigelegte Zettel ein vorzeitiges Ende. Hastig hingekritzelt fanden wir darauf die Zeilen: *Ihr fragt euch vielleicht: Wo? / Ich sags euch: Bahnhof Zoo!* »Er spielt mit offenen Karten«, folgerten wir, fast ein wenig enttäuscht. Wir nahmen den Schlüssel an uns, stapelten das Frühstücksgeschirr in der Spüle, machten uns noch ein wenig frisch und begaben uns zur nächsten S-Bahn-Station. Unser Ziel: Zoologischer Garten.

Nummer 1 war das hinterste in einer langen unteren Reihe von Schließfächern, gegen Boden und Wand gedrängt. Schon von fern sprang uns das hektische Blinken der LED-Anzeige in die Augen. Wir mussten saftig nachzahlen, 99 Mark. Eigentlich hatten wir gedacht, Bahnschließfächer würden, wenn länger als zwei, drei Tage nicht geöffnet, polizeilich gesprengt, aber so rigoros schien die Durchsetzung nationaler Sicherheitsinteressen zumindest hier, am Bahnhof Zoo, nicht betrieben zu werden. Man darf ja auch nicht vergessen: Der elfte September stand noch bevor. Hastig begannen wir Geld zu wechseln, Kaugummi zu kaufen und Passanten anzuhauen, gaben rasch noch vor der Gedächtniskirche zur Gitarre ein paar italienische Partisanenlieder zum Besten – dann hatten wir die nötigen Münzen beisammen. Mit zittrigen Händen warfen wir sie abwechselnd in den Schlitz, doch als sich die Schließfachtür endlich entriegelte, blickten wir in eine ernüchternde Leere.

Es ist schwer zu rekonstruieren, was uns bewog, nicht gleich enttäuscht wieder nach Hause zu gehen; vielleicht war es ein Grundvertrauen in K. L. McCoy, vielleicht unsere fehlenden Pläne für den späteren Vormittag, vielleicht eine glückliche Mischung aus beidem. Jedenfalls begannen wir nach der anfänglichen Bestürzung, das leere Fach eingehender zu untersuchen. Tilman leuchtete es mit seinem Feuerzeug aus, Bruno sicherte Fingerabdrücke, Michael fotografierte digital, und Florian kroch sogar hinein; schon ragten nur noch seine Füße aus dem metallenen Schacht. »Es nimmt gar kein Ende«, ließ seine Stimme sich dumpf aus der Wand vernehmen, und: »Wow.« Keine Frage: Man konnte ihn da drin nicht allein lassen, wir mussten alle mit. Nachdem wir einig geworden waren, dass uns niemand beobachtete, traten wir gemeinsam ein Abenteuer an, wie es wohl die Herausgeber noch keines anderen Buches erlebt haben.

Durch feuchtwarmes Dunkel robbten wir wenigstens fünf, sechs Meter vorwärts, dann weitete sich der enge Gang. Wir konnten uns aufrichten, bequem stehen, fanden uns in einem großzügigen Gewölbe wieder. Ungläubig ertasteten wir einen Lichtschalter, der eine Deckenleiste voll mattgrau eingefasster Halogenstrahler aktivierte.

Die Höhle hatte die Ausmaße einer halben Loftetage; ein Ensemble neben das Eingangsloch gelehnter Spitzhacken und Spaten bestärkte uns in der Annahme, dass sie dem Gestein in hartnäckiger Handarbeit abgetrotzt worden war. Die Wände ragten roh und felsig, nur zu unserer Rechten waren einige unregelmäßige Bahnen Raufaser weiß angeklebt worden. Dort hing, in Tannenholz gerahmt, der als Stickerei ausgeführte Spruch *Fünf sind geladen, zehn sind gekommen, gieß Wasser zur Suppe, heiß alle willkommen.* Außerdem waren an der Tapete drei Autogrammposter aus der ersten Staffel von *Popstars* befestigt, und zu Füßen der Wand fanden wir eine pinkfarbene Luftmatratze, davor einen Fernseher jüngster Generation und einen hauptsächlich aus Überresten eines Haartrockners und einer Kuchengabel zusammengefummelten, tadellos funktionierenden Premiere-Decoder. Ein Stück entfernt surrte ein amerikanischer Kühlschrank; auch ein Gaskocher, ein Gewürzregal, etliche Konserven und ein Vorrat an Getränken sprangen uns ins Auge.

Und hinter all dem konnte, wenn man uns fragte, kein anderer stecken als K.L. McCoy selbst. »Eine Meisterleistung«, da waren wir uns einig. Aber mochte der Grund, aus dem McCoy uns den Schlüssel zu diesem unfassbaren Refugium hatte zukommen lassen, allein darin liegen, dass er für seine tunnelbaulichen, gewölbesprengerischen oder innenraumgestalterischen Fertigkeiten bewundert werden wollte? Wohl kaum, auch wenn ihm eine gewisse Eitelkeit, soweit wir wussten, nicht fremd war. Er musste noch irgendeinen weiterreichenden Zweck verfolgt haben, indem er uns herlockte – das war unsere Überzeugung.

Um die Luftmatratze verstreut lagen einige Bücher, doch nichts darunter, was uns entscheidende Anhaltspunkte gegeben hätte: ein zerfleddertes, mit zahllosen Unterstreichungen und Anmerkungen versehenes *Sorge dich nicht – lebe!*, ein nicht minder strapaziertes Exemplar von Maurice Sendaks *Wo die wilden Kerle wohnen*, eine noch eingeschweißte Goethe-Gesamtausgabe. Nein, das eigentliche Geheimnis lag wohl nicht in dieser Ecke der Höhle, der »Ecke Edelkirsch«, wie wir sie in Anlehnung an eine hinter dem Fernseher aufgebaute Pyramide leerer Flaschen zu nennen begannen.

Also wandten wir unsere Aufmerksamkeit einem Vorhang von zerschlissen violettem Brokat zu, der im annähernd rechten Winkel zur Leiste mit den Halogenstrahlern raumteilend durch die Höhle gezogen war. Als wir den schweren Stoff zur Seite schlugen, erblickten wir an der Rückwand des Gewölbes zunächst eine größere Anzahl Pappkartons, zu mehreren gut mannshohen Stapeln geschichtet. Die mit schwarzem Faserschreiber ausgeführte Beschriftung – *Jugendsünden; 3167 bis 884 v. u. Z.; Meine hundert schönsten Schaltjahre; Wetterdaten Kaukasus Frührenaissance bis Rokoko; Lustige Streiche zw. Romantik & Postmoderne* und so fort – verwirrte uns eher, als dass sie uns weiterhalf. Doch sobald wir den ersten Karton geöffnet hatten, wussten wir: Dies war eine Weltsensation, aber hallo.

Wir stießen auf Handschriften in den unterschiedlichsten Formen: Papyrusrollen, Pergamente, Büttenbogen, Stein- und Wachstafeln, DIN-A4-Blöcke holzfrei, liniert, kariert und blanko, Knotenschnüre, zierliche Stelen, Nadeldruckerschlangen, dazwischen ein Wust von Notizen auf Bierfilzen, Fahrscheinen, Theaterprogrammen, Servietten, Manschetten, Ablasszetteln. Ebenso beispiellos die Vielfalt der verwendeten Sprachen: Von Aramäisch über Swahili und Dakota bis Sanskrit reichte die Spannbreite schon bei flüchtiger Durchsicht; von Hieroglyphen, Keilschriften und nie gehörten rätoromanischen Dialekten einmal ganz abgesehen. Und ohne Scheu hatte der Sammler oder Verfasser (wie wir richtig annahmen, handelte es sich um ein und dieselbe Person) unter all die Schriftdokumente auch andere Speichermedien gemischt – wir entdeckten Schellackplatten, Ton- und Videobänder aller bekannten Systeme, Daguerreotypien, Disketten jeden Zollmaßes sowie Spulen mit Magnetbändern, groß wie Krakenaugen, die zu einem Computer im Format eines Kleiderschranks zu gehören schienen, der neben den Kartons an der Wand stand.

Doch unerhörter noch als die schiere Fülle des Materials: Alles, was wir hier vor uns sahen, war zweifellos das Werk K. L. McCoys. Erinnerungen, Betrachtungen, Selbststilisierungen – ein schriftstellerisches Vermächtnis von nie gekanntem Umfang.

Nachdem uns die Bedeutung unseres Fundes klar geworden war und wir uns in der McCoy'schen Behausung ein wenig eingelebt hatten, begann unsere eigentliche Arbeit: das Erfassen, Sortieren und Einordnen, das Übersetzen und Entschlüsseln – und immer wieder: Staunen. Staunen über die Reichhaltigkeit und Tiefe der Jahrtausende umfassenden Lebenserfahrung unseres Autors. Staunen über seine alle Facetten irdischen Daseins durchdringenden und doch stets herzlich menschelnden Gedanken und Einsichten. Staunen über das gänzlich neue Licht, in welchem uns diese Aufzeichnungen die Literaturgeschichte und die Welt erscheinen lassen. Staunen aber auch über die Behaglichkeit der Luftmatratze und über die Programmvielfalt von Premiere.

So wollen wir es nun wagen, der Öffentlichkeit einen ersten, wenn auch zwangsläufig unzureichenden Einblick in das Schaffen des K. L. McCoy zu geben. Dass einem derart inkommensurablen Œuvre, wenn überhaupt, nur eine zigbändige historisch-kritische Ausgabe gerecht werden könnte, ist den Herausgebern dieses bescheidenen Büchleins schmerzlich bewusst. Doch durch unermüdliche Appelle an unseren Wirklichkeitssinn sowie eine Verdreifachung des Garantiehonorars konnte der Verlag uns dieses Ansinnen ausreden, sodass wir uns – vorerst – mit der hier vorliegenden kleinen Auswahl aus McCoys Schriften zufrieden geben wollen. Den Gewinn freilich haben die Leserin und der Leser.

Begleiten Sie also McCoy mit uns durch die Etappen und Epochen seines bisherigen Wirkens. Reiten Sie mit ihm durch die Weiten des Hunnenreichs, segeln Sie mit ihm durch die Karibik, schießen Sie mit ihm auf die Sonne. Und, nur zu, verstricken Sie sich mit ihm in amourös-kulinarische Leidenschaften, durchleben Sie mit ihm seine seltsame Obsession für den Fön in allen Schattierungen, und kommen Sie dann bitte wieder gut in der Ihnen vertrauten Gegenwart an. Uns aber bleibt an dieser Stelle nur zu sagen: Danke, McCoy, wo immer du jetzt bist.

Berlin, im Sommer 2004

Phoinos

Der wohl erste echte Höhepunkt in K. L. McCoys literarischem Schaffen stammt aus der Blütezeit der griechischen Kultur. Gegen Ende des fünften Jahrhunderts vor unserer Zeitrechnung hielt er sich in Athen auf, und in dieser Phase verfasste er den folgenden Dialog, hinter dessen Hauptfigur Phoinos *sich ohne Zweifel McCoy selbst verbirgt. Wir erleben ihn zunächst in der Begegnung mit einigen Athener Bürgersöhnen; das Kernstück des Texts bildet jedoch ein Gespräch, das* Phoinos *mit dem Philosophen Sokrates führt. Mag der Dialog auch an gedanklicher Tiefe mit anderen Schriftzeugnissen der griechischen Klassik nicht ganz mithalten können, so darf er doch in zweierlei Hinsicht als herausragend gelten: Zum einen stellt er eine frühe Erörterung eines Lieblingsthemas von McCoy dar; zum anderen handelt es sich um das einzig belegte Streitgespräch mit Sokrates, aus dem dieser nicht als Sieger hervorgeht.*

Arglos. Woher des Weges, mein lieber Phoinos? Gewiss nicht anderswoher, als von der Jagd auf eines Knaben Schönheit!
Phoinos. Keineswegs.
Lipglos. Vom Markt womöglich?
Phoinos. Durchaus nicht.
Dralon. Oder von der Akropolis?
Phoinos. Nimmermehr.
Lipglos. Dann vielleicht …
Phoinos. Ich komme vom Strand, beim Pluto!
Dralon. Welche Überraschung. Und warst du dort allein, oder in Gesellschaft?
Phoinos. Ich ging allein dorthin, um meine Ruhe zu haben. Doch dann traf ich Sokrates.
Arglos. Sokrates? Den weisesten aller Menschen? Der kürzlich erst bewiesen hat, dass der Schwächere in Wahrheit der Stärkere

sei, dass Äbte niemals Heu mähen, sondern immer nur Gras, und dass man Fisch auf keinen Fall in Monaten essen darf, die den Buchstaben *rho* enthalten?

Phoinos. Ebenden.

Arglos. Und du erzählst uns nichts von diesem Beisammensein? Du musst.

Phoinos. Nur ungern. Mir scheint auch, ich könne mich nur schemenhaft erinnern.

Lipglos. Hälfe eine Schale Wein deinem Gedächtnis vielleicht auf die Sprünge?

Phoinos. Eine Schale Wein, sagt ihr? So höret denn. Wiewohl die ganze Geschichte mit zu vielen Schalen Weins begann. Vergangene Nacht habe ich nämlich dem göttlichen Dionysos ein etwas zu großzügig bemessenes Trankopfer dargebracht und fand mich heute Morgen in einer übel beleumundeten Gegend von Piräus wieder, in einer Taverne, die ich nicht kannte, neben einer schnarchenden Hetäre, die ich noch nie gesehen hatte, und mit einem Rumoren im Kopf, als wäre meine Schädeldecke ein Tanzboden und darauf tollte eine Horde notgeiler Satyrn.

Ich stand also auf, schlich mich aus dem Haus, nicht ohne der Hetäre vorher den Verdienst der vergangenen Nacht aus dem Beutel stibitzt zu haben, und folgte ziellos meinen Schritten, die mich schließlich ans Meer führten. Ein wenig frische Luft wird mir gut tun, dachte ich, legte mich in den Sand, schloss die Augen und ließ mir den Seewind um den schmerzenden Schädel streichen. Aber kaum war ich eingenickt, als ich durch kalte Wassertropfen, die mir auf den Bauch fielen, aus meinem Schlummer gerissen wurde. Ich öffnete die Augen und sah keinen anderen als unseren Freund Sokrates, der sich triefnass und mit nichts als einem ironischen Lächeln bekleidet über mich beugte. Ihr wisst, er ist ja eigentlich ein netter Kerl, stellt jedoch pausenlos dumme Fragen, und das war das Letzte, was ich in meinem Zustand gebrauchen konnte.

Glück zu, mein lieber Phoinos, sprach er. Ich kam gerade

vom Schwimmen und wollte meine morgendlichen Leibesübungen verrichten, als ich dich hier liegen sah. Habe ich dich eigentlich schon gefragt, ob man Fisch in Monaten essen darf, die den Buchstaben *rho* enthalten?

Ja, brummte ich. Und würdest du mich jetzt bitte in Ruhe lassen? Die Satyrn in meinem Kopf tanzen nämlich Sirtaki.

Aber Sokrates schien mir nicht richtig zugehört oder die Bedeutung meiner Rede nicht richtig verstanden zu haben, denn er fragte mich daraufhin, ob mir schon einmal die verblüffende Ähnlichkeit zwischen ihm und diesen bocksbeinigen Wesen, die in meinem Schädel hausten, aufgefallen sei, und ob ich eigentlich wisse, dass die Satyrn Halbgötter seien, und ob ich nicht dankbar dafür sein wolle, dass mir göttliche Wesen innewohnten, weil das ein Schicksal sei, welches nur ganz wenigen Menschen – wie zum Beispiel ihm, Sokrates – beschieden sei, bis er endlich von einem heftigen Niesanfall unterbrochen wurde.

Sieh dich an, mein lieber Sokrates, sprach ich. Alles vermagst du zu hinterfragen, alle Menschen kannst du mit deinen Rätsel- und Scherzspielen in den Wahnsinn treiben, aber du bist nicht einmal in der Lage, eine drohende Erkältung abzuwenden.

Wie sollte das auch vor sich gehen?, fragte er.

Nun, erwiderte ich und deutete auf seinen tropfenden Bart und sein klatschnasses Haupthaar: Wenn es eine Methode gäbe, das Trocknen deiner stattlichen Haarpracht zu beschleunigen, dann wäre dir während deiner morgendlichen Leibesübungen nach dem Bade nicht kalt, und du würdest dich daher auch nicht so schnell erkälten.

Das ist allerdings einleuchtend, entgegnete Sokrates. Allein, wie sollte das vonstatten gehen, außer durch das Abreiben überschüssigen Wassers mithilfe flauschiger Tücher, wie ich es immer praktiziere?

Zum Beispiel, sprach ich, durch einen Haartrockner.

Durch einen Haartrockner?, fragte Sokrates und lächelte sein selbstgefälligstes Lächeln. Das musst du mir erklären, mein lieber Phoinos. Denn ich bin ein völliger Fremdling in solchen Dingen und bin zwar der Weiseste von allen, aber dennoch nicht wirklich weise.

Wohlan denn, sagte ich und beschattete meine Augen gegen den Zugriff der rosigfingrigen Morgenröte, während Sokrates sich neben mir in den Sand setzte.

Angenommen, lieber Sokrates, du steigst nach deinem morgendlichen Bade aus dem Wasser: Wird dein Haar dann schneller trocken, wenn die Sonne scheint, oder wird es schneller trocken, wenn sie nicht scheint?

Wenn sie scheint, erwiderte Sokrates.

Die Wärme der Sonne beschleunigt also das Trocknen deiner Haare. Oder etwa nicht?

Mir wenigstens will es so vorkommen, antwortete Sokrates.

Und wie verhält es sich mit dem Wind?, fragte ich weiter, während die Morgenbrise ermutigend in meinem Bart spielte und mich in meinen kühnen Gedanken beflügelte. Trocknen deine Haare schneller, wenn der Wind weht oder wenn er nicht weht?

Wenn er weht, entgegnete Sokrates.

Also scheint das Wehen des Windes das Trocknen deiner Haare, welches die Wärme der Sonne bewirkt, noch zu verstärken. Oder verhält es sich anders?

Auch ich, sprach Sokrates, teile diese Meinung, so gut ich eben kann.

Nun ist es aber doch so, fuhr ich fort, dass du zwar jeden Morgen zum Schwimmen gehst, dass aber nicht jeden Morgen die Sonne scheint und ein Wind weht, um deine Haare zu trocknen?

Freilich, erwiderte Sokrates und runzelte die Stirne.

Wenn man aber nun hier am Strand einen Raum erbaute, in dem ein solcher warmer Wind, wie er an manchen Tagen vom Meer her bläst, künstlich erzeugt würde, könntest du deine Haare bei jedem Wetter trocknen und wärst nicht ständig erkältet. Oder etwa nicht?

Unbedingt, sagte Sokrates und unterdrückte ein Niesen. Wie aber, fragte er, nachdem er sich die Nase am Handrücken abgewischt hatte, könnte ein solcher Raum zum Trocknen der Haare beschaffen sein? Und wo wolltest du ihn bauen?

Nimm etwa jene Höhle dort drüben zwischen den Felsen, sprach ich und deutete auf einen Spalt in den Klippen hinter dem Strand. Vergleiche dir den Haartrockner mit folgendem Zustande. Sieh nämlich Menschen mit nassen Haaren in dieser unterirdischen Wohnung sitzen, die einen gegen das Meer geöffneten Zugang längs der ganzen Höhle hat.

Ich sehe, sagte Sokrates und zupfte nervös an seiner linken Brustwarze herum.

Wärme, fuhr ich fort, erhalten die Menschen von einem großen Feuer, welches am Eingang der Höhle entfacht wird und hinter ihnen brennt. Zwischen dem Feuer und den Menschen mit den nassen Haaren geht obenher ein Weg, auf welchem eine Reihe von Sklaven steht. Einige der Sklaven halten große Palmwedel in den Händen, andere bewegen Räder mit länglichen Leinwänden, wie sie etwa an Windmühlen zu finden sind. Mithilfe dieser Werkzeuge fächeln sie die heiße Luft, welche das Feuer erzeugt, in das Innere der Höhle, sodass sie den Menschen, welche dort stehen, wohltuend durch die nassen Haare bläst.

Ein gar wunderliches Bild, sprach Sokrates, stellst du dar.

Wunderlich, sagte ich, gewiss, für einen Menschen, der gewohnt ist, seine Haare im Licht der Sonne und an der frischen Luft zu trocknen. Aber meinst du nicht, dass ein solcher Mensch, wenn man ihn zwingen würde, sich in diesen Haartrockner hineinzubegeben, wenn man ihn nötigte, sich mit dem Rücken gegen das Feuer zu setzen: dass ein solcher Unwissender bald die Vorzüge dieser Einrichtung erkennen und sie fortan täglich in Anspruch nehmen würde?

Das würde er ganz entschieden, sagte Sokrates knapp, und ihm war anzusehen, dass er sich ärgerte, nicht selbst auf diese Idee gekommen zu sein.

Und welcher wäre nun der weisere Mann?, fragte ich: derjenige, der die Trocknung seiner Haare von Wind und Wetter abhängig macht und sich dabei unfehlbar jeden Winter einen fürchterlichen Schnupfen holt? Oder derjenige, der das Trocknen seiner Haare mithilfe einer solchen von warmen Winden durchfluteten Höhle beschleunigt und sich daher auch bei schlechtem Wetter bester Gesundheit erfreut?

Der Letztere, gestand Sokrates ein und knirschte mit den Zähnen. Und da ich mit meinen Ausführungen nun am Ende war und Sokrates nur grimmig vor sich hin starrte, entstand ein unbehagliches Schweigen.

Aber sage mir, mein lieber Phoinos, begann Sokrates nach einigen Minuten, während derer er wieder geistesabwesend an verschiedenen Teilen seines Körpers herumgespielt hatte: Gesetzt den Fall, dieser weise Mann, der sich von den Launen des Wetters unabhängig zu machen trachtet, sei sogar weiser als jener Mann – dabei hob sich ein wenig sein Brustkorb –, von dem selbst das Orakel in Delphi behauptet, dass er allen anderen Menschen an Weisheit überlegen sei. Gäbe es irgendein Wesen im Kosmos, das noch weiser wäre als er?

Gewiss, sprach ich.

Wie nun?, fragte Sokrates und tat erstaunt. Wer wäre denn noch weiser als einer, der weiser ist als der weiseste Mensch?

Natürlich die Götter, sagte ich.

Ganz recht, mein lieber Phoinos, sagte Sokrates: die Götter. Und deshalb verrate mir noch eines: Wer ist es, der über den lieblichen Westwind befiehlt?

Zephyros, antwortete ich.

Das lässt sich hören, erwiderte Sokrates. Und wer gebietet über die Sonne?

Helios.

Unfehlbar. Und was, fragte Sokrates, als ob er die Antwort nicht selber wüsste, sind diese beiden, Zephyros und Helios, welche die Macht über den Wind und die Sonne innehaben:

Sind es Menschen? Tiere? Pflanzen? Steine? Oder sind es vielleicht doch eher Götter? Nun? Antworte mir, mein lieber Phoinos, es ist ja keine schwere Frage. Es sind Götter, nicht wahr?

Ja.

Auch mir will es so vorkommen. Es sind also die Götter, welche den Wind zum Blasen und die Sonne zum Scheinen bringen, rekapitulierte er in seiner umständlichen Art. Und wir haben doch zugestanden, dass diese weiser sind als der weiseste Mensch, wer immer das auch sei. Oder nicht?

Das haben wir.

Wohlan denn, sagte Sokrates. Meinst du nicht, mein lieber Phoinos, dass die unsterblichen Götter, von denen wir beide übereinstimmen, dass sie weiser sind als der weiseste Mensch, schon längst einen solchen – er stieß verächtlich Luft durch die Nase – »Haartrockner« ersonnen hätten, wenn sie wollten, dass wir Menschen uns seiner bedienen? Und meinst du nicht, dass die allmächtigen Götter zürnen würden, wenn wir uns anmaßten, sie an Weisheit zu übertreffen? Wenn wir versuchten, uns über sie zu erheben, indem wir ihre Geschenke, die Wärme der Sonne und das Blasen des Windes, missachteten und stattdessen Feuer durch eine Höhle fächelten? Und weißt du nicht, wie die unsterblichen Götter solche Freveleien zu bestrafen pflegen? Soll ich dir den Nachweis geben durch Mitteilung eines Mythos oder durch weitere begriffliche Erörterung? Wie nun? Was meinst du? Ist das nicht richtig gesagt?

Zum Glück hatte Sokrates diese Fragen so schnell hintereinander gestellt, dass es mir erspart blieb, wie üblich mit »gewiss«, »freilich« oder »unfehlbar« antworten zu müssen, zumal mir durch seine Rede ganz schwindelig geworden war und die Satyrn ihren Rundtanz in meinem Kopf beschleunigt hatten.

Wer aber, schloss Sokrates, wäre nach allem, was wir herausgefunden haben, der weisere Mann? Derjenige, der sich zum Haaretrocknen in eine verrauchte Grotte begibt und dadurch unfehlbar den Groll und die Strafe der Götter auf sich zieht?

Oder derjenige, der sich geduldig in den Ratschluss der Olympier fügt und das Trocknen seines Haars dem Wind und der Sonne überlässt?

Sokrates lächelte zufrieden, knuffte mich in die Seite und zwinkerte mir zu. Dann begann er, sich selbstgefällig durch das Haar zu streichen, zuerst durch jenes am Kopf, welches sein Gesicht wie das eines lüsternen Silens umrahmte, dann, zuerst mit der einen Hand, dann auch mit der anderen, durch jenes zwischen den Beinen, welches ein Körperteil umrahmte, das einem Silen, je länger Sokrates sich dort unten zu schaffen machte, desto mehr durchaus zur Ehre gereicht hätte.

Gepriesen seien die Götter!, rief er schließlich aus und sah mich mit verzückter Miene an. Wir dürfen nicht vergessen, dem Zephyr und dem Helios einen Hahn zu opfern! Meine Haare sind trocken! Überzeuge dich nur selbst. Und zu diesen Worten nahm er meine Hand und machte sich anheischig, sie an das Gewölle zwischen seinen Beinen zu legen.

Lipglos. Beim Zeus!

Arglos. Beim Hunde!

Dralon. Und was tatest du, lieber Phoinos?

Phoinos. Nun, wie ihr vielleicht wisst, musste ich schon früher, was ich an rednerischer Geschicklichkeit entbehre, bisweilen durch Gewandtheit im Ringkampfe wettmachen. Diese Fähigkeit kam mir auch heute wieder zugute. Ich ließ also den Sokrates zunächst gewähren und drehte ihm dann, als er sich schon am Ziele wähnte, mit einer schnellen Bewegung den Arm auf den Rücken. Dann stieß ich ihn bäuchlings zu Boden, gerade so wie die Fischer es tun, wenn sie morgens nach Piräus heimkehren und die Tunfische an Land werfen. Daraufhin packte ich den weisen Sokrates an seinen Barthaaren, die übrigens immer noch ein wenig feucht waren, und schleifte ihn unter dem johlenden Beifall einer Gruppe von Sophisten, die von unserem Gespräch angelockt worden waren, so lange über den Strand, bis er versprach, mich nie wieder anzufassen, und außerdem reumütig eingestand, dass der Stärkere tatsächlich der Stärkere sei, dass der Haartrockner eine praktische und ungemein weise Idee sei, welche die Götter sicherlich gutheißen würden, und dass man Fisch, wenn er schmackhaft zubereitet sei und man genügend geharzten Weißwein dazu trinke, das ganze Jahr über essen dürfe. Schließlich gab er mir sogar zu, dass Äbte bisweilen auch Heu mähen, gesetzt den Fall, das Gras sei bereits am Stängel vertrocknet. Am Stängel vertrocknet, wiederholte er mit einem bedauernden Blick zwischen seine Beine und begann leise zu weinen.

Und das waren die letzten Worte dieses weisen Mannes, die ich vernehmen durfte, denn wenige Augenblicke später wurde ich von den Sophisten auf Schultern in die nächste Taverne getragen, wo ich den Nachmittag damit zubrachte, es den Halbgöttern in meinem Schädel gleichzutun. Und als ich von dort nach Hause wankte, traf ich euch, und hoffe nun, die zu Beginn unserer Unterhaltung gestellte Frage, woher des Weges ich gerade komme, zu eurer vollständigen Befriedigung beantwortet zu haben.

Lipglos. Das hast du, ganz entschieden.

Arglos. Weitaus.

Dralon. Unbedingt.

Lipglos. Mein lieber Phoinos, wir danken dir für dieses Gespräch.

Im Bilde

Wie bei Johann Wolfgang Goethe, Stefan Effenberg oder Günter Grass handelt es sich auch bei K. L. McCoy um eine echte künstlerische Doppelbegabung – »ein Segen, aber auch ein Fluch«, wie der Tausendsassa in einem Aufsatz zum Thema vermerkt (»Doppelbegabung – Segen oder Fluch?«, in: Vermischte Essays und Vortragsmanuskripte, *Kiste 12, Konvolut C). So besticht McCoy nicht nur als Schriftsteller von beispielloser Produktivität, sondern ebenfalls als überaus versierter Zeichner, Bildhauer und Maler. Was sein Werk allerdings von jenem der meisten anderen Künstler unterscheidet, ist seine fast vollständige Beschränkung auf ein einziges Sujet: Vielleicht aus Eitelkeit, vielleicht aufgrund bitterer Erfahrungen mit anderen Motiven, fertigt er seit der Antike, soweit uns bekannt, ausschließlich Selbstporträts an. Einzigartig auch die Weise, in der McCoy sein Œuvre der Kunstwelt zugänglich macht: So scheint er die meisten seiner Bildnisse, kurz bevor er sich einer alten Gewohnheit gemäß auf seinen gastronomischen Exkursionen durch ein Hinterfenster verabschiedete, als symbolisches Entgelt an der Tür der Herrentoilette hinterlassen zu haben.*

Selbstporträt Nr. 37

Acryl auf Leinwand, 35 x 35 cm

Privatbesitz

Selbstporträt Nr. 37 stellt McCoy in seiner Athener Zeit dar. Obwohl vermutlich mehr als zwei Jahrtausende später entstanden, zeugt die strenge Symmetrie der Komposition doch noch vom Einfluss der Plastik der archaischen Periode, die kurzen Hosen und der stolz erhobene Kopf hingegen weisen bereits auf den ausgeprägten Individualismus und das Ichbewusstsein des selbsternannten »Wellness-Philosophen« hin. Nur das Fehlen von Händen und Hals sowie die Schnitte durch Hüfte und Oberschenkel verraten etwas über die innere Zerrissenheit, die McCoy damals empfunden haben muss. »Mein Kopf sagt ja, mein Bauch sagt nein, meine Beine reden über das Wetter und mein Hintern enthält sich der Stimme«, wie er in einem Nachgedanken zum Dialog Phoinos *formuliert (»Über das Für und Wider von körperlicher Gewaltanwendung in philosophischen Auseinandersetzungen«).*

Die Geißel Gottes

Zu den besonders schwer zu rekonstruierenden Auftritten K. L. McCoys in der Welt- und Literaturgeschichte zählt seine immer noch rätselhafte Nebenrolle als Bloedelin *bzw.* Bloedel *im* Nibelungenlied. *Die Rolle ist denkbar klein. Bloedel wird in lediglich drei der insgesamt 34 Aventiuren des Epos erwähnt, und nur am Ende der 31. und zu Beginn der 32. Aventiure greift er in das Geschehen ein. In dieser Passage sucht die sich nach Rache für ihren ermordeten Mann Siegfried verzehrende Kriemhild, mittlerweile Gattin Etzels (der Name des Hunnenkönigs Attila im Nibelungenlied), nach einem Verbündeten, der für sie die Burgunder, insbesondere den Siegfriedmörder Hagen, umbringen soll. Bloedel erklärt sich für eine Belohnung in Form eines Landgebiets dazu bereit, begibt sich mit eintausend Mann zur Herberge der Burgunder, bekommt dort aber schon nach dem ersten Satz, den er an seine vermeintlichen Opfer richtet, den Kopf abgeschlagen. Glaubte die Nibelungenforschung lange Zeit, hinter der Figur Bloedel verberge sich Attilas Bruder Bleda, so gilt heute als sicher, dass es sich bei dem historischen Vorbild Bloedels nur um K. L. McCoy handeln kann, auch wenn in der Begründung für diese Theorie zwei Schulen miteinander konkurrieren.*

Die erste behauptet, McCoy sei einer der vielen Sänger des fünften und sechsten Jahrhunderts gewesen, die Urformen des Nibelungenlieds an den Höfen Mittel- und Nordeuropas vortrugen. Die Eigenart, sich dabei selbst als Charakter der Geschichte einzubringen, sei zwar unüblich gewesen, bei McCoy allerdings durchaus vorstellbar. Verschiedene Quellen berichten unabhängig voneinander von einem sagenhaft schlechten Sänger, der sich im ausgehenden sechsten Jahrhundert fast überall dadurch unbeliebt machte, dass er anderen Sängern ins Wort fiel und sie mit abweichenden Versionen verbesserte, in denen er selbst meist als einziger Überlebender übrig blieb (vgl. hierzu u.a. die exzellente Promo-

tionsschrift des Mediävisten Heinz-Rudolf Stuttner, Dilettantismus und One-Hit-Wunder, Versuch einer Annäherung, *Freiburg 1998). Auf diese Weise sei es McCoy gelungen, sich zumindest als Nebenfigur in die späteren Niederschriften des Nibelungenepos einzuschmuggeln.*

Die zweite Schule schlägt vor, McCoy habe sogar selbst im zwölften Jahrhundert an den Niederschriften mitgewirkt und diese zu seinen bzw. Bloedels Gunsten zu beeinflussen versucht. Hinweise hierfür liefert eine Handschrift D des Nibelungenlieds, die in der deutschen Romantik zeitweise kursierte, aber bald auf mysteriöse Weise verschwand. Darin kommt es zu einem von den ersten drei Handschriften abweichenden und für alle Beteiligten überraschenden Ende der Burgundergeschichte: Statt, wie sonst in der 32. Aventiure beschrieben, den Kopf abgeschlagen zu bekommen, besiegt Bloedel in einer langen und unnötig grausamen Schlacht allein das gesamte Burgunderheer, tötet anschließend in fast aussichtsloser Situation Hagen und Gunther mit einer Kuchengabel, heiratet Kriemhild und die spontan aus Worms nachgereiste Bruenhild, die beide in ihm den totgeglaubten Siegfried wiedererkennen, und feiert in 54 weiteren, stilistisch sehr fragwürdigen Aventiuren noch zahlreiche militärische, sportliche und amouröse Siege.

Eine dritte Möglichkeit wurde nie ernsthaft diskutiert, was sich durch einen hier erstmals abgedruckten Bericht McCoys ändern soll. In ihm werden seine eigenen Erlebnisse am Hof des Hunnenkönigs Attila geschildert, die über den Umweg des Atlilieds *schließlich auch Eingang in das Nibelungenepos gefunden haben könnten.*

McCoy hielt sich dem Bericht zufolge im Jahre 441 unter dem Namen Clausus als Gesandter des oströmischen Kaisers Theodosius II. für einige Tage an Attilas Hof im heutigen Ungarn auf. Theodosius hatte Attila 435 in einem Friedensvertrag die jährliche Zahlung von siebenhundert Pfund Gold zugesagt, die jeweils in den ersten Märztagen von einer schwer bewaffneten Eskorte von

Konstantinopel aus ins Hauptquartier der Hunnen am Fluss Tisza transportiert wurden. Theodosius' Gründe, im Jahre 441 McCoy (bzw. Clausus) mit dieser Aufgabe zu betrauen, sind ebenso rätselhaft wie McCoys Aufenthalt und Tätigkeit im Konstantinopel jener Zeit überhaupt. Fest steht, dass McCoy der ihm übertragenen Mission nicht gewachsen war, aber auch, dass wir dank seines Berichts im Besitz der neben den Schriften des Priscus von Panium einzig authentischen Quelle über Attilas Privatleben sind. Manche sprechen jetzt schon von einer geschichtswissenschaftlichen Sensation, andere von einem Debakel. Welches der beiden Urteile auch zutreffen mag – privathistorisch scheint für K. L. McCoy das Zusammentreffen mit Attila, auch wenn er es anscheinend erst mit einiger Verspätung in Worte fasste, ein unvergessliches Erlebnis gewesen zu sein, das ihn in seinen Auffassungen von materiellem Besitz und vor allem von aufopfernder Freundschaft nachhaltig prägte. Doch lassen wir ihn selbst zu Wort kommen:

Man hatte mir nicht zu viel versprochen. Die Pferde der Hunnen sind tatsächlich von unsagbarer Hässlichkeit, die ihren Besitzern aber nicht aufzufallen scheint. Im Gegenteil: Sie vergöttern ihre großköpfigen und langmähnigen Gäule und sind fast nie ohne sie anzutreffen. Auf dem Feld, in der Stadt, in den Geschäften und Tavernen, selbst in den Wohnstuben sitzen sie in ihren Sätteln, als ob sie mit ihnen verwachsen wären. Das war der erste Eindruck. Und ich bemühte mich, ihn als einen guten einzuordnen. Es schien mir ein albernes Völkchen zu sein. Das beruhigte.

Wir pausierten am Ufer des Tisza und warteten auf den Boten, der Attila unsere Ankunft melden sollte. Wir waren spät. Unsere Reise hatte sich durch einige Abkürzungen, derer ich mir eigentlich sehr sicher gewesen war, um fast eine Woche verlängert, was erstens die anfangs durchaus angenehme und teilweise sogar ausgelassene Stimmung innerhalb unserer kleinen Reisegruppe beeinträchtigte, zweitens unsere Proviantrationen auf ein zumindest für meine Bedürfnisse lächerliches Maß reduzierte, und drittens den ohnehin nicht herzlich zu erwartenden Empfang bei Attila wohl noch kühler gestalten würde. Attila, so hatte man mir erzählt, liebte es nicht, wenn man zu spät kam. Er liebte es auch nicht, wenn man zu früh kam. Oder während seiner Mittagsruhe. Oder schlecht angezogen. Im Grunde, hieß es, liebte er ohnehin wenig, höchstens sein Pferd und vielleicht, Völker zu unterwerfen. Sein Pferd aber noch am ehesten. Er war ein Mann, der Pferde mochte.

Es ist also verständlich, warum ich etwas unruhig am Tisza saß. Noch unruhiger als unsere Verspätung machte mich allerdings die Tatsache, dass sich in unseren Truhen statt der vereinbarten siebenhundert nur ungefähr sechshundertzwanzig Pfund Gold befanden. Nun gut, man kann sagen: »Siebenhundert, Sechshundertzwanzig – so groß ist der Unterschied nicht. Wer wird denn kleinlich sein. Vielleicht stimmt ja auch etwas mit unserer Waage nicht. Also, Schwamm drüber, heute wird gefeiert, sechshundertzwanzig sind doch auch eine ganze Menge«, aber bei allem, was mir über Attila erzählt worden war, erschien es mir als nicht sehr wahrscheinlich, dass er so etwas sagen würde.

Ich saß also unruhig am Ufer, kaute auf einem Stück Holz herum und sah immer wieder in die Richtung, aus der bald der Bote auftauchen musste, unschlüssig darüber, ob ich sein Erscheinen herbeisehnte oder fürchtete. Unsere Pferde tranken aus dem schmutzigen Fluss, die Truhen mit dem verbleibenden Gold waren zu einer Pyramide gestapelt, und um sie herum standen die schwer bewaffneten Wachen, die seit unserer Abreise kein Wort gesagt hatten und immer nur gleichmäßig lauernd alle Richtungen nach Gefahren absuchten. Ihr Anführer, Orestes, ein gleichermaßen hagerer wie unsympathischer Mann um die dreißig mit einer hohen lispelnden Stimme und der schlechten Angewohnheit, einem beim Sprechen immer am Brustkorb herumzustochern, beäugte mich argwöhnisch. Das tat er seit gestern Mittag fast pausenlos, als ich ihm den von mir gefälschten Brief Theodosius' gezeigt hatte, der bezeugen sollte, dass wir zwei der Truhen in einem von mir zu benennenden Versteck zwischenzulagern hatten. Wie sich herausstellte, wäre das ganze mühsame Fälschen gar nicht nötig gewesen, da weder Orestes noch einer seiner Männer lesen konnte. Umso mehr hatte er mich mit Fragen bedrängt.

Warum wir die beiden Kisten dann überhaupt mitgenommen hätten?

»Wegen Plan B«, antwortete ich in einem etwas herablassenden Ton.

»Plan B?«

»Nun, wenn Attila mit unserer Tributkürzung nicht einverstanden sein sollte und uns mit dem Tod droht, dann wäre der fehlende Betrag in Tagesfrist herbeigeschafft.«

Und warum er, Orestes, vorher nichts von dieser Tributkürzung erfahren hätte?

Ich versuchte, ihn möglichst mitleidig anzusehen, während ich ihm seufzend erklärte, dass der Plan natürlich strengster Geheimhaltung bedurfte.

»Warum?«

»Du musst mehr mitdenken, Orestes, und weniger fragen. Warum? Warum? Wie ein kleines Kind. Spione. Darum.«

»Was für Spione?«

»Attilas Spione natürlich, du Dummerchen.«

Aber Attila, wandte er ein, würde das Fehlen der Kisten doch ohnehin bemerken.

Das war ein Argument, das musste ich ihm lassen, und so schüttelte ich nur ungläubig lachend den Kopf und sagte, ich könne nur hoffen, dass seine militärischen Kompetenzen die diplomatischen überstiegen, Letztere seien anscheinend so erschütternd gering, dass es mir die Schamesröte in die Wangen treibe. Ich versprach ihm, Theodosius nichts von seinen Kinderfragen zu erzählen, und um dem Gespräch ein Ende zu bereiten, ergänzte ich noch einen angeblichen Zusatz des gefälschten Briefes, in dem es hieß, dass auf jeden, der diesen Befehl anzweifle oder seine Ausführung behindere oder hinauszögere, in Konstantinopel ein langer und qualvoller Tod warte. Das zeigte seine Wirkung, die stummen Wachen schafften die beiden Truhen in eine von mir ausgesuchte Höhle, Orestes knirschte dabei nur mit den Zähnen, sagte einige Male, dass er all das genau prüfen würde, darauf könne ich mich verlassen, und sah mich für den restlichen Teil der Reise nur noch finster von der Seite an. Das störte mich kaum. Ich war mir sicher, dass er all das prüfen würde, aber ich war mir ebenso sicher, zu diesem Zeitpunkt längst mit den achtzig Pfund Gold über alle Berge zu sein.

Der Bote kam und sah besorgt aus. Attila heiße uns, den Tribut umgehend in seinen Palast zu schaffen, und habe äußerst schlechte Laune. Der Palast lag noch ungefähr eine Stunde entfernt, und es wurde langsam Zeit zu überlegen, wie ich Attila das fehlende Gold erklären würde. Doch es fiel mir schwer, mich zu konzentrieren, da ich viel lieber an all die Dinge dachte, die ich mir mit dem Gold kaufen könnte. Ein Stück Land in Südgallien vielleicht, einen Palast, der ganz aus dem flauschigen Samt besteht, mit dem Theodosius immer angibt, oder meinen alten Traum, eine Sänfte so groß wie Rom. Ich beschloss, bei diesen Gedanken zu verweilen und mich, was Attila betraf, auf eine gelungene Mischung aus Glück und einer irgendwo in mir vermuteten Redekunst zu verlassen. Man muss vertrauen können. Auch manchmal sich selbst.

Ein nahezu geschmacklos edel angezogener Exil-Römer empfing uns im Palast, stellte sich als Constantius, Attilas persönlicher Sekretär vor, überwachte demonstrativ gelangweilt das Abladen der Truhen und ließ mich dann von einem Sklaven in mein Zimmer bringen, in dem ich ein wenig ruhen und auf Weiteres warten sollte. Ich vermutete, dass der Sklave absichtlich einen Umweg machte, um mit der Größe des Palastes zu prahlen. Das Ausmaß war aber auch das Einzige, womit man prahlen konnte. Ansonsten dominierte eine mehr als schlichte Eleganz, als Baumaterial hatte man sich für Holz entschieden, das mit zahllosen Decken als Wind- und Kälteschutz abgedeckt war. »Schön, dieser Naturstil. Gefällt mir. Wirklich«, lobte ich, doch der Sklave verstand mich anscheinend nicht oder wollte mich nicht verstehen oder hatte die Zunge herausgeschnitten bekommen, wie es in einer der vielen Erzählungen, die mir in Konstantinopel Angst vor Attila hatten machen sollen, behauptet wurde.

In meinem Zimmer befand sich außer einem Holzbett und einem Holzzuber mit kaltem Wasser nur eine Reihe von detailliert geschnitzten Holzfiguren, die allesamt einen kleinen untersetzten Mann mit einem außerordentlich großen Kopf darstellten. »Attila?«, fragte ich auf die Figuren deutend den Sklaven, der immer noch nicht reagierte, und so strich ich nur vorsichtig über ein paar der Holzköpfe und murmelte anerkennende Worte über die Kunstfertigkeit des Schnitzers. Der Sklave ließ mich allein, doch ich hörte, wie sich sofort zwei Wachen vor meinem Zimmer postierten. Das überraschte mich nicht, schließlich machte ich keinen Höflichkeitsbesuch, aber man wird verstehen, dass ich gehofft hatte, Attila würde auf dieses für meinen Geschmack etwas zu deutliche Misstrauenszeugnis verzichten. Der Gedanke an Flucht erschien mir jetzt außerordentlich verlockend. Leider waren die Wände robust und fensterlos, mein Schwert hatte man mir natürlich abgenommen, und das bisschen Geld, das ich bei mir trug, hätte kaum ausgereicht, um einen Bestechungsversuch wagen zu dürfen. Also tat ich das einzig Vernünftige: Ich legte mich aufs Bett und wartete ab. Wie immer in Situationen, die meine vollkommene Aufmerksamkeit erforderten, überkam mich eine unglaubliche Schwere, und ich versuchte nur kurz, gegen den gierigen Schlaf anzukämpfen. Mir träumte wirr von einem hölzernen Orestes, der auf meinem Brustkorb saß, immer wieder beteuerte, dass er alles prüfen werde und sich zu diesem

Zwecke anschickte, mir den Kopf aufzuschneiden. »Hier hast du es versteckt«, rief er dazu mit hoher lispelnder Stimme. Dann wechselte die Szenerie, und ein etwa zwei Ellen großer Attila ritt auf meinem Rücken und weinte immerzu: »Gib mir meine Legionen wieder«, dann schlug er mir auf mein Hinterteil und sagte mehrmals: »Attila wünscht dich zu sprechen«, und ich schrie: »Aber du sprichst doch mit mir«, doch er hörte nicht auf, bis ich erwachte und den geschniegelten Constantius neben dem Bett stehen sah, der mir mitteilte, dass Attila mich zu sprechen wünsche. Es war so weit. Show-Time.

Der Raum, in den mich Constantius, dessen Miene ich vergeblich auf mein Schicksal betreffende Hinweise absuchte, führte, war nur spärlich beleuchtet. Constantius deutete auf einen kleinen Holzstuhl in der Mitte und verschwand. Ich überlegte noch, auf welche Weise ich den Hunnenkönig zu begrüßen hätte, spielte mit dem Gedanken an einen Kniefall, verwarf das joviale »Grüß dich, Geißel Gottes«, als ich plötzlich hinter mir das Nahen eines Pferdes in gemächlichem Schritt hörte. Ich drehte mich um und sah Attila – die Ähnlichkeit mit den Holzfiguren war offensichtlich – in den Raum reiten. Er trug ein schlichtes weißes Kleid, die Haare zu einer Zwiebel hochgesteckt und einen Bart, dessen Pflege wohl stets einen guten Teil des Vormittags in Anspruch nahm. Er ritt noch ein wenig im Zimmer herum, brachte dann sein Pferd zum Stehen, saß aber nicht ab, sondern betrachtete mich eine Zeit lang, wohl mehrere Minuten, schweigend.

»Majestät«, setzte ich an, doch er ließ mich durch das Heben einer Augenbraue verstummen.

»Wir haben ein Problem«, sagte er schließlich in überraschend gutem Latein.

Ruhig bleiben, schärfte ich mir ein, soll er doch das Reden übernehmen, wenn er will. Und dieses »Wir haben ein Problem« lässt immerhin auf Gesprächsbereitschaft schließen. Wir sind einfach zwei erwachsene Männer, die nach einer Lösung suchen müssen. Das ist Politik. Auf höchster Ebene. Da werden keine Köpfe abgeschlagen. Da wird verhandelt. Überhaupt scheint er eigentlich ein ganz vernünftiger Mann zu sein, etwas pferdevernarrt vielleicht, aber nun gut, so ist er halt.

»Ich fürchte«, unterbrach Attila meine Gedanken, »dass mir nichts anderes übrig bleibt, als dir den Kopf abschlagen zu lassen.«

Ich versuchte ein Lachen und die Fassung zu bewahren. Jetzt sind die Dinge wenigstens klar, sagte ich mir. Jetzt ist es ausgesprochen. Das ist sein Standpunkt. Und jeder hat schließlich ein Recht auf einen Standpunkt. Mein Standpunkt ist, den Kopf dranzulassen und das Gold zu behalten, und man trifft sich irgendwo in der Mitte. Vielleicht bei einem Haarschnitt und der Hälfte des Goldes. Vor allem galt es, nichts zu überstürzen.

»Ich fürchte, ich verstehe nicht ganz«, sagte ich deshalb vorsichtig, doch anscheinend nicht vorsichtig genug, denn Attilas Pferd bäumte sich plötzlich auf, schlug einige Male mit den Vorderhufen bedrohlich in die Luft, tänzelte dann für ein paar Sekunden unruhig herum und schnaubte mich abschließend an. Attila verzog bei all dem keine Miene.

»Vielleicht verstehe auch ich nicht«, sagte er, »vielleicht musst du mir helfen, das zu verstehen. Denn ich möchte es gern verstehen. Wirklich. Dabei scheint alles so einfach: Ich habe siebenhundert Pfund gefordert und habe keine siebenhundert Pfund erhalten. So etwas nenne ich ein Problem.«

Ich versuchte, einen Fehler in seiner Ausführung zu entdecken, aber ich musste zugeben, dass es sich tatsächlich um einen klaren Sachverhalt zu handeln schien.

»Nun«, sagte ich so beiläufig, wie es mir möglich war, »vielleicht hat sich der gute Theodosius einfach verzählt. Er ist schließlich nicht mehr der Jüngste. Und unter uns: So richtig gut war er mit Zahlen noch nie. Wenn es sich so verhält, wie du sagst, reite ich am besten sofort zurück nach Konstantinopel und beschaffe den fehlenden Betrag. Das ist doch Ehrensache.«

Attila lächelte, und ein wenig Hoffnung stieg in mir auf. »Ich glaube nicht, dass Theodosius sich verzählt hat«, sagte er, das Lächeln noch immer auf den dünnen Lippen. »Und ich glaube auch nicht, dass ich dich einfach gehen lassen kann – leider«, fügte er hinzu.

Ich schlug vor, Orestes als Geisel hier zu lassen, wenn er auf Sicherheiten bestehe, doch Attila schien dieses Angebot nicht einmal ein Kopfschütteln wert zu sein. Er ritt ein wenig nach rechts, dann wieder nach links, sah mich an und sagte: »Ich weiß nicht, wie es dir geht, aber ich mag keine Probleme. Probleme machen mich müde. Ich will sie nicht um mich haben. Und ich will eigentlich auch nicht lange über sie sprechen. Theodosius kann zählen. Wenn Theodosius meine Forderungen nicht erfüllen wollte, dann hätte er mir gar nichts gezahlt. Nichts und nicht genug – das ist in diesem Fall dasselbe. Also habt ihr entweder das fehlende Gold auf dem Weg verloren, was sehr dumm wäre, oder es ist euch gestohlen worden, was bei der Größe eurer Eskorte noch dümmer wäre, oder du hast es, allein oder zusammen mit den anderen, irgendwo versteckt, was, verzeih mir, sogar unvorstellbar dumm wäre. Es ist mir auch egal, was davon stimmt, denn es ist auf jeden Fall ein Problem, und die Lösung dieses Problems ist auf jeden Fall, dir den Kopf abschlagen zu lassen.«

Ich konnte inzwischen das Gefühl, dass sich mein Magen feige aus dem Staub machen wollte und sich mehrere andere Organe bereits darauf vorbereiteten, ihm zu folgen, endlich als das erkennen, was es wirklich war: nackte Angst. Es sah nicht besonders gut für mich aus. Es sah sogar überhaupt nicht gut für mich aus. Ich versuchte, meine Situation als Herausforderung anzusehen, aber es schien, als ob sich mein Ehrgeiz zurückgelehnt hätte, um amüsiert zu fragen, wie ich da wohl wieder rauszukommen gedenke, und, nüchtern betrachtet, war das sogar eine angemessene Frage. Ich brauchte vor allem eines: Zeit. Zeit, um mir irgendeinen Plan auszudenken, von mir aus auch einen schlechten Plan, Hauptsache einen Plan.

»Und was dann?«, fragte ich, um das Gespräch in Gang zu halten, denn Gespräch bedeutete in diesem Fall: Der Kopf ist noch dran. Attila verstand meine Frage nicht und sein Pferd, das auf rätselhafte Weise mit seinem Reiter synergetisch verbunden zu sein schien, auch nicht. Beide schauten mich nur überrascht an.

»Was machst du, nachdem mir der Kopf abgeschlagen wurde?«, führte ich meine Verlegenheitsfrage aus.

Attila runzelte die Stirn. Sein Pferd versuchte, es ihm gleichzutun. »Ich weiß nicht«, sagte er schließlich, »das Übliche, schätze ich. Regieren, so etwas ist anstrengend, das braucht viel Zeit. Vielleicht auch ein wenig Reiten, mich um Dinge kümmern.«

»Aber das verändert doch nichts. Das Gold bekommst du dadurch nicht wieder.«

»Ich könnte dich natürlich foltern lassen, bis du mir sagst, wo es ist«, schlug er vor.

Das war ein Schritt in die richtige Richtung. Ich würde bei der ersten Berührung alles gestehen, Attila hätte das Gold, ich den Kopf, und morgen schon würden wir über alles lachen.

»Aber«, fuhr er fort, »ehrlich gesagt brauche ich das Gold nicht besonders dringend. Und Foltern ist etwas, das ich nicht so gern mache. Das Schreien und Erbrechen und all das. Das liegt mir nicht mehr so.«

»Aber Kopfabschlagen, das findest du in Ordnung, wie?« Das Gewagte dieser Frage erschien mir notwendig, ich musste ihn schließlich fordern, in Widersprüche verwickeln, Zweifel erzeugen. Attila schien aber wenig beeindruckt. Überhaupt hatten sich seine Gesichtszüge im Laufe unseres Gesprächs immer weiter entspannt, von der anfänglichen nervösen Verkniffenheit war jetzt nur noch ein leicht besorgter, ja beinahe melancholischer Zug auf der Stirn übrig, und auch sein Pferd schabte nur noch gelegentlich mit den Hufen auf dem Boden.

»Nein«, sagte er, »Kopfabschlagen ist auch keine große Freude. Aber schließlich geht es hier um eine Frage des Anstands. Es gibt einfach Grundregeln des Miteinanderumgehens, ohne die alles zusammenbrechen würde.«

Ich bildete mir ein, dass diese Idee des Zusammenbruchs für einen Moment ein lustvolles Flackern in seinen Augen verursachte.

»Natürlich«, sagte ich, als ob ich mit dieser Antwort gerechnet hätte, »der Anstand. Das ist jedoch so eine Sache mit dem Anstand.«

Attila hatte darüber noch nie nachgedacht. Er sah mich fragend an.

»Man muss«, erläuterte ich, »schließlich immer die Beweggründe und die Ziele von anständigem Verhalten berücksichtigen. Es mag zwar anständig erscheinen, mir den Kopf abzuschlagen, weil ich ein bisschen zu wenig Gold mitgebracht habe, aber ist es anständig, das Gold gefordert zu haben, obwohl du es gar nicht brauchst?«

»Natürlich. Ich musste doch etwas fordern. So ist das nun einmal in der Politik. Die Regeln sind nicht von mir gemacht.«

»Was wäre geschehen, wenn die Forderung zurückgewiesen worden wäre?«

»Dann hätte es weiter Krieg gegeben, ich hätte noch ein wenig erobert und gebrandschatzt, bis die Forderung schließlich erfüllt worden wäre.«

»Und wenn du das Gold gar nicht brauchst, warum hast du das dann nicht einfach getan?«

Attila streichelte ein wenig in der fast bis zum Boden reichenden Mähne seines Pferdes herum. »Eine Zeit lang ist es ganz schön, das Erobern und Brandschatzen. Aber irgendwann wird selbst das ein wenig eintönig.«

Da saß sie, die Geißel Gottes, ein wenig versunken im Sattel ihres hässlichen Gauls, und beide schauten auf denselben Fleck auf dem Boden.

»Früher«, sagte er leise, »früher, da konnte ich mir nichts Schöneres vorstellen als den Krieg. Die Schreie, das Klagen, das Weinen, das Winseln um Gnade, das war Musik, das war das meisterhafteste Kunstwerk, das ich mir vorstellen konnte. Aber heute schmerzt es nur ein wenig in den Ohren, ich höre kaum mehr hin. Früher, da war jeder Fuß eroberten Bodens ein ganzes Königreich, und heute habe ich längst den Überblick verloren, was mir gehört und was noch nicht oder nicht mehr. Es ist, als läge ein Teppich auf meiner Seele, sodass alles nur gedämpft zu ihr durchdringt.«

Er sah mich an, als wolle er sich davon überzeugen, dass ich dieses Bild, von dem ich vermutete, dass er es schon einige Male gebraucht hatte, in seinem Tagebuch zum Beispiel, verstanden hatte, und ich nickte mitfühlend, um diesen unverhofften Moment der Intimität zu verlängern. Ich musste ihn reden lassen, das war die Zeit, die ich so dringend benötigte.

»Manchmal«, fuhr er fort, »ertappe ich mich bei dem Gedanken, mich aus all dem zurückzuziehen, einfach das Reich meinem Bruder zu überlassen und mich etwas ganz anderem zu widmen. Der Pferdezucht zum Beispiel. Oder der Poesie. Ich habe als junger Mann ganz gern geschrieben. Natürlich nichts Großes, nur so für mich, aber es hat mir viel bedeutet. Ist dieser Wunsch nicht albern?«

»Ganz und gar nicht«, beeilte ich mich zu widersprechen, »es kommt schließlich der Punkt im Leben eines Mannes, an dem er auf seine innere Stimme hören muss.«

Er nickte mich dankbar an, dann sank sein Blick wieder zu Boden. »Leider ist das aber nicht möglich«, sagte er. »Leider wäre das selbstsüchtig. Unter meinem Bruder wäre in wenigen Jahren nichts mehr vom Hunnenreich übrig. Nein, ich muss das selbst machen, ob es mir gefällt oder nicht.«

In diesem Moment trat Constantius in den Raum. Der Henker wäre dann so weit, meinte er in einem für meinen Geschmack etwas zu sachlichen Ton. Attila nickte. »Wir kommen«, sagte er, und zu mir gewandt: »Es war schön, mit dir zu plaudern.« Er machte Anstalten, aus dem Zimmer zu reiten.

»Moment«, sagte ich. »Moment.«

Attila drehte sich zu mir um.

»Willst du wirklich so weitermachen?«

»Womit?«, fragte er.

»Mit diesem ewigen Kreislauf. Mit dem Befolgen von Regeln, die du nicht gemacht hast. Damit, dich immer abzufinden. Immer nur anständig zu sein.« Attila zuckte mit den Schultern.

»Du bist doch noch jung«, sagte ich, »und du bist der mächtigste Herrscher der Welt. Alle träumen von deiner Position, aber du genießt sie nicht einmal. Sei doch mal verrückt. Mach das, wonach dir der Sinn steht.«

Constantius räusperte sich. »Können wir jetzt?«, fragte er. Attila nickte.

»Schau«, rief ich aufgebracht, »dein Sekretär sagt dir, was zu tun ist. Und er ist besser gekleidet als du.« Constantius sah mich angewidert an, doch Attila hielt inne, und drehte sein Pferd wieder in meine Richtung.

»Was dir fehlt«, fuhr ich fort, »ist ein wenig Spaß an den Dingen. Du musst mehr auf deine Bedürfnisse achten. Du forderst Gold, weil man es eben fordert. Du schlägst mir den Kopf ab, weil man mir eben den Kopf abschlagen muss. Und wenn Constantius ruft, dann spurst du. Was bist du? Ein gefürchteter Herrscher oder ein Sklave?«

»Ein gefürchteter Herrscher«, sagte Attila leise.

»Wie bitte?«

»Ein gefürchteter Herrscher«, sagte Attila etwas lauter.

»Ich kann dich nicht verstehen.«

»Ein gefürchteter Herrscher«, rief Attila jetzt, und sein Pferd warf dazu den Kopf in die Höhe.

»Genau das bist du. Und was macht ein gefürchteter Herrscher?«

Die Unsicherheit kehrte für einen Moment in Attilas Augen

zurück. Er zuckte mit den Schultern. »Was er will«, soufflierte ich ihm.

»Was er will«, wiederholte Attila, »genau, ich tue, was ich will. Aber«, fragte er dann vorsichtig, »was will ich denn genau?«

»Als Erstes willst du den Trottel da wegschicken«, sagte ich, und deutete auf Constantius.

»Schaff dich weg, Trottel«, befahl Attila. Constantius hob an, etwas zu sagen, gehorchte dann aber.

»Und dann willst du dir zusammen mit mir den Bauch voll schlagen und dazu mehr als den üblichen Becher Wein trinken. Schau dich an, wie mager du bist. So sieht kein Herrscher aus.«

Attila befühlte seinen stattlichen Bauch, rief dann einen Sklaven und trug ihm auf, zwei Schweine zu braten und ein Fass Wein zu bringen.

»Und bis zum Essen finden wir eine Lösung für das Gold. Eine Lösung, die *deine* Lösung ist.«

Attila war jetzt ganz aufgeregt. »Genau. Meine Lösung.«

Ich nickte heftig.

»Mir schreibt niemand was vor, oder?«

»Nein, niemand«, sagte ich.

»Auch nicht Constantius.«

»Schon gar nicht Constantius.«

Attila rieb sich die Hände. »Also, wie sieht sie aus, meine Lösung?«, fragte er mit blitzenden Augen.

Jetzt durfte nichts schief gehen. Jetzt durfte ich mich nicht zu sehr in Sicherheit wiegen. Natürlich wäre es reizvoll, Attila zur Poesie zu ermutigen und mir für diese Nachricht bei Theodosius eine Belohnung abzuholen, gegen die meine achtzig Pfund Gold ein Almosen waren, doch es war Attilas Stolz, an den ich appelliert hatte, nicht sein Schöngeist.

»Du kannst dir das mit dem Gold natürlich nicht gefallen lassen«, sagte ich deshalb.

»Natürlich nicht«, stimmte Attila mir zu.

»Du hast das Gold gefordert, und es steht dir zu.«

»Keine Frage.«

»Und es ist unverantwortlich von Theodosius, jemanden wie mich mit einer so wichtigen Aufgabe wie der Goldübergabe zu betrauen.«

»Das ist sogar eine Frechheit«, empörte sich Attila.

»Mehr als eine Frechheit«, unterstützte ich ihn, »und mehr als eine Beleidigung. Das ist eine Kriegserklärung.«

Attila zuckte nur kurz zusammen, dann ballte er die Fäuste: »Nichts anderes als das. Theodosius will Krieg. Bitte. Den kann er gern haben.«

»Genau«, schwärmte ich, »einen Krieg im guten alten Stil. So wie du ihn immer mochtest. Du wirst die Musik wieder hören.«

»Ich höre sie schon«, sagte er und schloss die Augen.

Da waren wir, Attila, sein Pferd und ich, und alle schienen wir glücklich. Es war einer dieser Momente, die bleiben würden.

Die Sklaven trugen die beiden Schweine auf, und sie waren groß und knusprig, und der Wein plätscherte vielversprechend im Fass, und alles schien uns zuzurufen: »Willkommen in diesem Moment. Wir sind die Teile eines erfüllten Ganzen.« Attila ließ mir mein Pferd bringen, damit ich an den ungewohnt hohen Tisch reichen konnte, und wir aßen und tranken und besprachen die besten Kriegsstrategien und die zu erobernden Städte. Ich erzählte ihm alles, was ich über die oströmische Armee wusste und auch die besten und ein paar der immerhin annehmbaren Witze über Theodosius, und Attila erzählte mir seine Lieblingsanekdoten, die über ihn in Umlauf waren, und spät, als schon das zweite Fass Wein angestochen war, rezitierte er auch noch die Gedichte, die er als junger Mann geschrieben hatte, und ich sagte, dass er froh sein könne, mit dem Herrschertum noch ein zweites Standbein zu haben, und wir lachten und sangen und lagen uns in den Armen, wir ritten im Palast um die Wette, ließen immer wieder abwechselnd Orestes und Constantius kommen, um sie mit einem »Ach, nichts«, bei dem wir jedes Mal laut losprusten mussten, wieder wegzuschicken, und irgendwann, als sich bereits das zweite Fass dem Ende zuneigte, sah mich Attila noch einmal so ernst an, wie es seine unsteten Augen zuließen, und sagte: »Danke, Clausus.« Ich sagte: »Nicht der Rede wert.« Und als er im Morgengrauen eingeschlafen war, seinen Kopf auf die warme Flanke seines Pferdes gebettet, spürte ich, während ich leise aus dem Palast ritt, eine Wehmut in mir aufsteigen, die schließlich in einer kleinen Träne Gestalt annahm. Ich wischte sie schnell mit dem Ärmel fort. Ich hatte schließlich eine lange Reise vor mir. Und wieder einen neuen Anfang. Vieles musste entschieden werden. Die Luft war klar, die Sonne räkelte sich über dem Tisza, ein verschlafenes Pferd nickte mir müde zu. Ich nickte zurück. Erst viel später drehte ich mich noch einmal um. Attilas Palast war nur noch schwach zu erkennen. Er passte zwischen Daumen und Zeigefinger.

Attila und McCoy sahen sich aller Wahrscheinlichkeit nach niemals wieder. Auf Nachfragen, was mit dem Gefangenen denn nun geschehen sei, behauptete Attila angeblich, dass er es selbst übernommen habe, ihm den Kopf abzuschlagen, und als der Bote, der geschickt wurde, um Theodosius diese Nachricht zu überbringen, fragte, wie der Hingerichtete denn geheißen habe, kicherte der Hunnenkönig noch einmal in Erinnerung an die Albernheiten der vergangenen Nacht und sagte: Bloedel.

Der Rest ist Geschichte, und es wurde nicht mehr gekichert. Attila rückte noch im selben Jahr 441 in die oströmischen Gebiete um die Donau vor und besetzte unter anderem Singidunum, das heutige Belgrad. 442 wurde ein neuer Waffenstillstand vereinbart, der allerdings nur von kurzer Dauer war, denn 443 griff Attila erneut die Donauregion an, hinterließ zerstörte Städte und tat ohnehin alles, um seinem Ruf als gnadenloser Krieger gerecht zu werden. Sein Feldzug endete mit der Belagerung Konstantinopels, das jedoch, wenn auch sehr verlustreich, allen Angriffen standhielt, sodass es zu einem erneuten Friedensabkommen zwischen den Hunnen und dem Oströmischen Reich kam, das Attila zu einer

Verdreifachung der jährlichen Tributzahlung auf zweitausendeinhundert Pfund Gold verhalf.

Das Verhältnis zwischen Attila und seinem Sekretär Constantius schien durch die Ereignisse der geschilderten Nacht nicht bleibend geschädigt worden zu sein, denn Constantius behielt seinen Posten noch zumindest bis ins Jahr 445.

Ob Orestes sich jemals wieder nach Konstantinopel traute, ist nicht überliefert. Möglicherweise handelte es sich um denselben Orestes, der Mitte der 440er Jahre Attila seine Dienste anbot, und dessen Sohn Romulus später der letzte Kaiser des Weströmischen Reiches wurde.

Was McCoy betrifft, so verlieren wir seine Spur nach dem Verlassen des Palastes im Morgengrauen. Ob er die Höhle wiederfand und sich der achtzig Pfund Goldes bemächtigte, ist ungewiss. Das Fehlen jeglicher Aufzeichnungen aus den anschließenden Jahrzehnten weist jedoch darauf hin. Auch über die möglichen Verwendungszwecke seiner Beute können nur Vermutungen angestellt werden. Die Herausgeber dieses Bandes fanden zwar Pläne, die die Konstruktion einer überdimensionalen Sänfte beschreiben; es scheint jedoch schon aus Gründen der Statik mehr als zweifelhaft, dass eine solche Sänfte jemals gebaut wurde.

Auch bleibt fraglich, ob McCoy zumindest im Nachhinein begriff, dass die Folgen seiner Nacht mit Attila das Fortbestehen des Oströmischen Reiches und damit womöglich auch des ganzen christlichen Abendlandes gefährdeten. Manche behaupten, er habe von Reue zerfressen auf Seiten der Römer bei der Verteidigung Konstantinopels mitgekämpft. Wahrscheinlicher ist es aber, dass er sich auch in diesem Fall gemäß seiner Maxime verhielt, die 1783 in seinem einzigen Gespräch mit Immanuel Kant zu einem sofortigen und endgültigen Zerwürfnis der beiden führte: »Ereignisse als Folgen vergangener Ursachen zu verstehen, zeugt von der gleichen Naivität wie der Glaube, die roten Flecken auf deinem Rock seien eine Folge des Weines, obwohl sie doch nichts als ein Zeugnis deiner Ungeschicklichkeit sind.«

Vom Hörensagen

Unsere Freude war groß, als wir unter K. L. McCoys Werken auf einen Ordner mit der Aufschrift »Pressemappe« stießen. In vorbildlicher Weise, so glaubten wir, hatte unser Autor nicht nur seine eigenen Schöpfungen archiviert, sondern auch das, was andere über ihn veröffentlicht hatten. »Dieser Teufelskerl«, entfuhr es uns, »er macht einfach alles richtig.« Bei näherem Hinsehen wurde allerdings deutlich, dass die »Pressemappe« nicht, wie wir angenommen hatten, seriöse Zeitungsartikel enthielt, sondern undatierte Niederschriften von Anekdoten und Gerüchten, die sich um die Person K. L. McCoys ranken. Zudem stammen diese Niederschriften zweifelsfrei aus McCoys eigener Feder, und der Verdacht, dass er die Anekdoten auch selbst erfand, hat sich bis heute nicht völlig ausräumen lassen. Da das Dossier jedoch unverzichtbare Hinweise zur Vervollständigung des gigantischen Puzzles K. L. McCoy enthält, haben wir uns trotz dieser editorischen Unsicherheiten zum Abdruck einiger Auszüge entschlossen.

Von K. L. McCoy wird erzählt, dass er seit der späten Altsteinzeit im großen Stil in Wohnhöhlen eindrang und deren Wände ungebeten mit Zeichnungen in satten Erdtönen bedeckte. Die Bewohner, so heißt es weiter, ließen ihn meist gewähren. Erst als er, offenbar angestachelt von der Gutmütigkeit oder Lethargie der Leute, dazu überging, zu jedem seiner Gemälde noch eine Anzahl kleiner Skulpturen zu liefern, bei deren Ausführung er von seinem bisher durchgängigen Motivkreis (Mammuts, Rentiere, Jagdimpressionen) abwich, um sich auf dicke Frauenkörper in teils obszönen Posen zu verlegen, erregte er Widerstand auf breiter Basis. McCoy soll zum Umgang mit dieser ihm allgemein entgegenschlagenden Entrüstung so wenig in der Lage gewesen sein, dass er in der Folge jahrtausendelang überhaupt keine Spuren mehr in der Menschheitsgeschichte hinterließ.

Die Faktenlage ist allerdings unsicher. So gilt es trotz McCoys anerkannt verblüffender Lang- und Langsamlebigkeit als wenig wahrscheinlich, dass er bereits in der Altsteinzeit existierte. Auch kann nach derzeitigem Kenntnisstand nicht völlig ausgeschlossen werden, dass es sich bei den hier zusammengefassten Vorgängen um eine Legende handelt, lanciert von Aktivisten des einer paläolithischen Kleiderordnung verpflichteten Fastnachtsvereins *Die Obernauer Stein-Heinis*. Ließe man sich auf diese Deutung ein, so wären zumindest die Skulpturen auch gar nicht McCoy zuzuschreiben, sondern dem historisch nicht belegten Vereinsgründer Dr. Heiner Steiner.

Von K. L. McCoy wird erzählt, dass er Anfang des elften Jahrhunderts, einem ambitionierten Neujahrsvorsatz folgend, dem Schweigeorden der Kamalduenser beitrat und ein Leben in Gehorsam, Armut, Keuschheit und unter strengem Fasten gelobte. Der Novize fiel allerdings schon nach kurzer Zeit dadurch auf, dass er während des Morgengebets die neben ihm sitzenden Brüder durch Schilderung seiner Träume, welche allesamt von Frauen oder vom Essen handelten, ablenkte, beim Beichten mit vollem Mund sprach und, sobald er den Abt außer Hörweite wähnte, laut zu singen begann. Ob seines Verhaltens ermahnt, verfiel McCoy darauf, sich, sobald ihn der Drang zu sprechen überkam, mit einem gepressten »Ich schweige, ich sage gar nichts, ich bin mucksmäuschenstill« zu maßregeln, und, als ihm auch dies untersagt wurde, den Beginn jeder vollen Minute mit einem lautstarken »Silentium, allerseits!« zu begrüßen. Allerdings führte nicht dies zu seinem Ausschluss, sondern die Tatsache, dass er dem Ordensgründer Romuald am Josefitag 1012 während des Abendmahls zum Scherz heimlich Senf in den Wein gerührt haben soll. Der kurz darauf von McCoy begründete Orden der Clausiner, welcher Gesprächigkeit, Vielweiberei und gutes Essen zur Regel erhob, soll sich zwar in der Gegend von Arezzo für einige Jahre großer Beliebtheit erfreut haben, die päpstliche Anerkennung blieb ihm jedoch Zeit seines Bestehens verweigert.

Von K.L. McCoy wird erzählt, dass er über mehrere hundert Jahre hinweg ein besessener Sammler von Kuchengabeln gewesen sei. Alle Gabeln seiner Sammlung aneinander gelegt hätten zum Schluss eineindrittel Mal den Erdball umringen können, eine theoretische Möglichkeit, deren praktische Umsetzung McCoy eine Zeit lang ernsthaft erwogen und sogar begonnen haben soll, bis er sie – offiziell aus gesundheitlichen Gründen, der Rücken – endgültig verwarf und seine Sammlung auflöste, was sich als schwieriger herausstellte, als von ihm vermutet. So finden sich in entlegenen Regionen Südamerikas und Indiens immer wieder rätselhafte Haufen von Kuchengabeln, deren rituelle Anbetung bei europäischen Reisenden in den späten 1910er und frühen 1980er Jahren populär war.

Das große Spiel

K.L. McCoy, den wir bis dahin leichtfüßig durch die Jahrhunderte hüpfen sahen, der sonst mit einer ihm ganz eigenen Ignoranz äußere Umstände nur selten zu nah an sich heran ließ, derselbe McCoy schien mit dem Mittelalter ganz und gar nicht zurechtzukommen. Von Anfang an empfand er es als »zu kalt, zu nass und mit viel zu vielen Krankheiten« (Tagebucheintrag vom 1. Januar 800. Die Eintragungen über die nächsten Jahrzehnte unterscheiden sich zwar in der Wortwahl, nicht aber in der Grundaussage). Seine Tage in den Anfängen dieser Epoche scheint er hauptsächlich mit dem Schreiben des eigenen Namens verbracht zu haben; ganze Stapel von derart bekritzeltem Vellum sind erhalten. Es ist vielleicht nicht zu gewagt, diese Zeit als eine Art Midlife-Crisis McCoys zu bezeichnen. Auch seine Hinwendung zur Religion, seine kurze Mitgliedschaft bei den Kamalduensern und die Gründung eines eigenen Ordens zeugen von der Rastlosigkeit dieser Jahrzehnte und von der Suche nach neuen Zielen, nach Veränderung, Sinnerfüllung. Vor diesem Hintergrund wird auch verständlich, wie sich McCoy nach seinen religiösen Enttäuschungen, dem Wissen der Herausgeber nach zum ersten Mal, dem Sport zuwenden konnte. So gilt es als wahrscheinlich, dass er Anfang des zwölften Jahrhunderts in Irland eine Frühform des Handballs entwickelte, die niemandem Spaß machte, die aber dennoch alle spielten, um McCoy in seiner Begeisterung nicht zu verletzen.

Angespornt durch diesen vermeintlichen Erfolg setzte er sich große Ziele (Tagebucheintrag vom 13. Juli 1117: »Ich träume von einem Europa, das Handball spielt.«). Ob es diese Mission war, die ihn nach Venedig, seiner nächsten bekannten Station, führte, kann nur vermutet werden. Vielleicht war es dann auch das Scheitern des Versuches, eine venezianische Handballliga zu initiieren, die ihn Mitte des dreizehnten Jahrhunderts immer tiefer in die Demimonde treiben ließ, in der er vor allem unter dem Namen

Kloaken-Klaus *berüchtigt war. In einem Bordell lernte er 1259 den jungen Adeligen Niccolò Polo kennen. Die beiden wurden schnell Freunde, saßen fast jede Nacht zusammen, schütteten einander ihre Herzen aus und beschlossen immer wieder, »aus all dem mal raus zu müssen« (Tagebucheintrag vom 30. März 1260). Polo schlug angeblich zunächst einen Ausflug nach Amsterdam vor, doch McCoy suchte das Abenteuer, man solle einfach mal losreiten und schauen, wo man ankomme. Polo, dem eine gewisse Antriebslosigkeit nachgesagt wurde, sträubte sich anfangs, ließ sich aber an einem trunkenen Morgen im Mai 1260 dazu überreden, seine Frau und seinen Sohn Marco in Venedig zurückzulassen, um zusammen mit seinem Bruder Matteo, der auch nichts Besseres zu tun hatte, und McCoy in Richtung Osten aufzubrechen. Niccolò Polo und McCoy sollten sich später in China zerstreiten (angeblich ging es dabei um ein Nudelgericht und die Frage, welches Volk es erfunden habe), was auch dazu führte, dass McCoy in* Il Milione, *dem Reisebericht Marco Polos, in dem auch die erste Reise seines Vaters beschrieben wird, mit keinem Wort erwähnt wird. McCoy legte zwar Klage ein, die er jedoch auf Druck der einflussreichen Familie Polo wieder zurückzog.*

Allein im fremden China, menschlich enttäuscht, verzweifelt und pleite, beschloss McCoy, »einen Zugang zu sich selbst zu finden. Wer bin ich wohl? Bin ich eins mit allem oder zwei mit wenigem oder etwas ganz anderes?« (Tagebucheintrag vom 3. November 1266). Zur Beantwortung dieser Fragen schloss er sich dem Meister Chang San-Feng an, der für McCoy die Bewegungsmeditation Taijiquan erfunden haben soll. McCoy verbrachte ganze Wochen mit selbst entwickelten Bewegungsfolgen, von denen zwei, sein Stolpernder Truthahn *und* Die Angst des Siebenmeterwerfers vor dem Siebenmeterwurf, *noch heute ihren festen Platz im Kanon dieser Sportart haben.*

Die Erfahrungen aus dieser Zeit müssen McCoy zu einer inneren Ruhe und Selbstdisziplin verholfen haben, die sonst seinem Charakter eher fremd scheint. Anders ist es nicht zu erklären, wie er die Strapazen der langen Wanderung auf sich nehmen konnte, zu der er Anfang des vierzehnten Jahrhunderts aufbrach, diesmal in Richtung Norden, »um Neues zu lernen und Altes zu lehren« (Tagebucheintrag vom 23. Februar 1303).

Er durchquerte menschenleere Steppen und trostlose Eiswüsten, fing an, seine Richtungswahl in Frage zu stellen, war aber zu stolz, um wieder umzukehren (»Alles ist Prüfung«, Tagebucheintrag vom 12. November 1304). Erst Jahre später, als es McCoy im Norden zu kalt wurde und er sich für eine leichte Südostdrehung entschied, traf er wieder auf Menschen, die durch eine selbst dem weitgewanderten McCoy unbekannte rotbraune Hautfarbe und eine gewöhnungsbedürftige Frisur bestachen. Es handelte sich – alle auch noch so verständlichen Zweifel daran konnten durch sorgfältige Überprüfung seitens der Herausgeber ausgeräumt werden – um die Mohawk, einen der sechs Stämme der Irokesen, und McCoy befand sich demnach ohne es zu wissen im Nordosten Amerikas, irgendwo zwischen dem heutigen US-Staat New York und der kanadischen Provinz Ontario. Über seine Aufnahme bei den Irokesen berichtet McCoy leider wenig, es ist aber anzunehmen, dass die Mohawk in ihm, ausgemergelt, langbärtig und blaugefroren wie er war, eher eine Attraktion als eine Gefahr sahen. Vielleicht war es dieses ungewohnte Äußere, vielleicht seine in China erworbenen Fähigkeiten, auf jeden Fall aber auch eine unverschämte Portion Glück, die ihn am Leben und nach einigen Wochen der Annäherung zu einem festen Teil der Stammesgemeinschaft werden ließ, und sei es nur als exotisches Beiwerk.

McCoys besonderes Interesse, so bezeugen seine überlieferten Aufzeichnungen, galt aber weder der sozialen Struktur der ihm fremden Kultur noch ihren religiösen Ritualen. Im Gegenteil, er schien sich gern und oft über sie lustig zu machen, während seine Faszination ganz und gar auf die sportlichen Gewohnheiten der Irokesen gerichtet war, besonders auf das Tewaraathon, das als Vorbild des heutigen Lacrosse gilt.

Das Spiel, das außer bei den Irokesen auch bei den Cherokee geschätzt wurde, unterscheidet sich von seinem modernen Nachfolger vor allem dadurch, dass die beiden opponierenden Teams statt aus zehn aus ungefähr tausend Spielern bestanden. Dementsprechend maß die Entfernung zwischen den Toren beim Tewaraathon auch nicht wie beim Lacrosse siebzig Meter, sondern vier bis fünf Kilometer, je nach Beschaffenheit des Terrains. Auch wenn es in beiden Spielen darum geht, den Ball ins gegnerische Tor zu tragen, so war der Weg dorthin beim Tewaraathon ungleich gewalttätiger: die sicherste Methode, um an einem Gegner vorbei zu gelangen, bestand darin, ihn niederzuschlagen. Dass die Cherokee ihre Version des Spiels »Kleiner Bruder des Krieges« nannten, erscheint vor diesem Hintergrund treffend.

McCoys Faszination für die Sportart wird nach allem, was man über ihn weiß, nicht verwundern. Wie es ihm aber gelang, Trainer der Mohawk-Mannschaft zu werden, bleibt der Spekulation überlassen. Vermutlich suchte die Stammesgemeinschaft nach einer Aufgabe für McCoy, bei der er möglichst wenig Schaden anrichten konnte. Die Aufzeichnungen aus seiner kurzen aber intensiven Trainerzeit lassen jedoch darauf schließen, dass er das sehr wohl konnte.

Ich konnte die Trommeln noch hören, obwohl schon vor Stunden die letzte verstummt war. Vor meinen Augen tanzten sie auch jetzt mit ihren Speeren und Äxten und Schilden und immer um mich herum, obwohl ich längst allein war und auch vom Feuer, dessen Rauch mir den ganzen Abend in die Augen biss, nur eine schwache Glut übrig war. Noch dämmerte es nicht. Die Sterne blinzelten mir verschwörerisch zu, als ob sie mir etwas sagen wollten. Ich wünschte, sie täten es, denn ich war ein wenig ratlos, gefesselt an den aufwändig geschnitzten Pfahl, das Gesicht mit Lehm bemalt, mein Schicksal erwartend.

»Ich bin es doch, euer Trainer«, habe ich ihnen zugerufen, als sie mich dort festbanden. »Lasst doch den Unsinn. Wir brauchen alle unseren Schlaf, morgen ist das große Spiel«, aber sie haben nicht zugehört, sie haben getrommelt, sie haben gesungen, sie haben hölzerne Schalen kreisen lassen, und sie waren mir auf einmal sehr fremd, meine Jungs, meine Mannschaft, nach all dem, was wir miteinander durchgemacht hatten, nach all meinen Mühen. Und niemand kann mir nachsagen, ich wäre nicht geduldig gewesen. Geduld hatte ich mehr als genug gehabt. Und die habe ich weiß Gott auch gebraucht.

Sechs Wochen ist es her, dass sie mich zum Trainer ernannt haben. Sechs Wochen, die mir jetzt vorkommen wie ein anderes Leben, wie einer der Träume, die sie hier so ernst nehmen. Sechs Wochen im Amt, und doch kam es erst heute endlich zum Training, einen Tag vor dem großen Spiel gegen die Coyuga. Das war nicht mein Fehler. Sollen die doch selbst mal versuchen, mit fast tausend Mann einen gemeinsamen Termin zu finden. Und der Tag nach Neumond war ja auch fest vereinbart, alle haben sie genickt. »Klar, Trainer, da können wir. Tag nach Neumond ist notiert«. Und dann fragte eine Woche vorher Halbbruder des Windes, ob es auch am Tag vor Neumond ginge, weil er am Tag nach Neumond heiraten sollte, Schwingender Grashalm konnte da aber nicht, weil er schon mit Hirsch der vor Angst erstarrt ist und Heuchelndes Kaninchen zum Jagen verabredet war, er schlug zwei Tage vor Neumond vor, was aber zumindest für Der die Krähe vom Singen abhält unmöglich war, für den Tag habe er seiner Frau versprochen, endlich nach all den leeren Versprechungen das Dach des Langhauses zu flicken, und wie es mit zwei Tage nach Neumond sei. Keine Chance, hatte Mittelgroßer Büffel mit weißem Fleck auf dem Rücken ausrichten lassen, zwei Tage nach Neumond, so habe ihm Coyote erzählt, könnte seine Frau endlich schwanger werden, und wenn er dann den ganzen Tag trainierte, wäre er wahrscheinlich zu erschöpft dazu, vielleicht ginge es am Tag darauf. Am Tag darauf mussten aber Kleinlicher Waschbär und Im Fluss fast ertrunken, meine beiden aussichtsreichsten Nachwuchsspieler, in den Wald, um dort irgendetwas zu überstehen, und sie kämen erst ein paar

Tage später zurück, also kurz vor Viertelmond. Das sei dumm, meinte Wohlriechende Klapperschlange, so um Viertelmond herum wollte er eigentlich mal an den Muhheakunnuk herausfahren, um mit seinem Vater zu fischen, vielleicht sei das die letzte Gelegenheit, sein Vater sei sehr alt, und sie hätten sich noch so viel zu sagen, ab Halbmond sei er aber wieder für alles offen und jederzeit bereit. »Also gut, letztes Wort: Tag nach Halbmond«, ließ ich als Rauchzeichen über unserem Gebiet aufsteigen, aber sofort kam es aus allen Richtungen zurück »Das ist leider ganz schlecht«, »Mein Schwager«, »Bibersaison«, »Umzug« – mehr konnte ich nicht erkennen, die einzelnen Rauchzeichen verschwammen zu einer großen, mich verspottenden Wolke der Absage.

Dass sich hier etwas grundlegend ändern musste, wird jeder verstehen. Meine Autorität stand infrage. Und ohne Autorität ist ein Trainer nichts wert, ohne Autorität kann ein Trainer gleich einpacken. Als sich die Absagen im warmen Abendwind aufgelöst hatten, schickte ich deshalb mit entschiedenem Wedeln in die Luft, dass zwei Tage nach Halbmond Training sei, und keine Diskussion, wer nicht könne, solle zu Hause bleiben und brauche sich auch gar nicht mehr blicken zu lassen.

Zwei Tage nach Halbmond wartete ich bis Sonnenuntergang, dann kam wenigstens noch Schmutzige Feder, keiner meiner besten Spieler, aber immerhin eine treue Seele. Wir liefen ein paar Runden durch das Tal, feilten an seiner Schlagtechnik, den Rest des Abends rauchte er seine Pfeife, und ich sah ihm dabei zu.

»Was mache ich falsch?«, fragte ich ihn, während der Abendwind den Fluss glatt strich.

»Nichts, Trainer«, sagte Schmutzige Feder, »die Zeit des Trainings wird kommen. Doch sie wird dich finden, nicht du sie.«

Ich nickte, auch wenn ich nichts verstanden hatte. Schmutzige Feders Worte erinnerten mich an die weisen Sätze meines Meisters Chang San-Feng, auf die, wie ich in der Zeit mit ihm gelernt hatte, ein Nicken die beste Reaktion war. Eine Ruhe überkam mich. Ich war froh, hier zu sitzen, mit einem meiner Spieler ein wenig zu plaudern, und beim Zubettgehen beschloss ich, in Zukunft noch geduldiger zu sein.

Und heute, drei Tage später, im Morgengrauen, ich hatte mich auf meinem Biberfell gerade noch einmal umgedreht, spürte ich auf einmal den Boden vibrieren, erst nur leicht, dann immer stärker und stärker, und was immer es war, es schien sich direkt auf mein Zelt zuzubewegen. »Vielleicht die Cherokee«, schoss es mir durch den Kopf, doch als ich vorsichtig aus meinem Langhaus spähte, sah ich sie, meine ganze Mannschaft, gut gelaunt und geschmückt, und alle hatten ihre Schläger dabei. »Morgen, Trainer«, riefen sie. »Heute ist ein guter Tag zum Tewaraathon.« Und ich lachte und schlug ihnen auf die Schultern. Ja, heute war ein guter Tag, sie strotzten vor Motivation. Ich blinzelte Schmutziger Feder zu. Er nickte kurz zurück. Er hatte Recht behalten. Die Zeit des Trainings hatte mich gefunden.

Das war erst heute Morgen, kaum zu glauben. Und da war alles noch in Ordnung, als wir loszogen zum Trainingsgebiet, etwas südlich unseres Lagers. Ein paar Kinder liefen mit uns, trugen stolz die Schläger der besten Spieler, die Mädchen kicherten, die Sonne schien, das Gras war saftig und wartete nur darauf, von zweitausend Füßen zertreten zu werden.

Meine Jungs wollten natürlich erst einmal tanzen, doch ich sagte ihnen: »Tanzen, schön und gut, im Tanzen seid ihr Weltmeister, aber gegen die Coyuga hilft kein Tanzen.« Hätte ich sie tanzen lassen sollen? Wäre es besser gewesen, die ohnehin knapp bemessene Zeit damit zu vergeuden? Ich glaube kaum. Ich bestand darauf, dass sie sich erst warm machten, dann ein paar Dehnübungen, und zum Auftakt ein kleines Probespiel. Ich hatte in meinem Trainingsplan eine Dreiviertelstunde für diese Dinge eingeplant, doch derer bedurfte es allein, um zu erklären, warum es wichtig ist, beim Training Ohrringe und Ketten abzulegen.

Die eigentlichen Probleme aber fingen erst nach dem Aufwärmen an, als ich mit dem Probespiel beginnen wollte. Mein von einem Händeklatschen begleitetes »Bildet zwei Mannschaften« führte zu großem Erstaunen, man sei schließlich ein Stamm, wie solle man den trennen. Das sei genauso, als ob man versuche, den Fluss zu trennen, sagte einer, und andere widersprachen ihm sofort, das sei ein schlechtes Beispiel, den Fluss könne man doch sehr gut trennen. Es sei viel eher so, als wolle man einen Biber trennen, woraufhin wieder andere sofort anfingen zu erklären, wie man einen Biber trennt, und sogar losziehen wollten, um es vorzuführen, was ich nur mit Mühe verhindern konnte. Am Ende einigten sie sich auf den Wind. Mit dem Wind waren alle zufrieden: Genau, Trainer, den Stamm trennen zu wollen sei so, wie zu versuchen, den Wind zu trennen, und es bedurfte langer Erklärungen, bis ich sie überzeugen konnte, sich der gemeinsamen Sache wegen und wirklich nur vorübergehend und in aller Freundschaft in zwei Gruppen aufzuteilen. Es wurden allerdings zwei sehr ungleiche Gruppen, die eine bestand aus Schmutziger Feder, die andere aus den restlichen knapp tausend Spielern. Habe ich da etwa aufgegeben? Habe ich da meine Geduld verloren? Habe ich da herumgebrüllt? Nein. Ich habe in aller Ruhe erklärt, warum es so nicht gehe und Brüllender Bär und Fast ein wenig zu großer Adler zu Kapitänen ernannt, die nun abwechselnd ihre Mitspieler bestimmen sollten. Natürlich war es bereits Mittag, als endlich beide Teams komplett waren. Und ich hatte längst den Überblick verloren und konnte daher nur vermuten, dass es bei der Aufteilung nicht mit rechten Dingen zugegangen war, vor allem, weil am Ende Brüllender Bär und Fast ein wenig zu großer Adler in derselben Mannschaft spielten. Doch war ich kleinlich? Habe ich sie erneut wählen lassen? Nein. Ich habe doch sogar noch scherzhaft mit dem Finger gedroht, als Leise Forelle in letzter Sekunde schnell in die andere Mannschaft wechselte, um nicht gegen Laute Forelle, seinen besten Freund, spielen zu müssen. Und natürlich habe ich ihn wechseln lassen, um der guten Stimmung willen.

Und war es übertrieben, vor dem Spiel noch schnell ein paar taktische Grundzüge erläutern zu wollen? War es bei der Größe der Mannschaft etwa nicht notwendig, meine Anweisungen erst einer kleinen Gruppe von zuverlässigen Spielern mitzuteilen, die sie dann nach und nach an ihre Kameraden in den hinteren Reihen weitergaben? Ließ es sich dabei etwa vermeiden, dass die ursprüngliche Bedeutung meiner Aussagen etwas verfälscht wurde, dass, wie ich feststellte, aus »Über die Flügel hohe Pässe vors Tor« »Ein früher Vogel fliegt besser als ein Stein« wurde, und aus »Das Mittelfeld schnell überbrücken« »Der Bär frisst nichts, was dem Biber gehört«? Nein, das ließ sich natürlich nicht vermeiden. Das musste man in Kauf nehmen. Zu meiner Überraschung nickten aber gerade die Spieler in den hinteren Reihen eifrig, als sie die Anweisungen mitgeteilt bekamen, und lobten mein taktisches Gespür, sodass ich beschloss, die Aussagen nicht zu korrigieren.

Ein Team zog los, um ein paar Meilen entfernt sein Tor aufzubauen. Sobald sie damit fertig waren, gaben sie uns per Rauchzeichen Bescheid. Ich erstieg, um zumindest einen Teil des Spielfeldes überblicken zu können, einen nah gelegenen Hügel, und dann sollte das Spiel beginnen.

Was aber begann, war etwas ganz anderes. Die meisten fanden sich in kleinen Gruppen zusammen, setzten sich auf den Boden und tauschten Neuigkeiten aus, da sie sich mitunter lange nicht gesehen hatten; andere machten Feuer, um darüber mitgebrachte oder rasch gefangene Fische zu braten; ein paar jagten hinter aufgeschreckten Waschbären her, und nur wenige spielten sich ein wenig ziellos den Ball zu, was ihnen aber anscheinend schnell langweilig wurde, denn schon bald lag der Ball verwaist im Gras. Und ist es nicht verständlich, dass ich nicht bester Laune war, als ich wieder hinabstieg zur Mannschaftsbesprechung? Hätte ich lachen sollen? Hätte ich applaudieren sollen? Hätte ich sagen sollen: »Ja, genau so, Männer. Genau so hatte ich mir das vorgestellt«? Mein Gott, es war schließlich unser einziges Training, und wem hätte man wohl die Schuld an einer Niederlage gegen die Coyuga gegeben? Wer muss denn immer als Erster den Kopf hinhalten? Der Trainer. Ich. Nein, ich würde es wieder genauso machen. Ihnen wieder genauso den Marsch blasen. Ihnen wieder genauso einschärfen, dass das hier kein Picknick sei und dass ich eine andere Einstellung erwarte, mehr Biss, mehr Feuer, dass ich einen echten Schlagabtausch fordere, einen echten Kampf. Ich würde ihnen wieder genauso in die Augen sehen. Ich würde ihnen wieder versprechen, dass die Coyuga ihnen ihre wertvollen Hintern versohlen würden, wenn sie nicht mehr Aggressivität an den Tag legten. Und ich würde wieder genau so sagen, in genau demselben herausfordernden Ton: »Zeigt es mir. Zeigt mir, was ihr draufhabt.«

Nachdem ich das gesagt hatte, wurde es einen Moment lang ganz still, stiller als tausend Mann eigentlich sein konnten. Alle schauten zu Boden, warteten ab, bis Brüllender Bär schließlich sagte – und obwohl er es sehr leise sagte, konnten ihn alle verstehen: »In Ordnung. Spielen wir Tewaraathon!« Und auf einmal stießen sie alle ein furchtbares Geheul aus und stürmten mit erhobenen Schlägern aufeinander los. Sie spielten Tewaraathon, und sie spielten so, wie sie noch nie gespielt hatten. Auf einmal war alles in Bewegung, auf einmal wechselte der Ball von einem Spieler zum nächsten, von einer Mannschaft zur anderen und wieder zurück, doch der Ball schien ich zu sein. Ich trieb umher im Gewühl von Armen und Beinen und Schlägern, flog manchmal ein paar Meter durch die Luft, um in den Armen eines Spielers oder, wenn der Pass nicht präzise genug war, auf dem Boden zu landen, woraufhin sich sofort eine Gruppe von Spielern auf mich warf, um mich rang, mich ein paar Meter weiter trug, in welche Richtung konnte ich nicht mehr ausmachen, Hügel und Fluss, Himmel und Rasen wechselten sich immer schneller ab, Oben wurde Unten wurde Oben, verschwamm bald zu einem Kaleidoskop aus Blau und Grün, in dessen Sog ich vorangetrieben wurde. Längst schon spürte ich meinen Körper nicht mehr, ich war leicht, viel zu leicht, flog fast von alleine, stieß mich nur immer wieder an Händen und Füßen und Schlägern ab, und auf einmal sah ich ihn, lächelnd an einen Pfosten gelehnt, mir zuwinkend, Meister Chang San-Feng, und seine Worte schien er mir direkt ins Ohr zu flüstern: »Wenn du eine Biene bist, suche die Blüte. Wenn du ein Ball bist, suche das Tor«, und ich flog auf ihn zu, landete dicht neben ihm auf dem Boden, und um mich herum sah ich sie alle jubeln, sich umarmen, in die Luft springen, und ich erinnerte mich noch, überlegt zu haben, ob ich mitjubeln sollte, ob es mir als Ball zustand mitzujubeln. Ich wollte Meister Chang San-Feng fragen, doch bevor ich mich zu ihm umdrehen konnte, wurde ich ohnmächtig.

Ich kam erst am Abend wieder zu mir, als sie mich an den Pfahl banden. Meinen anfänglichen Widerstand gab ich schnell auf. Ich ließ sie trommeln und um mich herumtanzen und versuchte sogar ein Lächeln. Keiner lächelte zurück. Erst Stunden später gaben sie endlich Ruhe und verschwanden in ihren Langhäusern. Ich blieb allein zurück, allein mit meinen Gedanken, mit meinen Zweifeln.

Aber nein, je länger ich darüber nachdachte, desto klarer wurde mir, dass ich nichts falsch gemacht hatte. Ich war der Trainer, und ich hatte nur das getan, was meine Aufgabe von mir verlangte. Und auch wenn ich nicht glücklich über meine derzeitige Lage war, so versuchte ich es doch als Erfolg anzusehen, dass sie endlich Feuer gefangen zu haben schienen. Das war der Kampfgeist, das war der Einsatz, den ich immer gefordert hatte. Ich beschloss, mir keine großen Sorgen zu machen und den Rest der Nacht damit zu verbringen, mir einige taktische Tricks für das große Spiel zu überlegen.

Doch bevor ich damit beginnen konnte, sah ich einen Schatten, der sich mir, dicht an den Tragpfählen der Langhäuser entlang, rasch und lautlos näherte. Erst als er direkt vor mir stand, konnte ich ihn erkennen. Es war Schmutzige Feder. Er kniete sich hin und befreite mich mit ein paar schnellen Schnitten von meinen Fesseln. Das Blut schoss mir in die Hände.

»Lauf, Trainer«, flüsterte er. »Lauf.«

Ich sah ihn verwundert an. »Warum?«, fragte ich.

»Glaub mir, das ist das Beste für dich.«

Ich zögerte. Es war mir unangenehm, mich so davonzustehlen. »Und das große Spiel?«

Schmutzige Feder blickte mir ernst in die Augen. »Das wird noch kommen«, sagte er. »Beeil dich jetzt.«

Ich ging ein paar Schritte in die Nacht hinaus. Meine Hände kribbelten, die Beine waren schwer, doch noch schwerer war mein Kopf. Ich war also entlassen. Ohne meine Fähigkeiten richtig unter Beweis gestellt haben zu können.

»Schmutzige Feder«, sagte ich, mich noch einmal umdrehend.

»Ja?«

»War ich ein guter Trainer?«

Er lächelte. »Der beste«, sagte er. »Und nun geh.«

»Aber wohin?«, fragte ich ihn.

»Geh dorthin zurück, wo du herkamst. Wir müssen alle dorthin zurück. Du wirst dort auf uns warten.«

Und seitdem warte ich. Ich warte. Ich warte. Auf Schmutzige Feder. Auf die anderen. Auf meine Mannschaft. Ich warte auf das Große Spiel.

An jenem anbrechenden Tag irgendwann in der ersten Hälfte des vierzehnten Jahrhunderts machte sich K. L. McCoy auf den Heimweg nach Europa, und die Mohawk erlitten eine historische Niederlage gegen die Coyuga. Das einzige Tor für McCoys ehemalige Mannschaft erzielte Schmutzige Feder in der Nachspielzeit. Angeblich soll er anschließend einen Tanz aufgeführt haben, der manche Mitspieler entfernt an einen stolpernden Truthahn erinnerte.

Die Tausendmarks, 1

Unter den Myriaden von Dokumenten, die K.L. McCoys literarische Schatzkammer barg, fiel uns frühzeitig ein aus dem Leim gegangenes, von zwei hellen Lederriemen kreuzweise zusammengehaltenes Quartheft ins Auge, auf dessen Umschlag geschrieben stand: »EIN MONOLITH VON ERRATISCHER SCHÖNHEIT«. Unsere Hoffnung, McCoy habe auf diesen Blättern die Höhepunkte seiner geologischen Studien zusammengefasst, wurde jedoch enttäuscht. Vielmehr sollten die Titelworte, mit goldfarbenem Lackstift ausgeführt, offenbar ein kritisches Urteil über den Text im Quartheft vorwegnehmen, getreu McCoys alter Maxime »Lob oder Tadel eines literarischen Werks sind allemal dem Verfasser selbst zu überlassen« (Brief an G.E. Lessing vom 17. Dezember 1768).

Die Erschließung des Manuskripts gestaltete sich schwierig. Denn die Handschrift unseres Autors, generell keine geringe Herausforderung, eröffnete ausgerechnet hier ganz neue Dimensionen der Unleserlichkeit. So gerieten die vier Herausgeber des vorliegenden Bändchens bei der Entschlüsselung in einen heftigen Disput, der sich nur im Rückgriff auf demokratische Tugenden beilegen ließ: Zunächst wurde das Thema des Textes per Mehrheitsentscheid ermittelt (»Eine Familiensaga in Dialogen«, zwei Ja-Voten bei einer Gegenstimme und einer Enthaltung), anschließend über Form und Inhalt jedes Satzes einzeln abgestimmt. Ein langwieriger Prozess, nachfolgend das Ergebnis.

Ob McCoy hier, wie sonst, ausschließlich von tatsächlichen Geschehnissen berichtet, liegt nach heutigem Forschungsstand noch im Unklaren. Möglicherweise sind Beobachtungen aus dem Bekanntenkreis oder der Nachbarschaft verwertet. Als sicher kann gelten, dass die in McCoys Schaffen latente Sehnsucht nach einer eigenen Familie sich auf die Endgestalt des Textes überformend auswirkte. Ob der Autor sich – als Familienmitglied oder außen-

stehender Gesprächspartner – selbst in den ›Monolithen‹ eingeschrieben hat, bleibt Spekulation.

Kapitel 1: Die Mutter

Sie müssen der Klempner sein. Nur hereinspaziert. Ich bin Frau Tausendmark. Mein Mann wird sich verspäten, er ist heute geschäftlich unterwegs. Sie wissen ja, einfach so krankfeiern geht nicht mehr, seitdem der Wind uns allen schärfer ins Gesicht bläst. Das wird in Ihrer Branche nicht anders sein.

Ein weites Feld, Frau Tausendmark.

Hier unser Sohn. Er hat ein ziemlich haariges Gesicht, das war bei ihm schon von Geburt an so. Wir haben ihn Minotaurus genannt.

Alter Schwede. Aber erst einmal guten Tag.

Schauen Sie, Minotaurus hat sich im Garten eine kleine Maus zum Spielen eingefangen.

Und wie es aussieht, hat er dem Tier bereits den Kopf abgebissen.

Den Kopf, sagen Sie? Dann verraten Sie mir doch mal, auf welcher Seite befindet sich der Kopf bei so einer kleinen Maus?

Das weiß ich nicht. Ich bin Klempner, Frau Tausendmark. Vielleicht wollen Sie mir jetzt das verstopfte Waschbecken zeigen?

Das verstopfte Waschbecken? Ach, wir wissen gar nicht, wo das ist. Das verstopfte Waschbecken war doch nur ein Vorwand, um Sie herzulocken. Setzen Sie sich, essen Sie mit uns. Es gibt Brokkoli mit Käse überbacken und lauter so Zeug. Kotzbrokkoli, wie mein Mann manchmal sagt – im Scherz oder wenn er Ärger im Büro hatte. Langen Sie kräftig zu, dieses Essen will hart angefasst werden.

Danke, danke, ich komme zurecht. Haben Sie eigentlich, nur mal so herausgefragt, auch ein Fräulein Tochter?

Von einer Tochter ist mir nichts bekannt. Und ein schöneres

Schicksal kann ich dem armen Geschöpf auch nicht wünschen. Ich als Mutter, verstehen Sie?

Ja, ich denke schon.

Nach dem Essen können Sie den Abwasch machen. Eine Schürze liegt auf der Küchenzeile für Sie bereit. Ich gehe dann solange nach nebenan und frisiere ein paar Bilanzen.

Oh. Hätten Sie mir das vorher gesagt, Frau Tausendmark. Bei Aufträgen dieser Art ist es Politik unserer Firma, den Lehrling zu schicken. Ein hoch begabter junger Mann übrigens, so einen finden Sie heutzutage selten. Er kann fünf Minuten lang mit dem Kopf unter Wasser bleiben, und wenn Sie wollen, läuft er Ihnen auf Händen durchs ganze Haus.

Kapitel 2: Der Sohn

Hallo, du kleiner Rabauke. Komm doch mal her zu mir. Na, du willst doch sicher eine gescheuert haben?

Entschuldigung, habe ich Sie wohl richtig verstanden?

Nein, nein, natürlich nicht. Ich vergaß mich, war einen Augenblick in Gedanken woanders. Mit meiner Arbeit hat das nichts zu tun. Name?

Tausendmark. Minotaurus Tausendmark.

Alter Schwede. Machen Sie sich mal gerade. Ja, so. Mhm, hm. Ausgeprägter Bartwuchs, was? Man erkennt Sie ja kaum.

Ich war ein anspruchsloses Kind, wissen Sie? Jeden Samstag packte ich in meinen Rucksack, was sich an Spielzeug über die Woche angesammelt hatte, und trug alles zum Fetischisten, der seinen Laden in der Nachbarschaft betrieb. Der freute sich wie ein Schneekönig und sprang gleich, wie er sagte, in seine Spendierhosen. Das hieß, ich konnte mir bei der dicken Frau vom Süßwarenstand einen Vorrat einkaufen, mit dem ich über die ganze nächste Woche kam. Als ich aber eines Samstags beim Rucksackpacken kein Spielzeug mehr fand, sondern nur noch die tastenden Fragen des Tanzschülers, da machte der Fetischist seinen Laden dicht.

Ach, Herr Tausendmark, Sie können sich gar nicht vorstellen, was mir hier tagtäglich an Biografien auf den Schreibtisch kommt. Schicksale, wenn Sie verstehen, was ich meine.

Aber ich wollte doch nur – ich meine – wir wollen doch alle – mehr sein als nur ein Aktenzeichen.

Schon gut, schon gut. Sie können sich jetzt wieder entspannen. Unterschreiben Sie hier.

Moment mal. Da steht, dass ich gleich zu Tiermehl verarbeitet werden soll.

Lesen Sie das nicht. Lesen Sie hier.

Hier ist von einer monatlichen Leibrente bis an mein Lebensende die Rede. Das lässt sich schon eher hören.

Kapitel 3: Der Hund

Eine eigentümliche, geradezu bedrückende Stille herrscht heute in diesen Räumen. Was ist da los, Herr Tausendmark?

Keine Ahnung, wovon Sie sprechen. Ich habe Ihnen nach allen Regeln des Anstands guten Tag gesagt, Sie sogar ausdrücklich willkommen geheißen in meinen vier Wänden, obwohl der Verdacht an mir nagt, dass Sie ein Verhältnis mit meiner Frau haben.

Sind die Kinder aus dem Haus?

Schon seit Jahren. Ich kann mich auch nur noch an einen Sohn erinnern.

Dann muss der Grund für die Stille ein anderer sein. – Neue, schallisolierte Wände vielleicht?

Wo denken Sie hin.

Ein Haustier, das in letzter Zeit weggefallen ist?

Das ist mir ein bisschen zu vage.

Eine Katze?

Fehlanzeige.

Ein paar Meerschweinchen?

Ich muss doch sehr bitten. Völlig falscher Dampfer.

Ein Hund?

Lassen Sie mich nachdenken. Farno? Nein, Harro. Harro, in der Tat. Wir haben ihn vorige Woche erschießen lassen. Er passte nicht mehr ins Konzept.

Das Konzept, mein lieber Herr Tausendmark, möchte ich sehen.

Ach, sehen, sehen. Wir tun alle immer so visuell. Aber mal ganz ehrlich: Wollen Sie wirklich sehen, wie so ein Hund erschossen wird?

Ich spiele schon manchmal ganz gern den Helden, wenn Sie das jetzt meinen.

Große Töne spucken kann jeder. Aber haben Sie schon mal einen Hund angefasst?

Ich weiß nicht, worauf Sie hinaus wollen. Das Alter jedenfalls spielt, finde ich, keine Rolle. Ich hatte es zum Beispiel mal mit einem Wolfsspitz zu tun, der stand im siebzehnten Lebensjahr. Das einzige Problem war der Mundgeruch.

Versuchen Sie nicht, vom Thema abzulenken. Der Todgeweihte hat einen letzten Wunsch. Oder ist Ihnen diese Tradition fremd?

Sie meinen – Sie haben Ihren Hund, bevor er erschossen wurde –

Gar nichts meine ich. Ihre Schlüsse müssen Sie schon selber ziehen. Doch noch mal zurück zu meiner Frau und Ihnen: Ist das bloß ein Ding auf kleiner Flamme, oder haben Sie Pläne, mit ihr durchzubrennen?

Oh, glauben Sie mir: Ihre Frau ist für mich nichts weiter als ein flüchtiges Abenteuer. Eine Kerbe mehr im Schaft meiner Flinte, wenn Sie verstehen, was ich meine.

Sie sind ja ein richtig schlimmer Finger. Das gefällt mir übrigens an Ihnen. Kommen Sie näher, Sie dürfen meinen Po berühren.

Verbindlichen Dank, Herr Tausendmark. Dieses Privileg versteigere ich im Internet.

Gretchen Tausendmark – schon wieder eine Sechs in Sozialkunde. Es darf ja wohl nicht wahr sein.

Und wenn es doch wahr ist, was dann?

Nun, wenn Sie so weitermachen, dann werden wir Sie noch ein ganzes Weilchen hier behalten müssen.

Und wäre das so schlimm für Sie?

Darum geht es doch nicht, Gretchen. Nicht für die Schule, sondern für das Leben, Sie wissen, was ich meine. Sein Schicksal in die Hand nehmen, ein Bein auf die Erde bekommen, auf eigenen Füßen stehen.

Auf dem Teppich bleiben?

Ebenfalls. Nach Möglichkeit.

Wissen Sie was? Von Ihnen lasse ich mir überhaupt nichts sagen. Sie haben mir letzte Woche mein Fahrrad gestohlen. Das einzige Stück von früher, das mir noch geblieben war. Sie Schwein.

Das nehmen Sie aber sofort zurück, Gretchen.

Das mit dem Fahrrad oder das Schwein?

Fürs Erste mal das Fahrrad. Über das Schwein können wir uns später unterhalten.

Letzten Donnerstag habe ich mein Fahrrad morgens vor dem Lehrerzimmer abgestellt. Am Nachmittag war es weg. Da zähle ich eins und eins zusammen.

Ich darf Sie kurz aufklären: Dass Sie minderjährig sind, heißt nicht, dass wir keine juristischen Möglichkeiten gegen Sie hätten.

Na schön, dann war es eben kein Fahrrad, sondern eine silberne Brosche.

Es wird ja immer fantastischer.

Ich lege sogar noch eins drauf: Sie oder einer Ihrer Kollegen haben meinen Bruder Minotaurus verschwinden lassen. Ich bin ihm in meinem ganzen Leben noch nicht begegnet.

So genau möchte ich das gar nicht wissen. Sie haben außerdem keine Beweise, Gretchen Tausendmark.

Wie Sie meinen. Dann eben keine silberne Brosche, sondern ein Schwein.

Sie sind nicht bei Trost.

Ich meine, ein Schwein, das sich tagsüber in eine kleine Maus verwandelt.

Ich habe genug gehört. Schon wieder eine Sechs in Sozialkunde. Es darf ja wohl nicht wahr sein.

Und wenn es doch wahr ist, was dann?

Nun, wenn Sie so weitermachen, dann werden wir Sie noch lange, lange, lange hier behalten müssen.

Fortsetzung folgt.

Wenn Sie jetzt schon wissen wollen, wie es mit den Tausendmarks weitergeht, blättern Sie auf Seite 112.

Traurige Tropen

30. September 1659
Schlecht: Ich befinde mich in aussichtsloser Lage, gestrandet auf einer einsamen Insel zwischen fünfundsiebzig und achtzig Grad westlicher Länge und fünfzehn und zwanzig Grad nördlicher Breite, weit weg von meinem geliebten Oberbayern.

Gut: Zu Hause war die Lage auch nicht so rosig, wie der Name meiner Heimatstadt vielleicht nahe legt. Der Wolpertinger-Bauer ist allmählich misstrauisch geworden, und die Nachbarn haben zu Reden angefangen, und das kann einem die größte Liebe zur Heimat verderben.

Schlecht: Außer meiner Lederhose, die selbst der wütende Ozean nicht hat zerreißen können, habe ich keine Kleider mehr, und ich besitze weder Werkzeuge, mit denen ich das Land bestellen, noch Saatgut, das ich pflanzen könnte, mit Ausnahme einer Hand voll kleiner, grünbrauner Samen, die mir mein Freund Xaver kurz vor meinem überstürzten Aufbruch zugesteckt hat.

Gut: Das Wetter scheint gleich bleibend warm und trocken zu sein, und da ich ganz allein bin, kann ich mir endlich ohne mir dumme Bemerkungen anhören zu müssen die Sonne auf den Bauch brennen lassen. Das Land scheint überdies auch ohne menschliches Zutun der Früchte genug hervorzubringen, sodass ich nur zu ernten brauche, was der gütige Vater im Himmel in seiner unendlichen Vorsehung für mich angebaut hat. Die rätselhaften Samenkörnchen vom Xaver will ich indes gleich morgen früh in die Erde setzen.

Schlecht: Die Santa Bohemia, der stolze Dreimaster, der mir in den vergangenen Monaten Heimat war, das Schiff, das mich so weit getragen hat, von Hamburg nach Southampton nach Afrika und schließlich, auf dem Weg in die britischen Kolonien, hierher, liegt mit zerfetzten Segeln und geborstenem Rumpf mehr als tausend Fuß vom Land entfernt auf Grund; und selbst wenn ich imstande wäre, sie wieder flottzumachen, könnte ich sie allein nicht manövrieren.

Gut: Ich habe mir nichts vorzuwerfen. Ich war stets ein guter Kapitän.

2. Oktober 1659

Logbuch, Feder und Tinte, die ich gestern nebst einigen anderen Gegenständen aus dem Wrack habe retten können, befähigen mich dazu, meine Aufzeichnungen des Vortags vom Sande abzuschreiben, bevor die milde, aber stetige Brise, die tagsüber vom Lande und nachts vom Meer her weht, sie verwischt. Denn kaum hatte ich meine Erwägungen über die Vor- und Nachteile meines Hierseins abgeschlossen, als ich, erschöpft von den Ereignissen des vergangenen Tages, den ausgestreckten Zeigefinger im Sand, nur wenige Meter von der Stelle, wo ich angespült worden war, in tiefen Schlaf fiel.

Im Traum erschien mir die Wolpertinger Resi oder zumindest jemand, der der Resi entfernt ähnlich sah, außer dass diese Person lockige Haare hatte, während die Resi glatte hat, und dunkle, wo die Resi so blond ist wie die Garben, wenn man sie zum Dreschen einfährt. Außerdem war sie braungebrannt, obwohl die Resi eher blass ist, und recht absonderlich gekleidet. Statt des kräftigen Kleides aus Flachs, das die Resi zur Arbeit im Stall wie abends zur Messe zu tragen pflegt, hatte sie nichts als ein Seil um die Hüften geschlungen, an welchem eine Reihe länglicher, gelber Früchte hing, die im Rhythmus einer Art Dreher, welchen sie mit zierlichen Schritten vollführte, um ihre Hüften tanzten. Und an Stelle des Kreuzes, welches die Resi an einer Kette vor dem züchtig geschlossenen Wams trägt, baumelte dieser Person ein kleiner, runder Gegenstand vor der baren Brust. Auf jeden Fall, so viel konnte ich mit Sicherheit erkennen, handelte es sich bei ihr wie bei der Resi um eine Frau.

Als ich zaghaft näher trat, um den Gegenstand zu begutachten, welchen das Frauenzimmer um den Hals trug, sah ich, dass es sich um einen winzigen, verschrumpelten Kopf handelte, braun und zusammengeschnurrt wie ein vertrockneter Mostapfel; doch waren seine ehemals menschlichen Züge trotz der geringen Größe noch deutlich zu erkennen.

»Resi!«, rief ich aus, und mir war, als husche ein Schatten des Erkennens über ihr Gesicht. »Was machst du denn da mit dem toten Männerkopf um den Hals?«

Die Frau lächelte vertraulich und öffnete den Mund, als wollte sie etwas sagen, aber der Mostapfel fiel ihr ins Wort.

»So wie du bist«, sprach er, »war einst auch ich …«

»Hör nicht auf ihn!«, unterbrach ihn die Resi.

»… und so wie ich bin, wirst du bald sein.«

»Vertraue mir! Schwimm hinaus zum Wrack«, fuhr die Resi eindringlich fort. »Such dort nach meinem Bildnis! Und wenn du es gefunden hast, nimm es mit! Hinter meinem Rücken findest du, was du brauchst. Doch bedenke: Der Zahn der Zeit nagt nicht nur an den Klippen. In ein paar Monaten, vielleicht schon früher …«

»Was?«, rief ich, da sie mit bedeutungsschwerer Miene verstummt war.

»Ich weiß nicht, wie ich das ausdrücken soll ohne dich zu verletzen. Sagen wir so: Du wirst bemerken, dass du …«

»… ziemlich dämlich bist!«, rief der Schrumpfkopf dazwischen.

»Halt den Mund!«, herrschte ich ihn an.

»Warum?« fragte er mit gespielter Unschuld.

»Siehst du nicht, dass ich mit der Resi rede?«

»*Resi?*«

»Das ist der Name der Frau, an deren Hals du hängst.«

»Ach ja? Bist du dir ganz sicher?«

»Soll ich vielleicht gehen, damit ihr euch in Ruhe unterhalten könnt?«, fragte die Resi beleidigt.

»Nein!«, rief ich. »Resi, bitte, sag mir: Was werde ich bemerken?«

»Nun«, sagte sie zögernd. »Du wirst sehen, dass selbst du ...«

In diesem Moment durchfuhr mich ein stechender Schmerz. Ich blickte an mir herab und sah den Schrumpfkopf mit gebleckten Zähnen an einer Falte meines Bauches hängen. Ich packte ihn mit beiden Händen und versuchte ihn abzustreifen, aber er hatte sich festgebissen wie eine Zecke. Ich zog kräftiger, ich stieß ihn mit beiden Händen von mir weg, ich hörte ein lautes, schmatzendes Geräusch ... und hielt mit einem Male den Schrumpfkopf mitsamt meinem abgetrennten Bauch in den Händen. Schweißgebadet wachte ich auf.

Die Sonne stand bereits hoch am Himmel. Ich befühlte meinen Bauch: kugelrund wie immer. Als ich mich umsah, war weit und breit niemand zu sehen; nur eine Reihe von Palmen, welche den Strand säumten, schwankte sachte im Wind, dahinter undurchdringlicher Urwald. Ich wandte mich wieder dem Meer zu und sah die Santa Bohemia schwarz und drohend aus den Wellen ragen.

»Was für ein seltsamer Traum«, brummte ich zu mir selbst und schüttelte den Kopf. »Und was für eine anstrengende Aufgabe, die die Resi mir da aufgetragen hat; weiß sie doch, dass ich kein sonderlich guter Schwimmer bin. Was sollte ich auf dem Wrack schon finden? Am Besten, ich vergesse die ganze Geschichte.«

Ich befühlte meine Stirn, beschloss, dass die Resi zumindest darin Recht haben mochte, dass ein kühles Bad mir gut tun würde, und trottete zum Wasser. Dort angekommen, legte ich mich auf den Rücken in die seichte Brandung.

Ich weiß nicht, wie lange ich so dalag, wie lange ich mich von den Wellen treiben ließ. Denn mit einem Male stieß ich mit dem Kopf gegen ein Stück Holz, und als ich aufblickte, sah ich den Rumpf der Bohemia über mir aus dem Wasser ragen. Offenbar herrschte eine stärkere Strömung, als ich gedacht hatte. Ungewollt hatte ich mich weiter herausgewagt, als mir lieb sein konnte – das Land schien in unendlicher Ferne, und die Wellen trugen mich langsam, aber sicher immer weiter auf das offene Meer.

Ich sah mich um und erblickte ein Stück Takelwerk, das über die Reling der Santa Bohemia herabhing. Ich zog mich daran empor, bis ich das Oberdeck erreichte. Die schweren Eichenbohlen unter meinen Füßen knarrten im Rhythmus der Dünung, als ich über das verwaiste Schiff wanderte. Losgerissene Wanten klatschten träge gegen den Hauptmast, als wollten sie ihn für eine lässliche Sünde bestrafen. Die zerfetzten Segel knatterten im Wind.

Ich blickte zum Himmel und sah eine Reihe dichter, schwarzer Wolken. Ein warmer Windstoß blies mir die Haare meines Barts in die Augen. Und dann, nur wenige Sekunden später, begann es zu regnen, wie ich es noch nie erlebt hatte. Ich fluchte, suchte nach einem Unterstand und stolperte über ein leeres Rumfass, das auf dem schwankenden Deck hin und her rollte. Ich stürzte, schlitterte nach achtern und kam vor der Tür einer Kabine zu liegen, welche ich noch nie betreten hatte: der Kajüte des Kapitäns.

(Falls irgendjemand diese Aufzeichnungen dereinst lesen und sich fragen sollte, warum ausgerechnet mir als Kapitän die Kapitänskabine vorenthalten geblieben war – dies sei ihm ins Stammbuch geschrieben: »Ein jeder kehr vor seiner Tür, da hat er Dreck genug dafür«, wie wir in Bayern sagen. ICH MÖCHTE MICH NICHT DAZU ÄUSSERN! [*zweifach unterstrichen; Anm. d. Hrsg.*])

Ich legte die Hand auf die bronzene Klinke und drückte sie hinunter; die Tür war unverschlossen. Der Geruch von edlen Urwaldhölzern und kaltem Tabaksrauch schlug mir entgegen. Ich trat ein, schloss die Türe hinter mir und lauschte dem Wüten des Gewitters. Die Wolken waren jetzt so dicht und schwarz, dass nur ein schwacher Lichtschimmer durch die Bleiglasfenster drang, welche die Wände der Kajüte in regelmäßigen Abständen durchbrachen. Ich tastete mich an der Wand entlang, bis ich gegen die Lehne eines Stuhles stieß. Erschöpft ließ ich mich nieder und starrte in die Dunkelheit. Und mit einem Male … sah ich die Resi wieder.

Ich rieb mir die Augen und starrte gebannt in das Halbdunkel. Da, ein weiterer Blitzstrahl erhellte den Raum, und kein Zweifel, vor mir an der Wand, zwischen einem gerahmten Kapitänspatent und einer nautischen Karte des Skagerrak, lächelte mir das Bild einer Frau entgegen: im Tanze begriffen, den Lockenkopf kokett zurückgeworfen, spärlich mit einem Obströckchen bekleidet und mit einem hässlichen Schrumpfkopf um den Hals. Ich streckte die Hand nach ihr aus und berührte das kalte Glas. Mit einem kräftigen Ruck löste ich den Bilderrahmen aus seiner Verankerung und drückte ihn an meine Brust.

»Resi!«

Ein neuerlicher Blitz tauchte den Raum in grelles weißes Licht, unmittelbar gefolgt von einem Donnerschlag, der mein Trommelfell beinahe bersten ließ und das ganze Schiff erschütterte. Und im Schein des Blitzes erblickte ich dort, wo das Bild gehangen hatte, eine kleine Tür, die in das Holz der Kajütenwand eingelassen war. Ein Geheimfach!

Ich fühlte einen kleinen, flachen Riegel, schob ihn beiseite, öffnete das Türchen und griff in den schwarzen Raum dahinter. Ich ertastete eine lederne Kladde mit eisernen Beschlägen an den Ecken, darin einen Stapel Blätter und eine Feder. Offenbar das Logbuch. Tatsächlich, unmittelbar daneben fand ich ein kleines Fläschchen, vermutlich mit Tinte. Ich steckte es ein, legte das Buch zusammen mit dem Bild beiseite und tastete mich weiter. Schon wollte ich die Suche aufgeben, als ich in der hintersten Ecke des Kästchens mit den Fingerspitzen gegen etwas Weiches stieß: eine Art Beutel. Dann, wenige Zentimeter daneben, erfühlte ich eine Kugel, abgeflacht, mit einem Loch darinnen und einem abgewinkelten Griff an der Seite.

Während ich noch dastand und meinen Fund begutachtete, roch ich mit einem Male Rauch. Keinen kalten Tabaksrauch, nein, den Geruch von brennendem Holz. Ich wandte mich um und sah mächtige Schwaden durch eine Ritze in der Kajütenwand hereindringen. Hastig zwängte ich meine Funde in die Taschen meiner Lederhose, packte das Logbuch und den Bilderrahmen und stolperte zur Tür.

Als ich nach draußen kam, stand bereits der größte Teil des Vorderdecks in Flammen, Rauch verdunkelte den Himmel, ein Schatten fiel auf mein Gesicht. Ich blickte auf und sah den Hauptmast, der sich bedenklich in meine Richtung neigte. Entschlossen trat ich an die Reling, sprach ein Stoßgebet und sprang dann, die Arme vor der Brust verschränkt, das Buch und das Bildnis in den Armen, in die aufgepeitschten Fluten.

Wie ich das Land erreicht habe, weiß ich nicht mehr. Heute Morgen erwachte ich nach traumlosem Schlaf, meine Beute noch immer umklammert, nur wenige Meter von der Stelle, wo ich bereits am Vortag gelandet war. Doch *dass* ich diese Insel ein zweites Mal lebend erreicht habe, verdanke ich nur der göttlichen Vorsehung sowie meiner körperlichen Konstitution, die von meinen Kameraden zwar häufig belächelt wurde, welche aber doch bewirkt, dass ich, selbst wenn ich im Wasser bewusstlos werde, weiterhin oben schwimme.

3. Oktober 1659

Je länger ich darüber nachdenke, desto mehr gewinne ich den Eindruck, dass die Frau, die mir im Traum erschienen ist, mich ins Unglück stürzen wollte. Denn als ich gestern die Funde, wegen derer ich das Wagnis zum Schiff hinauszuschwimmen überhaupt erst begonnen hatte, betrachtete, fand ich neben Logbuch, Tintenfass und Gänsekiel nichts als eine Pfeife und einen Beutel voll Tabak nebst Schwefelhölzern vor. Ich, der ich noch nie in meinem Leben geraucht habe! Ausgerechnet!

5. Oktober 1659

Da sich mein Ärger etwas gelegt hat, habe ich beschlossen, wie es mir in solchen Lagen zu eigen ist, nicht vorschnell über die Frau aus meinem Traum zu urteilen, sondern gründlich abzuwägen, was sie mit ihrem merkwürdigen Rat bezweckt haben mag.

Möglichkeit Nummer eins: Die Frau, die mir im Traum erschienen ist und jetzt auf einem vortrefflich gelungenen und künstlerisch wertvollen Kupferstich verewigt vor mir im Sande liegt, war tatsächlich die Wolpertinger Resi und hat sich, womöglich wegen meiner etwas überstürzten Abreise, an mir rächen wollen. Dagegen spricht allerdings, dass so ein nachtragendes Verhalten der Resi gar nicht ähnlich sähe, wie ja, je länger ich es bedenke, auch die Frau aus meinem Traum der Resi gar nicht ähnlich sah und so unschicklich angezogen war wie der alte Wolpertinger das bei seiner Tochter niemals zugelassen hätte. Und woher sollte der Kapitän eigentlich ein Bild von meiner Resi haben?

Möglichkeit Nummer zwei: Es war gar nicht die Resi, die mir erschienen ist, sondern eine andere, mir unbekannte Frau. Warum sie mich allerdings in den beinahe sicheren Tod locken wollte, obwohl wir uns gar nicht kennen, weiß ich freilich auch nicht. Versteh einer diese Frauen!

Möglichkeit Nummer drei: Wer auch immer mir im Traum erschienen ist, hat mir tatsächlich helfen wollen, hat mich aber mit jemand anderem verwechselt oder sich mit den genauen Angaben vertan, schließlich war es Nacht, und die Frau hat im Dunkeln vielleicht nicht gut sehen können oder war sehr müde, und wer wollte ihr das verdenken, ich selbst habe ja auch geschlafen. Trotzdem hätte sie sich natürlich, wenn sie mir schon im Traum erscheint, ein bisschen mehr konzentrieren können, schließlich ging es um Leben und Tod.

Wie man es auch dreht und wendet: Die Frau, die da auf dem Strande liegt, hat mir kein Glück gebracht. Zur Strafe will ich sie für ein paar Tage allein in den Urwald hängen, nicht mit ihr reden und auch nicht mehr von ihr träumen. Das hat sie nun von ihrem vorlauten Geplapper.

8. Oktober 1659

Habe aus Langeweile das Rauchen angefangen. Musste mich sogleich übergeben. Schade um das gute Obst, welches hier zwar gleichwie im Paradiesgarten in Hülle und Fülle vorhanden ist, aber doch einen kräftigen Esser wie mich auf Dauer nicht zu sättigen vermag.

15. Oktober 1659

Wenn man sich erst an den scharfen Geschmack und das stetige Unwohlsein in Kopf und Magen gewöhnt hat, ist das Rauchen gar nicht so übel.

18. Oktober 1659

Vielleicht habe ich der Frau aus meinem Traum doch Unrecht getan. Nach knapp drei Wochen auf dieser Insel plagt mich inzwischen ein gewaltiger Hunger – ein Zustand, der, wie ich feststellen durfte, allenfalls, wenn auch nur notdürftig, durch kräftigen Tabakkonsum gemildert werden kann.

20. Oktober 1659

Heute in den Urwald gegangen, um mich zu entschuldigen. Konnte das Bild aber beim besten Willen nicht wiederfinden. Dass das Grünzeug, welches hier allenthalben wächst, auch so unerträglich gleich aussieht! Zerkratzt und unverrichteter Dinge kehrte ich an den Strand zurück und langweilte mich für den Rest des Tages fürchterlich.

25. Oktober 1659

Meine Tabakvorräte gehen allmählich zur Neige, und das Alleinsein macht mir zu schaffen. Habe mir daher aus Treibgut und einer leeren Kokosnuss einen Kameraden gebaut. Er sitzt geduldig neben mir am Strand, siezt mich, antwortet nur, wenn er gefragt wird, und bestätigt jeden meiner Befehle mit »Aye, aye, Sir!« Zur Erinnerung an den Tag, an dem meine Einsamkeit ein Ende fand, habe ich ihn Vierundzwanzigster Oktober getauft.

5. November 1659

Kraft meines Amtes als Kapitän zur See und als höchste juristische Instanz auf der Santa Bohemia und allen von ihr angelaufenen Gestaden, so sie nicht der Hoheit eines anderen Staates unterstehen, habe ich gestern Vierundzwanzigster Oktober zum Kielholen verurteilt. Nachdem unsere Freundschaft so gut begonnen hatte und wir allmählich auf vertraulichere Themen zu sprechen gekommen waren, stieg ihm die Nähe zur Macht offensichtlich zu Kopf, jedenfalls stellte er mir wiederholt impertinente und seiner Stellung nicht angemessene Fragen, meine Kompetenz als Kapitän betreffend, woraufhin ich ihn mangels eines Taus, an dem ich ihn hätte befestigen, und mangels eines Kiels, unter dem ich ihn hätte durchziehen können, mit bloßen Händen in die Brandung warf. Das an Vierundzwanzigster Oktober statuierte Exempel soll der verbliebenen Mannschaft eine Lehre sein. Sein Nachfolger, Vierter November, scheint mir bereits viel umgänglicher.

10. November 1659

Da ich ein gütiger Kapitän bin, da ich mir nicht jeden Tag einen neuen Gesprächspartner suchen kann und da auch Vierter November partout keine Ruhe gibt, will ich hier eine Sache ein für alle Mal klarstellen: An dem schrecklichen Unglück, dem die Santa Bohemia, das Flagschiff und der ganze Stolz der königlich-böhmischen Marine, vor circa einem Monat zum Opfer gefallen ist, trifft mich keinerlei Schuld. Schuld hatte ausschließlich mein Vorgänger, ein ausgemachter Feigling, der, seitdem ich über ihn weiß, dass er in seiner Kajüte Abbildungen liederlich gekleideter Weibsbilder aufbewahrte, in meiner Achtung noch weiter gesunken ist.

Er war es, der die Warnungen des Jungen aus dem Mastkorb, welcher die Untiefen, die unser Verderben werden sollten, schon von weitem gesehen hatte, missachtete. Er war es, der befahl, die Mittelfock zu fieren und das Ruder hart backbord zu halten, wenn man meines Erachtens doch ebenso gut die Fock hätte reffen und das Ruder nach steuerbord hätte wenden können. Er war es, der, als das Riff unseren Rumpf aufgerissen hatte und die Bohemia zu kentern begann, als Erster zu den Rettungsbooten rannte, und der, nachdem sein Erster Offizier ihn wiederholt darauf hingewiesen hatte, dass der Kapitän unter keinen Umständen das sinkende Schiff verlassen dürfe, mich zum neuen Kapitän ernannte.

»He, du da!«

»Yessir!«

»Wie lautet dein Name?«

»McCoy, Sir!«

»Und was ist deine Stellung?«

»Einfacher Matrose, Sir!«

»Mein lieber Matrose McCoy.« Er neigte sich zu mir, sodass ich seinen rumgeschwängerten Atem riechen konnte. »Was hieltest du davon, wenn ich dich mit sofortiger Wirkung zum Kapitän beförderte?«

»Zu viel der Ehre, Sir!«

»Keine Widerrede! Du hast ab jetzt das Kommando. Das ist ein Befehl!«

»Aye, aye, Sir!«

Ja, das Gespräch mit dem feigen Halunken, der mein Kapitän gewesen war, klingt mir noch in den Ohren. Und auch die Bilder jenes Tages haben sich mir eingeprägt, als wäre es gestern gewesen: wie der Maat vor mir zum Abschied grinsend salutierte, wie der Kapitän und meine Kameraden sich in die Beiboote retteten, und wie sie mit kräftigen Ruderschlägen am Horizont verschwanden, während ich alleine auf der Brücke stand und mein Schiff, ja, *mein* Schiff! in den Untergang begleitete.

Aufgrund dieser schmerzlichen Erinnerungen, die mich wie mit einem doppelten Palstek an mein Amt gefesselt haben, wird es mir wohl niemand übel nehmen, wenn ich Wert darauf lege, so, wie es meiner Stellung gebührt, keine unverschämten Fragen dulden zu müssen und stets mit »Kapitän McCoy« angesprochen zu werden. Zumal von einem Untergebenen aus Treibholz.

12. November 1659

Der Tabak ist alle. Bekomme sogar Schweißausbrüche, wenn die Sonne nicht scheint. Einziger Trost: Aus den Samen, die der Xaver mir zugesteckt hat, sind dank des feuchtwarmen Klimas binnen kürzester Zeit prächtige Pflanzen mit eigentümlich gezackten, farnartigen Blättern entstanden. Werde sie trocknen und so bald wie möglich rauchen.

13. November 1659

Der Schrumpfkopf erscheint mir jetzt nachts im Schlaf und erzählt schmutzige Witze, und die Gespräche mit Vierter November verlaufen zunehmend schleppend. Kann unter gar keinen Umständen darauf warten, dass die Blätter vollständig getrocknet sind. Denke aber, dass ich sie auch so zum Brennen kriege.

14. November 1659

Ein wunderbarer Tag. Der Himmel ist blau, das Meer ist blau, und nichts als Sonne, Sonne, Sonne.

16. November 1659

Heute mal richtig ausgespannt.

22. November 1659

Lange nichts mehr geschrieben.

23. November 1659
Der neue Tabak ist eine Gnade. Fühlte mich heute nach meiner Morgenpfeife von großer Dankbarkeit durchflutet, fiel auf die Knie und sprach: »Lobe den Herrn, meine Seele! Herr, du bist sehr herrlich; du lässest Gras wachsen für das Vieh und Saat zu Nutz den Menschen. Halleluja!«

»Schön und gut, Kapitän McCoy«, fuhr Vierter November dazwischen, »aber seht Euch an: Das ständige Obstessen bekommt Euch nicht. Was Ihr braucht, ist ein ordentliches Stück Fleisch.«

Obwohl ich ihm insgeheim Recht geben musste, entgegnete ich: »Es ist besser ein Gericht Kraut mit Liebe denn ein gemästeter Ochse mit Hass.« Da Vierter November darauf nichts zu erwidern wusste, kam unser Gespräch schon wieder ins Stocken.

25. November 1659
Die Früchte, die hier allenthalben sprießen, scheinen doch nicht von Gott angebaut worden zu sein wie ursprünglich angenommen, sondern von einem auf dieser Insel lebenden Stamm von Eingeborenen. Heute Morgen kamen sie mit Körben und Gefäßen, offenbar mit dem Vorsatz zu ernten, und fanden mich rauchend inmitten eines Berges von Kokosnüssen und Obstschalen vor. Da sie weder des Bayrischen noch einer anderen mir bekannten Sprache mächtig sind, bot ich ihnen als Zeichen des Friedens und der Freundschaft von meiner Pfeife an, doch lehnten sie mit entschiedenen, aber höflichen Gebärden ab. Überhaupt scheinen sie sehr zivil zu sein, tragen Kleidung aus einer Art Nesseltuch, welches ihre bei manchen dunkelbraunen, bei anderen ins olivfarbige spielenden, durchweg aber wohlgebauten Körper sittsam bedeckt. Bei alldem machen sie sich über mein Äußeres jedoch keineswegs lustig, ihr Verhalten mir gegenüber scheint vielmehr von großer Beflissenheit und Demut beseelt.

Nach einer Weile der stummen gegenseitigen Betrachtung

gelang es mir, die Eingeborenen von meiner misslichen Lage meine Ernährung betreffend zu unterrichten, indem ich mir mit der Hand in kreisförmigen Bewegungen über den Bauch strich, dann auf allen vieren kniend und nach Leibeskräften grunzend ein Schwein imitierte und mich schließlich auf dem Strand hin und her wälzte wie ein Spanferkel am Spieß, während ich mit zuckenden Fingern und Zischlauten ein loderndes Grillfeuer darzustellen versuchte. Sie betrachteten mich während all dem eingehend, nickten schließlich ernst und geboten mir, ihnen zu folgen. Bevor wir aufbrachen, bat ich sie, ihre Körbe zu meinem Bedarfe mit Tabakspflanzen zu füllen, eine Bitte, der sie ohne zu zögern nachkamen.

26. November 1659

Nach einer guten Stunde Fußmarsch erreichten wir gestern Abend ihr Dorf. Doch wie anders sieht es hier aus als in Bayern! Statt der schneebedeckten Gipfel, die das Auge in unendliche Fernen locken, bloß immergrünes Dickicht, das den Blick nach wenigen Metern erstickt. Statt der saftigen Weiden, die den Wanderer zum Verweilen einladen, nur Lehmböden, darauf vereinzelte Brotfruchtbäume. Anstelle einer ordentlichen Kirche mit einem Zwiebelturm darauf steht in der Mitte des Ortes nichts als eine einfache, schilfgedeckte Hütte, welche die umliegenden Behausungen nur um weniges an Größe übertrifft. Und kein lachendes Frauenauge, das keck vom Brunnen herüberblitzt! Überhaupt scheinen die Menschen hier alle entsetzlich traurig zu sein.

27. November 1659

Die kulinarischen Hoffnungen, die ich in meinen Umzug in das Dorf gesetzt hatte, wurden bisher bitter enttäuscht. Neben allem anderen, was es hier nicht gibt, gibt es leider auch keine Schweine, Kühe, Ziegen oder sonstiges Schlachtvieh. Doch will ich den Menschen nicht Unrecht tun, sie bemühen sich nach Leibeskräften mich zufrieden zu stellen. Besonders ein junger Bursche, den ich aufgrund einer physiognomischen Eigenheit Zuckender Flunsch getauft habe, tut sich mit Fleiß hervor. Er hat mich in seiner Hütte untergebracht, welche direkt neben dem Haupthaus in der Mitte des Dorfes steht. Ich schlafe auf einem Lager aus Stroh in einer Ecke des Raumes, während er vor der Türe Wache hält, Pfeil und Bogen immer in Reichweite, offenbar zu meinem Schutz. Er stellt keine Fragen, gibt mir bereitwillig Feuer, reagiert auf all meine Befehle mit einem Nicken und ist mir für Vierter November, den ich am Strand zurücklassen musste, mehr als Ersatz.

29. November 1659

Gestern brachte mir Zuckender Flunsch einen Singvogel, den er für mich erlegt und gebraten hatte. Ich verschlang den Vogel mit einem Biss, in dem guten Glauben, es handele sich um die Vorspeise; dann blickte ich Zuckender Flunsch erwartungsvoll an und signalisierte ihm, dass er nun den Hauptgang bringen könne. Da kniete er beschämt vor mir nieder und berührte mit seiner Stirn den Boden. Als er wieder aufblickte, sah ich Tränen in seinen Augen. Dennoch trommelte ich ungehalten und vielleicht ein wenig zu heftig mit beiden Fäusten auf meinem Bauch herum, woraufhin mein Magen, als wäre er aus tiefem Schlaf erwacht, lautstark zu knurren begann. Zuckender Flunsch lief erschrocken davon.

1. Dezember 1659

Fand heute nach dem Aufstehen vor meiner Hütte eine kleine Statue. Auf den ersten Blick glaubte ich, es handele sich um einen Schrumpfkopf, doch als ich näher trat, sah ich mit Erleichterung, dass die Figur aus Lehm gefertigt war und dass das Haupt an ihr das Geringste zu sein schien – bestand sie doch fast ausschließlich aus einem kugelrunden Bauch, an welchem seitlich und oben, gleichsam als Dreingabe, stummelförmige Beine und

Arme sowie ein winziger Kopf befestigt waren. Ich betrachtete die Skulptur eingehend und wunderte mich nicht wenig, wer sie vor meiner Hütte aufgestellt haben mochte und zu welchem Zweck, kam aber trotz schärfsten Nachdenkens zu keinem Schluss.

4. Dezember 1659

Musste bei einem Rundgang durchs Dorf feststellen, dass es sich bei der von mir beschriebenen Skulptur keineswegs um einen Einzelfall handelt. An allen Ecken und Enden des Dorfes sitzen Menschen auf dem Boden, Schüsseln mit Wasser und Lehm zu ihren Füßen, und formen Figuren, welche verblüffende Ähnlichkeit mit der vor meiner Hütte aufgestellten Statue aufweisen. Wenn ich an ihnen vorübergehe, senken sie das Haupt, als betrachteten sie ihr Kunstwerk, doch bemerke ich nicht ohne Verwirrung, dass sie mich aus den Augenwinkeln zu beobachten scheinen, ja, dass ihr Blick bisweilen unruhig zwischen den Figuren und mir selbst hin und her schweift.

10. Dezember 1659

Vor der Großen Hütte sind jetzt mehrere Männer damit beschäftigt, einen Baumstamm mit Faustkeilen zu bearbeiten. Bisher sind nur grobe Umrisse zu erkennen, aber wenn mich nicht alles täuscht, wird sich aus dem Holze bald das Abbild eines Mannes mit riesigem Bauch schälen. Ein Verdacht ist in mir aufgekeimt, eine mögliche Erklärung für die merkwürdige Form der Figuren – doch kann ich diesen Gedanken unmöglich wiedergeben, denn jedes Mal, wenn ich versuche ihn niederzuschreiben, werde ich von heftigen Lachkrämpfen geschüttelt.

19. Dezember 1659

Habe nach langem Hin und Her beschlossen, mich in mein Schicksal zu fügen und zu akzeptieren, dass die Menschen hier mich offenbar für eine Art Gott halten. Überall im Dorf haben sie mir Statuen und Altäre errichtet, und wenn ich vorübergehe, bitten sie mich, die kleinen, vor ihren Hütten aufgestellten Figürchen mit der Hand am Bauch zu berühren. Auch legen sie allerlei Früchte, Wurzeln und erlegte Tiere vor den Statuen ab, offenbar, um mir Opfer darzubringen. Würden sie das Essen bloß lieber zu mir bringen! Die Statuen lassen es doch unverzehrt verderben! Ich zürne den Menschen für diesen Frevel, verzeihe ihnen aber, sobald ich ein wenig geraucht habe, denn siehe: Sie wissen nicht, was sie tun.

24. Dezember 1659

Heute schreckliches Heimweh nach Oberbayern bekommen. Dort liegt jetzt sicher der Schnee auf dem Kirchturm und das Kindlein in der Krippen und die Resi mit einem anderen im Stroh. Hoffentlich mit dem Sohn eines reichen Großgrundbesitzers und nicht mit einem einfachen Knecht, dann wird der Wolpertinger-Bauer vielleicht endlich zufrieden sein! Wenn der wüsste, dass ich inzwischen ein Gott bin!

25. Dezember 1659

Obwohl erst seit kurzem in Amt und Würden, scheine ich, mit Verlaub, kein schlechter Gott zu sein. So bin ich nicht nur dem Geheimnis der entsetzlichen Traurigkeit, welche über dieser Insel liegt, auf die Spur gekommen, sondern konnte sie auch mit sofortiger Wirkung heilen. »Lobe McCoy, meine Seele!«, soll es dereinst heißen, »Klaus, du bist sehr herrlich«. Doch eins nach dem anderen.

Als ich gestern vor meine Hütte trat, erwartete mich dort eine Gesandtschaft aus dem Dorfe. Nach allerlei Ehrbezeugungen, zu denen auch das rituelle Braten und Niederlegen eines Singvogels gehörte, wurde mir bedeutet, ich solle den Gesandten folgen. Ich kam ihrer Bitte nach, wenn auch unwirsch, da ich zwar schon geraucht, aber noch nicht gefrühstückt hatte. Unser Weg führte über den Dorfplatz, vorbei an düster dreinblickenden Kindern, hinüber zur Großen Hütte, einem Gebäude, das zu betreten ich bisher weder Neigung noch Veranlassung gehabt hatte. Die beiden Männer, welche tagein, tagaus vor der Hütte Wacht hielten, verneigten sich, traten ehrfürchtig beiseite und schoben den Bambusvorhang auseinander, um uns Eintritt zu gewähren.

Es dauerte einen Moment, bis sich meine Augen an das Dämmerlicht im Innern der Hütte gewöhnt hatten. Doch als ich wieder sehen konnte, wünschte ich, es wäre dunkel geblieben, oder meine Augen wären erblindet. Denn der Anblick, der sich mir darbot, war wohl der traurigste, den ich in meiner an traurigen Anblicken nicht armen Zeit in diesem Dorf gesehen hatte. In der Mitte des Raumes stand, aus armdicken Holzstücken gezimmert, mit prächtigen Tierfellen bedeckt und Korallen und Muscheln ausgeschmückt, ein Thron, der auch einem bajuwarischen Herrscher nicht wenig zur Ehre gereicht hätte. Auf diesem Throne saß ein Mann von kräftiger Statur mit glänzend schwarzen Haaren und überaus anmutigen Zügen, die einen angeborenen Adel des Geistes verrieten und die mich ihn sogleich als Häuptling des Stammes erkennen ließen. Dieser Mann hätte, soweit ich das beurteilen konnte, allen Grund gehabt glücklich zu sein.

Doch seine Stirn! Von Falten zerfurcht wie ein Acker nach einer langen Zeit der Dürre. Seine Augen! So dunkel wie ein vertrockneter Brunnenschacht. Seine Mundwinkel! Sie hingen herab wie Tannenzweige im Winter kurz bevor der Schnee sie bricht. Ein Bild des Jammers und, das wusste ich sogleich, der Grund für die Traurigkeit des ganzen Dorfes: Der Fisch fängt am Kopf an zu stinken, wie wir auf See zu sagen pflegen. Zuckender Flunsch, der die Delegation geführt hatte, brach beim Anblick des Häuptlings in Tränen aus. Und auch die anderen Männer begannen einer nach dem anderen zu weinen.

An das, was dann geschah, kann ich mich, obwohl es nur wenige Stunden zurückliegt, nur noch sehr schemenhaft erinnern; es drängt portionsweise aus meinem Gedächtnisse hervor wie das Gras aus dem Magen einer Kuh, wenn sie des Abends im Stall wieder hochwürgt, was sie am Tag auf der Weide gefressen hat. Ich weiß, dass ich den Häuptling in Gedanken Großer Trauerkloß taufte. Ich weiß, dass ich bei diesem Einfall unwillkürlich losprusten musste vor Lachen. Ich erinnere mich auch daran, dass der Häuptling nicht mitlachte, mich aber mit einer Mischung aus Neid und Ehrfurcht betrachtete, als habe er so etwas noch nie gesehen. Er wandte sich an meine Begleiter.

Sie begannen eindringlich auf mich einzureden, zuerst mit Worten, welche ich nicht verstand, dann mit Gesten, sie strichen dem Häuptling über die gerunzelte Stirne, sie massierten seine freudlosen Augen, sie formten mit Zeige- und Mittelfinger ein V und drückten damit seine herabhängenden Mundwinkel nach oben, und bei all dem sahen sie entsetzlich bekümmert aus. Ich begriff. Ich, K.L. McCoy, sollte den Häuptling und damit den ganzen Stamm von seiner Schwermut heilen. Der Druck, der auf mir lastete, war groß, meine Fähigkeiten als Gott wurden auf eine schwere Probe gestellt. Was ich brauchte, war nichts weniger als ein Wunder.

Da entsann ich mich meines Tabaks, den ich immer bei mir trug und der mir auch in Stunden größter Verzweiflung so häufig Trost gespendet hatte. Ich griff in die Tasche meiner Lederhose und brachte die Pfeife zum Vorschein. Ich griff in die andere Tasche, holte eine Hand voll getrockneter Blätter hervor und stopfte mit geübten Bewegungen die Pfeife. Dann nahm ich ein Schwefelholz, riss es am Gesäßteil meiner Hose an und setzte die Pfeife in Brand.

Ich behielt den Rauch lange in der Lunge und merkte, wie eine große Ruhe und Zuversicht in mir einkehrte. Ich atmete aus und beobachtete, wie der Rauch in Richtung des Schilfdaches schwebte, wie er sich zum Firmament reckte, bevor ihn ein einzelner, durch eine Ritze in der Hüttenwand hereinfallender Sonnenstrahl durchschnitt. Ich nahm einen zweiten Zug, atmete aber sofort wieder aus, diesmal in Richtung des Häuptlings, der zwar seine Trauermiene beibehielt, aber doch interessiert zu schnuppern begann. Ich sog ein weiteres Mal an der Pfeife und trat an den Thron heran.

»Majestät«, wisperte ich, einer plötzlichen Eingebung folgend, während mir Wolken der Verklärung um die Lippen strichen. »Fürchtet euch nicht. Denn ich verkündige Euch große Freude.« Und mit diesen Worten beugte ich mich über das von Kummer verzerrte Antlitz des Häuptlings, legte meine halbgeöffneten Lippen auf seine und atmete kräftig aus.

Und tatsächlich! Wie der warme Frühlingswind in die Knospen fährt und sie zum Erblühen bringt; wie die ersterbende Glut eines Feuers durch kräftiges Blasen entfacht wird; so glomm das Gesicht dieses Mannes mit einem Mal auf. Ich beatmete den Häuptling ein zweites Mal, und nun wanderte das Feuer mit Macht in seine Wangen. Wieder legte ich meine dampfenden Lippen auf die seinen, und als ich mich diesmal zurücklehnte, schien der Häuptling sogar zu lächeln. Seine Stirn entspannte sich. Sein Auge leuchtete wie glühende Kohle. Der harte Zug um seinen Mund verschwand, und mit einer gebieterischen Geste verlangte er nach mehr.

Ich reichte dem Häuptling meine Pfeife. Nachdem er sich durch ein paar behutsame Züge mit ihrer Funktionsweise vertraut gemacht hatte, stand er auf. Er stieg von seinem Thron herab, schritt bedächtig die Reihe seiner Stammesgenossen ab, und bei jedem einzelnen blieb er stehen, nahm einen Zug und legte den Mund auf seine Lippen, solange, bis die ganze Gesandtschaft vom Rauch gekostet hatte und der Häuptling fürchterlich husten musste.

Er hielt sich an zweien seiner Männer fest, um nicht das Gleichgewicht zu verlieren. Er schnappte heftig nach Luft. Tränen liefen über seine Wangen. Und dann, mit einem Male … musste er lachen. Der Häuptling lachte, wie ich noch nie jemanden hatte lachen sehen. Er fiel mir um den Hals und lachte, und ich lachte auch, und seine Untertanen setzten ein und lachten mit, und dann gingen wir zum Lachen nach draußen, wo uns bereits das gesamte Dorf erwartete, und gemeinsam rauchten und lachten wir, bis der Abend kam.

29. Dezember 1659

Seitdem die Dorfbewohner die wunderbare Kraft meines Tabaks kennen und schätzen gelernt haben, sind sie wie verwandelt; es ist, wie wenn nach Wochen nasskalten Winterwetters endlich der Föhnwind über die Alpen kommt und binnen Minuten die Kälte und die Dunkelheit vertreibt. Selbst Zuckender Flunsch ist kaum wiederzuerkennen; ich habe ihn daher einer spontanen Eingebung folgend in Lustige Lunge umbenannt. Auf Geheiß des Häuptlings hat er angesichts der rapide schrumpfenden Tabakbestände eine Expedition organisiert, welche unverzüglich an den Strand gehen und die dort von mir angepflanzten Stauden abernten soll. Ich gebe der Expedition meinen Segen. Kichernd machen sich die Männer auf den Weg.

31. Dezember 1659

Zwei Tage sind vergangen, und die Expedition ist noch immer nicht zurück. Mache mir allmählich Sorgen um das Wohlergehen meiner Gläubigen. Als ich versuchte, Lustige Lunge meine diesbezüglichen Bedenken verständlich zu machen, brach er statt einer Antwort unter schallendem Gelächter zusammen. Dies ist, soweit mir ersichtlich, der einzige Nachteil, den die im Dorfe eingekehrte neue Heiterkeit mit sich bringt: Man nimmt mich nicht mehr sehr ernst. Wie überhaupt, vor allem unter den jüngeren Dorfbewohnern, eine gewisse Nachlässigkeit den Umgang mit Respektspersonen betreffend festzustellen ist. Vorsatz für das neue Jahr: Ich will in Zukunft ein strengerer Gott sein.

1. Januar 1660

Gut: Die Männer sind zurück.
Schlecht: Sie sind nicht allein.

3. Januar 1660

Hätte ich nur nie auf dieses vermaledeite Frauenzimmer gehört! Dann wäre ich nicht zum Schiff geschwommen, dann hätte ich das Bild nicht an Land gebracht, dann hätte ich es nicht in den Urwald gehängt, und die verantwortungslosen Gesellen, deren einzige und geheiligte Aufgabe es war, auf dem direktesten Wege zum Strand zu gehen und dort Tabak zu ernten, hätten es nicht gefunden und mit ins Dorf gebracht. Was hatten sie abseits der ausgetretenen Pfade überhaupt zu suchen?

5. Januar 1660

Der Anstand, der im Dorf inzwischen nur noch ein selten gesehener Gast ist, hat die Männer nicht davon abgehalten, das Bildnis der tanzenden Resi am Bauch meines hölzernen Standbilds in der Mitte des Dorfes zu befestigen. Götzendienst! Ketzerei! Aber wartet nur: Wer Wind sät, soll Sturm ernten.

6. Januar 1660

Wie ich es vorausgesagt habe, entlud sich heute ein gewaltiges Gewitter über dem Dorfe. Doch konnte dieses Ereignis die Bewohner nicht betrüben, ganz im Gegenteil: Lachend entledigten sie sich ihrer Kleider und begannen, unter Anleitung von Lustiger Lunge nackt auf dem Platz vor der Großen Hütte zu tanzen. Dann kehrten sie, einem plötzlichen Entschlusse folgend, zu ihren Behausungen zurück und machten sich daran, die irdenen Figürchen, welche der Regen aufgeweicht hatte, umzugestalten. Die Köpfe der Figuren sind nun größer und von kräftigem Haupthaar bedeckt; die Beine sind lang und schlank; und an Stelle des charakteristischen Bauches haben sie … ach, meine Feder zittert, wenn ich ansetze es niederzuschreiben.

10. Januar 1660

Schweren Herzens muss ich meine Versuche, den Dorfbewohnern mittels Gebärden das Prinzip des Monotheismus zu erklären, als gescheitert betrachten. Auch die Tatsache, dass eine Frau unmöglich ein Gott sein kann, scheint ihnen trotz wiederholter Darlegung der körperlichen Unterschiede zwischen mir und dem von ihnen verehrten Kupferstich nicht einsichtig zu sein; ja, die öffentliche Zurschaustellung meines Körpers in einem selbst gemachten Rock aus Fallobst hatte statt der angestrebten Vertiefung der Beziehung zwischen mir und meinem Volke nur allgemeine Heiterkeit zur Folge. Lachend wälzten sich die Eingeborenen auf dem Boden. Von Schmerz übermannt suchte ich Zuflucht in meiner Hütte.

13. Januar 1660

Heute Nacht erschien mir auch noch die Resi im Traum.

»Danke«, sagte sie und grinste, dass ihre Zähne blitzten.

»Wofür?«

»Dass du mich aus der Kabine dieses Wüstlings befreit und an Land gebracht hast. Dass war sehr«, sie lächelte kokett, »wie soll ich sagen, ›heldenhaft‹ von dir.«

»Aber auch ein bisschen dämlich«, fügte der Schrumpfkopf hinzu.

»Natürlich bin ich heldenhaft«, überging ich ihn geflissentlich. »Schließlich bin ich ein Gott.«

»Ein Gott«, lachte die Resi mitleidig. »Mein lieber kleiner Klaus: Ist dir eigentlich noch nicht aufgefallen, dass du ausgegöttert hast? Die Menschen hier dienen jetzt mir.«

»Genau«, bekräftigte der Mostapfel. »Was sie brauchen, ist eine Frau mit Durchsetzungsvermögen und Verstand und einem Schrumpfkopf um den Hals. Nicht einen Esel wie dich.«

»Unsinn«, sagte ich. »Was sie brauchen, ist ein spiritueller Führer. Jemand, an den sie sich anlehnen können. Einen Mann mit … dem gewissen Etwas.«

»Soso«, sagte die Resi. »Ich wüsste ja gar zu gerne, was du hast, was ich nicht hab.«

»Nun«, sagte ich und kratzte mich am Bart. »Zum Beispiel ... habe ich einen riesigen Bauch.«

Resis Blick wanderte an meinem Körper hinunter. Der Blick des Schrumpfkopfs wanderte ebenfalls an meinem Körper hinunter. Sein knittriger Mund verzog sich zu einem Grinsen. Er schaute zur Resi hoch, und sie grinste ebenfalls. Und dann begannen die beiden unbändig zu lachen.

»Einen Bauch!«, rief die Resi schrill. »Hast du das gehört?«

»Ja!«, rief der Schrumpfkopf. »Ist er nicht herrlich dämlich?«

»Allerdings«, prustete die Resi und strich ihm über den Kopf. »Komm, wir lassen diesen Esel alleine.« Und mit diesen Worten packte sie den Schrumpfkopf, hob ihn empor und presste seinen Mund an ihre Lippen.

Ich senkte den Kopf, sah betreten zu Boden und stellte überrascht fest: Ich konnte den Boden tatsächlich sehen! Denn mein Bauch, jenes Körperteil, welches mir bisher den Blick nach unten versperrt und für das mich die Bevölkerung hier verehrt hatte ... war weg!

15. Januar 1660

Heute Morgen schweren Herzens aus dem Dorf geschlichen. Friedlich lagen die Hütten im Morgennebel, vereinzelte Rauchschwaden zogen aus ihren Eingängen, hoch droben im Wipfel eines Brotfruchtbaums sang ein Vogel. Vogel, dachte ich, du bist wie ich: Einsam, aber ungebrochen. Ein Wanderer. Du fliegst von hier nach dort, du isst die Samen des Feldes, baust dir bisweilen sogar ein Nest, aber sesshaft werden, das darfst du nie. Und dann besann ich mich, wie immer, wenn meine Lage verzweifelt scheint, auf das Gute im Herzen des Schlechten, sowie auf das, was mir noch geblieben war: Eine Pfeife. Eine Gänsefeder. Ein Buch.

Schlecht: Ich befinde mich noch immer in aussichtsloser Lage, gestrandet auf einer Insel zwischen fünfundsiebzig und achtzig Grad westlicher Länge und fünfzehn und zwanzig Grad nördlicher Breite.

Gut: Von der Gesellschaft der Menschen habe ich genug.

Schlecht: Mein Glaube an den Allmächtigen ist, seitdem ich selber Gott war, schwer erschüttert. Zuerst betet man mich an, dann lässt man mich beinahe verhungern, und schließlich wird auch noch eine nackte Frau zur Herrscherin der Welt erklärt. Wie kann ER so etwas zulassen?

Gut: Solange ich eine ausreichende Menge Tabaks bei mir habe, lassen sich solche Bedenken leichter ertragen.

Schlecht: Ich würde den Xaver ja zu gerne fragen, was das für Samen sind, die er mir da zugesteckt hat; aber wenn ich mich in Rosenheim wieder blicken lasse, schlagen mich die Wolpertingers windelweich.

Gut: Was auch immer geschieht, ich werde stets die Gewissheit haben, dass ich ein paar unglücklichen Menschen das Lachen gebracht habe.

Bei einem so weitgereisten Mann wie K. L. McCoy ist es nicht verwunderlich, dass sich nach einigen Jahrtausenden des unsteten Lebenswandels und der Wanderschaft irgendwann die Sehnsucht nach Heimat einstellen sollte. So verdingte er sich zur Getreideernte 1658 als Knecht nahe der oberbayrischen Stadt Rosenheim, begann sogleich fließend den örtlichen Dialekt zu sprechen und machte sich mit den lokalen Spielarten männlichen Imponiergehabes vertraut. Die Hingabe, die McCoy dabei an den Tag legte, scheint vor allem seiner Bekanntschaft mit Theresia Wolpertinger, der Tochter seines Arbeitgebers, geschuldet zu sein. Ob McCoy tatsächlich glaubte, aufgrund seiner Fertigkeiten im Schuhplatteln, Bierseidelstemmen und Fingerhakeln von Aloysius Wolpertinger als Schwiegersohn akzeptiert zu werden, ist ungewiss. Jedenfalls macht er Theresia im Frühling 1659 ein unzweideutiges Angebot; am Tag darauf drohen ihre Brüder ihm Prügel an; dann verliert sich seine Spur. Erst im Sommer 1660 wird McCoy halluzinierend, abgemagert und mit nichts als einem Bananenrock bekleidet an der Küste Jamaikas von einer spanischen Fregatte aufgegriffen.

Vom Hörensagen

Von K. L. McCoy wird erzählt, dass sie im ausgehenden achten Jahrhundert unserer Zeitrechnung einige Jahre als Haremsdame am Hof Harun al-Raschids in Bagdad verbrachte. Eine Zeit der äußeren Ruhe und persönlichen Stabilisierung. Der Sorge um ihren Lebensunterhalt enthoben, widmete sich McCoy aufwändigen algebraischen Studien. Sie gelangte darin zu solcher Meisterschaft, dass sie, obgleich es bis zur modernen Symbolsprache der Mathematik ja noch ein weiter Weg war, bereits von beliebig hohen Potenzen einer Unbekannten x sprechen konnte und dies, in ausufernden Monologen am Teetisch, auch immer wieder tat. Der Grund für ihre Verjagung aus dem Palast des Kalifen war allerdings ein anderer; er lag in K. L. McCoys strikter Weigerung, ihren, wie der Großwesir zornig anmerkte, »gänzlich unaussprechbaren und obendrein höchst unpassenden Namen« zu ändern.

Diese Episode ist der einzige bekannte Fall, in dem McCoy als Frau in Erscheinung trat – bedauerlicherweise, denn wenn wir einer weiteren überlieferten Äußerung des Großwesirs ibn-Khalid Glauben schenken dürfen, war sie »zumindest bei einigermaßen gründlicher Körperenthaarung« eine »Erscheinung von der Anmut einer stolzen Hirschkuh an den Ufern des Euphrat«. Schade überdies, dass bei McCoy von den mathematischen Fertigkeiten, die sie sich in dieser Zeit erwarb, nach eigenen Angaben »wenig hängen geblieben« ist.

Von K. L. McCoy wird erzählt, dass er für einige Jahre niemals das Haus verließ, ohne sich von all seinen Habseligkeiten einzeln und mit einer individuellen Bemerkung zu verabschieden, und es dauerte mitunter Tage, bis er die Tür hinter sich schließen konnte, nie ohne zu fürchten, doch ein Buch, einen Teller oder womöglich eine Socke übersehen zu haben, und dieser so verschmähte Gegenstand hetze in seiner Abwesenheit seine Artgenossen gegen ihn auf. »Unterschätzt mir die Socken nicht«, soll er gern und oft gemahnt haben, bis ihm der englische Textilfabrikant Ferdinand Best diesen Satz im Jahr 1843 für zehn Pfund Sterling zu Werbezwecken abkaufte und McCoy sich aus Angst vor gerichtlicher Verfolgung nie wieder traute, ihn selbst auszusprechen.

Von K. L. McCoy wird erzählt, dass er bei der Schach-Weltmeisterschaft 1972 in Reykjavik nicht nur durch eine lautstarke Kommentierung des Spielgeschehens, die zudem auf eine fast atemberaubende Unkenntnis der Schachregeln schließen ließ, auffiel, sondern auch die beiden Kontrahenten Fischer und Spasskij so lange mit seiner Ankündigung belästigte, die beiden jederzeit und an einem Ort ihrer Wahl simultan und blind schlagen zu können, bis sie sich schließlich am Abend vor der sechsten Partie darauf einließen. McCoy verlor beide Spiele, gegen Fischer in fünf Zügen, gegen Spasskij in respektablen acht. Über den Wetteinsatz kursieren mehrere Versionen, manche sprechen von jeweils 5 555 US-Dollar, andere vom erstgeborenen Kind, wieder andere sind sich sicher, dass der Verlierer für eine zweiwöchige Kreuzfahrt aufkommen musste, die die drei im Frühsommer 1973 dann auch tatsächlich auf Kosten McCoys unternommen und sich dabei überraschend gut verstanden hätten. Angeblich schenkten sie sich gegenseitig noch jahrelang zu Weihnachten teure Bildbände.

Selbstporträt Nr. 189, oder »Die Mondfrau«,
oder »Komposition mit Dreieck und Kreis IX«
Edelstahl auf Edelholz, ca. 17 x 7 cm
Ständige Sammlung des Irakischen Nationalmuseums Bagdad
(verschollen)

Die ausladenden Hüften, die grazilen Schultern, der depilierte Rücken, der fein ziselierte Hals – trotz des hohen Abstraktionsgrades ist unstrittig, dass es sich hier um ein Selbstporträt McCoys als Haremsdame am Hofe Harun al-Raschids handelt. Da die Anfertigung von menschlichen Bildnissen allerdings mit drakonischen Strafen belegt war, soll McCoy, vom Kalifen auf ihr Machwerk angesprochen, sich herausgeredet haben, indem sie behauptete, es handele sich bei dem abgebildeten Motiv wahlweise um »den Vollmond, der über dem Berge Kuh-e Haji Ebrahim aufgeht«, um »ein Schlüsselloch, welches Einblick in die süßesten Geheimnisse des Serail gewährt«, oder um »ein gleichschenkliges Dreieck mit einem Kreis darüber«.

Bonne nuit, Marquis

In der Johannisnacht hatte ich einen seltsamen Traum. Ich befand mich in einer ländlichen Gegend vor den Toren unserer Weltstadt Paris und hörte aus einem brennenden Dornbusch meine eigene Stimme zu mir sprechen. »Monsieur McCoy«, schallte es aus dem Strauch, »geh hin und schaffe einen Fön nach deinem eigenen Bilde!« Ich fühlte mich durch diese Worte recht unangenehm berührt, denn erstens: Was in drei Teufels Namen sollte das sein, ein *Fön*, und zweitens war ich nicht allein, sondern das Spektakel hatte eine beträchtliche Menschenmenge angelockt. Verlegen zupfte ich an meiner Perücke herum. Meine Stimme aus dem Dornbusch gab keine Ruhe, wiederholte ein ums andere Mal ihre blödsinnige Aufforderung, und immer kecker loderten dazu die Flammen empor. Längst echauffierten sich die Umstehenden mehr als halblaut, Fäuste wurden geballt, erste Dreschflegel geschwungen. Aufruhr lag in der Luft. Ich sah mich unter Zugzwang. »Was will uns dieser Schreihals mit seinem tollen Treiben«, rief ich, auf den Busch deutend: »*Allez*, in den Kerker mit ihm!« – »In den Kerker mit ihm! In den Kerker!«, johlte der Mob. Doch wie erschrak ich, als es dann gar nicht die Erscheinung war, auf die sie losstürzten, die sie sich griffen, verdroschen, zum Stadttor schleiften, sondern ich selbst. Tief empört wachte ich auf.

Die Ereignisse, die dazu führten, dass man mich nur wenige Tage später tatsächlich in die Bastille warf, waren etwas anderer Natur. Seit dem Frühjahr hatte ich meine Schrift *Der pubertäre Jesus im Tempel* in den gebildeten Kreisen der Metropole herumgehen lassen, doch unser angeblich so aufgeklärtes Jahrhundert war für die Erleuchtungen, die dieses Traktat bot, noch nicht reif. Verbittert über den scheinheiligen Zeitgeist, auch menschlich schwer enttäuscht, landete ich in meiner Zelle.

Nun muss man sich die Bastille zwar nicht als das finsterste aller Verliese vorstellen: Dass die Wachmannschaft aus alten Invaliden sowie einigen Schweizern besteht und einen vergleichsweise gutmütigen Umgang mit den Häftlingen pflegt, entspricht durchaus der Wahrheit; auch können, was die Qualität der Mahlzeiten belangt, gewisse Mindestanforderungen als erfüllt betrachtet werden. Andererseits handelt es sich aber auch nicht, wie mancher glauben mag, um ein Erholungsheim für überhitzte Adelssprösslinge. Die Mauern meiner Zelle waren stellenweise schimmelfeucht, die Matratze aus klebrigem Stroh hatte seit Monaten keinen frischen Bezug mehr gesehen, und die Umstände, unter denen ich meine Notdurft verrichten musste, kann selbst ein Freidenker wie ich nicht beschreiben.

Die ersten Stunden nach meiner Ankunft brachte ich mit wüsten Verwünschungen zu, mit Rütteln am Türgitter und Versuchen, das winzige, gut drei Meter über meinem Kopf befindliche Fenster durch Hochsprung zu erreichen. Von diesen Beschäftigungen ließ ich nicht eher ab, als bis in meiner unmittelbaren Nähe jemand sagte: »Eure Flüche sind hausbacken, Monsieur, und Eure Turnübungen stimulieren mich nicht.«

Diese Worte waren nicht vom Korridor gekommen. Ich hatte offenbar einen Zellengenossen, musste ihn bloß im schwachen Licht und in meinem Zorn bisher übersehen haben. Umso genauer nahm ich ihn jetzt in Augenschein.

Er mochte an die fünfzig Jahre zählen, sah aber eher älter aus. Seinen schon ziemlich ergrauten Schopf, der wohl einmal hellbraun gewesen war, trug er im Haarbeutel, sein Gesicht denke man sich blass, leicht aufgeschwemmt und pockennarbig. Einen Überrock aus blauem Tuch mit roten Manschetten hatte er sich lose um die Schultern geworfen. Er saß auf einem verwitterten Küchenstuhl, die Beine übereinander geschlagen.

Mein prüfender Blick schien ihm auf Dauer zu missfallen. »Ihr scheint zu vergessen, wen Ihr vor Euch habt, Monsieur«, fuhr er mich in einem selbst für hiesige Verhältnisse ungewöhnlich näselnden Ton an. Doch ich hatte es keineswegs vergessen, sondern vielmehr keinen Schimmer, wer der seltsame Kauz sein könnte. Ohne ihn einer Entgegnung zu würdigen, wandte ich mich ab und ließ mich auf die klebrige Matratze fallen. Ich schlief so schnell ein, dass ich kaum mehr mitbekam, wie er sich neben mich legte.

Geschrei weckte mich auf. Nach einigen Minuten, die ich benötigte, um mir darüber klar zu werden, wo ich mich befand, trat ich an die Zellentür, um die Ursache des Lärmens zu ergründen. Ich blickte zwischen den Stäben hindurch und erkannte gegenüber, auf der Galerie, die in einiger Höhe zu beiden Seiten des Korridors verlief, meinen Haftgenossen. Er schwang dort Reden, mit so schriller Stimme allerdings, dass ich, zumal es um die Akustik zwischen den alten Festungsmauern nicht zum Besten bestellt war, nur hier und da einen Brocken verstand. Das Böse sei die einzige Passion des Menschen, die der Mühe wert sei, hörte ich ihn deklamieren, und kurz darauf: »Zeigt euch im Allgemeinen möglichst wenig von vorn.« Das mochten durchaus interessante oder zumindest diskutable Denkansätze sein. Doch mich bestürmte zuvorderst die Frage, wie der Redner dorthin gelangt war, wo er jetzt stand. Er hatte sich nicht nur, von mir unbemerkt, viel früher als ich von der widerlichen Matratze erhoben, nein, er verfügte obendrein wohl über Mittel und Wege, die Zelle nach eigenem Gutdünken zu verlassen – und hinter sich wieder abzuschließen.

Noch während ich mit diesen Überlegungen befasst war, fand er zu einem Ende seiner Ansprache. Nun ließ er seinen blauen Rock am ausgestreckten Arm über seinem Kopf kreisen wie einen Windmühlenflügel und brüllte dazu ein unzüchtiges Lied. Zwei der Schweizer aus der Wachmannschaft erschienen auf dem Gang, stiegen gemächlich hoch zur Galerie. Anscheinend waren sie ein derartiges Schauspiel schon gewohnt; wenn ich meinen Ohren trauen durfte, unterhielten sie sich über Käse und unterbrachen sich dabei weder, als sie den Querulanten ergriffen, noch, während sie ihn zurück zu mir in die Zelle führten.

Ich suchte jetzt doch das Gespräch mit ihm, gab zu, dass man mir in der Frage, wen ich vor mir habe, noch auf die Sprünge helfen müsse und erfuhr, dass er ein Marquis sei, von der Mutter her mit den Bourbonen verwandt, väterlicherseits provenzalischer Uradel, im Jahr '72 zum Tod durch den Strang verurteilt und, weil ihm die Flucht gelang, *in effigie*, will sagen in Gestalt einer Strohpuppe in der Stadt Aix verbrannt, der Name also: de Sade.

»Ihr aber, Monsieur«, setzte er hinzu, »kommt von hinterm Mond zu uns, nehme ich an?«

»So ähnlich mag es sich in der Tat verhalten. Hier auf Erden aber habe ich die Schrift *Der pubertäre Jesus im Tempel* verfasst.«

Er verzog belesen den Mund. »Wahrlich kein großer Wurf. Doch für ein Jugendwerk immerhin ganz passabel. Euer Talent ist entwicklungsfähig, wenn Ihr hart daran arbeitet.«

Ich sah davon ab, ihn auf mein wahres Alter hinzuweisen, freute mich nur still an der Gewissheit, dass ich mich, ganz im Gegensatz zu ihm, verblüffend gut gehalten hatte.

»Und Euer Name, Monsieur?«

An dieser Stelle hätte ich, wie schon öfters in feudalem Umfeld, meinem *McCoy* eine Ahnenreihe schottischer Clanoberhäupter hinzudichten können. Doch weil mir just wieder mein seltsamer Traum aus der Johannisnacht durch den Sinn ging, sagte ich nur: »Ich werde *Der Herr mit dem Fön* genannt.«

»Nun, den Herrn sehe ich wohl. Wo aber befindet sich der – wie sagtet Ihr – *Fön*?«

»Der Fön befindet sich hier drin.« Ich deutete mit dem Finger auf meine Stirn.

Ein Funkeln trat in die Augen des Marquis. »So will ich hoffen, dass es sich bei dem, was Ihr Fön nennt, um eine neuartige, nie da gewesene Form der Ausschweifung handelt!«

»Darauf könnt Ihr Euch verlassen.«

Hier wurde mir freilich etwas bange vor meiner eigenen Courage. Dass ich nicht wusste, was die Stimme in meinem Traum meinte, wenn sie Fön sagte, war eine Sache; den Bereich der möglichen Erklärungen voreilig auf das Exzessive einzuengen, eine andere. Doch gesagt war gesagt, und der Marquis rieb sich die Hände.

»Formidabel, Monsieur. Verratet fürs Erste keinesfalls noch mehr. Gerade in einem reizarmen Umfeld wie diesem muss man sich seine kleinen Befriedigungen gut einteilen.«

Ich stimmte zu, froh, auf diese Weise für die Details in Sachen Fön noch ein wenig Zeit zu haben. »Nun aber meine Frage an Euch, Marquis: Wo habt Ihr den Schlüssel, der Euch erlaubt, die Zelle zu verlassen und draußen an der Brüstung herumzubrüllen?«

Er lächelte triumphierend und entgegnete, in dieses Geheimnis werde er mich nicht eher einweihen, als bis ich ihm ein paar Dienste erwiesen hätte. Für den Anfang solle ich mich bei den Wärtern lieb Kind machen und eine Rute und eine Klopfpeitsche beschaffen, mit denen er mich flagellieren könne. »Nie im Leben!«, schnaubte ich, worauf er sagte, seinetwegen könne man es zunächst auch umgekehrt handhaben, also dass nicht er mich, sondern ich ihn flagellieren würde, dies aber sei sein letztes Angebot.

»Ich lasse es mir in Ruhe durch den Kopf gehen.«

Bevor ich mich am Abend dieses Tages schlafen legte, zog ich mit einem Stück Kohle, das ich in einer Ecke unserer Zelle gefunden hatte, eine Grenzlinie längs über die Matratze. Dass die mir selbst zugedachte Hälfte des Lagers um einiges breiter war als die des Marquis, hatte seinen gerechten Grund darin, dass ich auch einiges mehr auf den Rippen hatte als er. Doch er zeigte wenig Respekt vor dieser Regelung. »Grenzen, Monsieur«, zischte er mir ins Ohr, »haben den alleinigen Sinn, überschritten zu werden.«

Ich war fest entschlossen, ihm am nächsten Morgen aufzulauern, doch wieder kam er mir zuvor, wieder weckte mich erst seine nasale Stentorstimme von draußen auf der Galerie, und die Zellentür, gegen deren Gitter ich mein Gesicht presste, war zugesperrt. Auch an den folgenden Tagen ging es mir nicht anders; de Sade schien ein genaues Sensorium dafür zu besitzen, wann ich erwachen würde, und war mir jedes Mal leisetreterisch voraus.

Es gab noch weitere Ungeheuerlichkeiten, über die ich mir nach und nach klar wurde. So stellte ich fest, dass derzeit in der ganzen Bastille allenfalls zehn Häftlinge einsaßen – dass es sich also bei der Doppelbelegung einer Zelle um eine rein schikanöse Maßnahme handeln musste. Und als ich die Gelegenheit, dass einige Wachmänner mich zum Waschraum führten, für die leise Frage nach Rute und Klopfpeitsche nutzte, lachte einer der Schweizer unverschämt auf und rief: »Dacht ichs mir doch, dass ihr zwei euch da drinnen einen Hauptspaß macht!«

Nun konnte von Hauptspaß wahrlich keine Rede sein. Der Marquis war infolge seiner schon langjährigen Haft im Grunde verbittert und geistig ausgebrannt, und empfand ich einige der Ideen, die er äußerte, auch als anregend, so fiel mir doch bald störend auf, dass er sich dauernd wiederholte. Hinzu kam der Dünkel seines Standes, von dem er, den Umständen zum Trotz, ganz und gar durchdrungen schien. Auch seine Verschrobenheit in Alltagsdingen setzte mir zu. So konnte er halbe Tage daran verwenden, sein zweites Paar Schuhe in festgelegtem Winkel zur Zellenwand auf Millimeter genau zu justieren. Und wenn wir zufällig einmal dasselbe Wort gleichzeitig aussprachen, bestand er darauf, dass man stumm bis drei zählte und dann entweder *Justine* oder *Juliette* rief, und wenn wir uns in diesem Fall wiederum beide für denselben Namen entschieden hatten, durfte er, und nur er, sich etwas wünschen. Er wünschte sich dann stets, mich zu flagellieren. Da aber noch immer keine Peitschen beschafft waren, hielt er jeden der folglich zu einem künftigen

Zeitpunkt einzulösenden Wünsche als Kohlestrich an der Zellenmauer fest.

Wie wir uns sonst die monotonen Tage vertrieben, darüber ist nicht viel zu berichten. Manchmal taten wir etwas, das wir *die Zuckerzange* nannten, und als wir davon genug hatten, probierten wir *die Teigrolle* aus, dann *die Kuchengabel*, an der ich einigen Gefallen fand, später auch einmal *die Sauciere mit dem Sprung*.

Und jeden Morgen weckte mich der Vortrag des Marquis draußen an der Brüstung, bald konnte ich ihn Wort für Wort mitsprechen. Den Schlüssel aber weigerte er sich noch immer hartnäckig herauszurücken, was mehrfach Anlass zu hitzigen Auseinandersetzungen zwischen uns war und einmal so weit führte, dass ich sein zweites Paar Schuhe mit einem Fußtritt quer durch die Zelle beförderte. Ich hatte ihn noch nie so wütend gesehen.

Ein Trumpf blieb mir immerhin. Denn hatte der Marquis sich anfangs nur sporadisch und in demonstrativ gelangweiltem Ton erkundigt, was es übrigens mit dem Fön auf sich habe, so wurde ihm dieses Anliegen mit der Zeit spürbar wichtiger. An einem drückenden Juliabend – wir hatten auf der Suche nach einer Beschäftigung, mit der wir die nächsten Stunden totschlagen konnten, sämtliche unserer bisherigen Spielchen als »ausgereizt« abgetan – brach es dann aus ihm hervor: »Der Fön, Monsieur, Euer verdammter Fön; ich kann nicht länger warten, meine Geduld hat sich erschöpft; ich muss es jetzt wissen, jetzt sofort!« Und er verlieh seinen Worten Nachdruck, indem er sich an meine Brust warf und sich alle Augenblicke mit einem Zipfel meines Hemds die schweißnasse Stirn tupfte. Ich schüttelte ihn ab und erklärte, für den Fön sei die Zeit noch nicht reif. Zu meiner Freude löste dies den heftigsten Protest bei ihm aus. Ich zeigte mich weiter unnachgiebig. Er stürzte sich auf die Matratze und schien sich in dem Sacktuch und dem klebrigen Stroh festbeißen zu wollen. Da es sich aber um meine Seite der Matratze handelte, scheuchte ich ihn wieder auf.

Nun hatte ich ihn so weit, dass er zu feilschen begann, und ich unterbrach ihn dabei gleich: Fön gegen Schlüssel, über etwas anderes brauche man gar nicht zu reden; woraufhin er unter wüster Beschimpfung meiner Person nach seinem über die Lehne des alten Küchenstuhls gehängten blauen Überrock griff. Der Schlüssel befand sich in einer geheimen Tasche im Innenstoff des Rocks. »Hätte ich auch selbst drauf kommen können«, murmelte ich. »Seid Ihr aber nicht«, entgegnete der Marquis und schob den Schlüssel zurück in sein Versteck. »Alles Weitere morgen. Jetzt erst einmal: der Fön.«

Zu beschreiben, was nun folgte, würde mir leichter fallen, wenn es sich um etwas zuvor Überlegtes, etwas gründlich Ausgetüfteltes gehandelt hätte. Doch dem war nicht so. Ich hatte, wie mir, sobald wir ans Werk gingen, klar wurde, die Zeit, die mir gegeben war, um zu ersinnen, was ein Fön sein könnte, gänzlich ungenutzt verstreichen lassen. So blieb mir nur der Rückgriff auf meine Intuition; auf die Eingebungen, die ein Sommerabend von entgrenzender Schwüle in einem nachlässig geführten Gefängnis zwischen muffigen Pariser Festungsmauern mit sich bringen kann. Gar nicht denken oder rechnen, einfach offen sein, den Raum und seine Möglichkeiten spontan gestalterisch einbeziehen; eben tun, was sich ergibt. Zu meiner eigenen Verwunderung fuhr ich glänzend mit dieser Strategie. Ohne jede Übertreibung darf ich wohl sagen: Der Herr mit dem Fön leistete Unaussprechliches!

»Ihr seid in der Tat ein außergewöhnlicher, ein sogar höchst sonderbarer Libertin«, stammelte der Marquis, als er wieder Atem zum Sprechen fand: »Ich habe Euch all die Zeit unterschätzt.«

»Da seid Ihr nicht der Erste«, winkte ich bescheiden ab. Und er versprach, er werde am Morgen nicht wieder ohne mich aus der Zelle schleichen, nein, er werde mich wecken, wir würden uns gemeinsam die Freiheit nehmen, auf den Korridor zu treten, und dort könne ich dann tun, was mir beliebe.

»Ich werde Euch beim Wort nehmen«, gab ich zurück und fügte mit gesenkter Stimme hinzu: »*Bonne nuit*, Marquis.«

Es kam dann anders als geplant. Nicht der Marquis weckte mich, sondern ein Aufgebot vierschrötiger Männer, die kurz vor Sonnenaufgang in unsere Zelle eindrangen.

»Ich werde mein Leben teuer verkaufen!« rief ich, von der Matratze aufspringend, wobei ich unwillkürlich einen nicht vorhandenen Degen zückte.

Die Männer blickten unentschlossen zwischen de Sade, mir und einander hin und her, bis einer von ihnen, vermutlich der Anführer, auf den Marquis wies: »Der ist es.« Und sie ließen ihm kaum eine Viertelstunde, um sich anzukleiden und seine Habseligkeiten zusammenzupacken, dann schleppten sie ihn mit sich hinaus, nach Charenton, wie sie sagten, in die Irrenanstalt, die Autoritäten seien nicht willens, sich seine morgendlichen Brandreden länger gefallen zu lassen. Und sosehr der Marquis auch drohte, ein solcher Angriff gegen ihn werde die Herren teuer zu stehen kommen, er genieße Protektion von diesem und jenem Günstling des Königs: Es nützte alles nichts.

Unter diesen Umständen war an eine Übergabe des Schlüssels natürlich nicht mehr zu denken. So blieb ich allein und aufgebracht in der Zelle zurück, und dass wenig später einer der Schweizer mir eine doppelte Portion Frühstück hereintrug und mit verschwörerischem Zwinkern noch ein Extradöschen *Foiegras* hinzustellte, verbesserte meine Laune auch nicht.

Ich kam wenige Tage später, am 14. Juli, frei, als eine bewaffnete Volksmenge die Bastille stürmte. Schon im Begriff, mich den Aufständischen anzuschließen, erkannte ich in der Meute, die mordlüstern über die Wachmannschaft der Festung herfiel und das Ende der Monarchie ausrief, einige Gesichter aus meinem Traum in der Johannisnacht wieder und zog es dann doch vor, mich französisch aus dem Getümmel zu verabschieden.

Unter den zahlreichen, meist kurzlebigen Männerfreundschaften, die für McCoys Biografie so prägend sind, nimmt die Begegnung mit dem Marquis de Sade eine Sonderstellung ein. Einserseits betonte McCoy im Rückblick, der Marquis sei »eigentlich gar nicht sein Typ« gewesen, und suchte die Vertraulichkeiten, zu denen es während der gemeinsamen Haft gekommen war, durch die Aussage »Der Knast hat seine eigenen Gesetze« zu relativieren. Andererseits kann McCoys Pariser Phase, die mit dieser Episode aus dem Revolutionssommer 1789 ihren Abschluss fand, in ihrer Bedeutung für die jüngere charakterliche Entwicklung unseres Autors gar nicht hoch genug eingeschätzt werden. Eine nachhaltige Verfeinerung seiner Manieren und Lebensart sowie die begeisterte Übernahme einer freigeistigen Denk- und Debattenkultur bringt McCoys Jahre in Frankreich in geradezu anrüchigen Einklang mit gewissen verklärenden Klischees, die diese Nation über sich selbst in Umlauf hält.

Noch am Tag seiner Befreiung aus der Bastille überquerte McCoy den Rhein, seiner Sympathie für den Volksaufstand zum Trotz. Er plante, nach Weimar zu reisen, um dort »die Literaturszene ein wenig aufzumischen« (Billet an Charlotte von Stein, undatiert). Doch die Stationen der folgenden Jahrzehnte sind noch nicht lückenlos ermittelt.

Fest steht, dass McCoy sich, dem Geist des heraufdämmernden wissenschaftlichen Zeitalters gemäß, weiter mit den Möglichkeiten einer experimentellen Umsetzung seiner Idee des »Föns« beschäftigte. Dabei ließ er das Stadium vager Improvisation, von dem die – letztlich rätselhafte – Schilderung seiner »Spielchen« mit dem Marquis de Sade kündet, bald hinter sich. Eine Notiz aus dem Frühjahr 1814 bringt »das Lebensziel Fön« erstmals mit McCoys »alter Marotte des Haaretrocknens« in Verbindung.

Die von McCoy mehrfach erwähnte aufklärerische Schrift »Der pubertäre Jesus im Tempel« ist, soweit wir heute wissen, nicht erhalten.

Verehrtes Fräulein

Verehrtes Fräulein,
oder darf ich schreiben: Liebes Fräulein,
oder darf ich sogar schreiben: Liebes Fräulein Ch.,

ja, ich darf wohl, denn Sie können es mir jetzt nicht verbieten. Das ist das Privileg des Briefschreibers, eines der wenigen Privilegien, ich will fast sagen: das einzige, und die Freiheit, die ich mir in der Anrede herausnehme, ist doch nur lächerlich, verglichen mit der Gefangenschaft, die mir sonst auferlegt ist, diesen viel zu kurzen Ketten, die mich immer wieder um denselben Punkt kreisen lassen, und dieser Punkt, das darf Sie nicht mehr überraschen, sind Sie.

Den ganzen Tag waren Sie wieder einmal zu Besuch in meinen Gedanken, und ich habe Ihnen dort allerhand angeboten, einen Stuhl, ein Gespräch, einen Tee und eine Limonade, und Sie haben alles dankend abgelehnt, höflich, ja, das ist nicht zu leugnen, und als Sie dann sagten, dass Sie nun wieder aufbrechen müssten, habe ich Sie angefleht, doch noch ein paar Minuten zu bleiben, und Sie haben, wie Sie es so oft und so gut tun, den Blick gesenkt und gesagt: »Nein, ich kann nicht«, und ich habe mich erregt und versucht, Sie zurück in den Stuhl zu drücken, Ihre Schnürsenkel, diese blütenweißen Schnürsenkel Ihrer zierlichen Stiefel, habe ich zusammengebunden, ich habe mich vor die Tür gestellt, und es fehlte nicht viel, und ich hätte auch noch einen Schrank oder eine Kommode oder gar beides davor geschoben, um Ihr Gehen zu verhindern. Doch all das ist ja zwecklos, wenn Sie mich nur in Gedanken besuchen, da schlüpfen Sie ja durch jede Tür, durch jeden Spalt, da gehen Sie ja durch Wände, wenn es Ihnen beliebt. Also blieb nur eins: mich an den Tisch zu setzen und Ihnen zu schreiben, wieder einmal, denn so bleiben Sie geduldig in meinem Kopf; solange ich Ihnen schreibe, sind Sie die Gefangene, und Ihre einzige Hoffnung und meine größte Furcht kann nur sein, dass mir die Tinte ausgeht.

Je länger unser letztes Wiedersehen zurückliegt, desto häufiger überfallen mich diese Gedankenbesuche, desto mehr Zeit widme ich ihnen, widme ich Ihnen, und desto mehr ängstigen mich die alltäglichen Verrichtungen. Wie kann ich ein Buch zur Hand nehmen? Wie kann ich einen Mantel anziehen? Wie kann ich vom Tisch zum, sagen wir, Fenster gehen? Unvorstellbar ist es, ein Bein vor das andere zu setzen, unvorstellbar, sich diese Abfolgen zu merken.

Ach, liebes Fräulein Ch., ganz erschöpft bin ich von diesem Gedankennachmittag, und die Arbeit bleibt wieder einmal liegen. Ich schaue auf die Skizzen, die Pläne und Berechnungen, und sie sagen mir nichts, sie bedeuten nichts, weil sie so gar nichts mit Ihnen zu tun haben, und was nicht mit Ihnen zu tun hat, das langweilt mich entsetzlich, das erscheint mir fad, das ekelt mich an. Philipp schimpft mit mir und nennt mich einen Narren, und dennoch soll ich Sie grüßen von ihm, aufs Herzlichste sogar, wie er betonte. Aber auch ihm geht es kaum anders, auch er kommt ja nicht wahrhaft voran, und so sitzen wir meist nur zusammen und schweigen. Er will mir nicht verraten, woran er gerade arbeitet, er macht ein großes Geheimnis daraus, und es interessiert mich auch nicht wirklich. Er ist ja ohnehin kein Mann der vielen Worte, ich kann mich nicht erinnern, in all den Jahren mehr als acht oder neun Sätze mit ihm gewechselt zu haben, ob er sich seinen Bart stutzen solle (Nein, habe ich gesagt), ob er im Herbst nach London fahren solle (Ja, habe ich gesagt), ob er wohl besser Hirsch mit Klößen oder Schweinebraten mit Kartoffeln nehmen solle (Wie du magst, habe ich gesagt), sonst rauchen wir meist nur Pfeife, obwohl er sie nicht verträgt und oft nur so tut, als würde er rauchen, und übertrieben anerkennende Worte für meinen

Tabak findet. Trotz allem glaube ich, keinen besseren Freund zu haben als ihn. Und ich denke noch gern an unseren letzten Sommer zurück, wir drei so vereint wie niemals zuvor und, leider, nie mehr seitdem, an unsere Reise, ach Italien, ach Florenz, ach Michelangelo, ach Venedig, ach San Salvatore, und dann im Spätsommer die langen Spaziergänge am Neckar, Sie immer in unsrer Mitte, und Philipps schlagendes Herz in Ihrem linken und meines in Ihrem rechten Ohr. Erinnern Sie sich noch an unser Picknick im September, als Philipp Ihnen Wein aufs Kleid schüttete und sich anschließend so schämte, dass er ein ganzes Glas über seinem Kopf entleerte, und weil Sie dann so lachten, tat ich es ihm gleich und versuchte, ihn mit einem zweiten Glas zu übertrumpfen, und Philipp nahm die ganze Flasche, und ich versuchte, mir die Pasteten ins Haar zu schmieren, doch Philipp fiel mir in den Arm, und wir wälzten uns über die Wiese, und als wir damit fertig waren, i. e. als Philipp meinen Kopf so lange in die gezuckerten Johannisbeeren drückte, bis ich aufgeben musste, waren Sie verschwunden, Philipp und ich blieben mit weinnassem Haar und eingezuckerten Nasen betreten im ersten Abendwind zurück, und von Ihnen kein Wort, keine Zeile seitdem.

Ach, liebes Fräulein, liebes Fräulein Ch., wie sehne ich mich nach der Unbeschwertheit jenes Sommers zurück. Philipp wohl auch, er ist seitdem noch melancholischer geworden. Er geht kaum noch unter Menschen, meidet persönlichen Kontakt, gestern sagte er fast zum Ende unseres schweigsamen Abends: »Ein Leben auf Entfernung, das wäre mein Traum. Dieses ständige Einander-Sehen-Müssen macht mich doch ganz krank.« Und ich weiß, auch das hat mit Ihnen zu tun.

Liebes Fräulein Ch., bitte schreiben Sie. Nur ein paar Zeilen, damit ich weiß, dass es Ihnen gut ergeht, damit ich weiß, dass auch Sie noch hin und wieder einen Gedanken für mich haben, und sei es selbst ein schlechter. Bitte verzeihen Sie meine Ausdauer, jede Woche erreicht Sie ein Brief, und wahrscheinlich werfen Sie ihn gleich ins Feuer. Es geschieht ihnen wohl Recht, den Worten, die sich mir wie Damen zweifelhaften Rufs anbieten, dem allzu geduldigen Papier und der allzu nachsichtigen Tinte, die mich alle nicht daran hindern, Ihnen zur Last zu fallen, dem konspirativen Couvert, dem willig zerfließenden Siegellack, sie alle tragen doch Mitschuld, sie alle sollten Sie verachten, nicht mich, sie alle verachte ich selbst, dass sie jede Woche aufs Neue bereit stehen, jede Woche aufs Neue eine Hoffnung wecken und mir gut zureden und mich anfeuern. Ach, liebes Fräulein Ch., eine Zeile, damit ich weiß, dass Sie mich hören, nur ein »Guten Tag« oder ein »Tag« oder ein »T« oder nur einen Strich, einen Punkt, einen kleinen Fleck, und ich wäre geheilt, ach, liebes Fräulen Ch.

Hier bricht der Brief ab, der, wie die meisten, wahrscheinlich alle 33, Briefe an das »Fräulein Ch.« nie abgeschickt wurde. K. L. McCoy hielt sich zum Zeitpunkt des Schreibens (Frühjahr 1862) in Heidelberg auf, wo er mindestens drei Semester als Professor für Physik an der dortigen Universität verbrachte, bevor er aufgrund »unehrenhafter Vorgänge« vom Lehrstuhl entfernt wurde. Von seinen Vorlesungen aus dieser Zeit wissen wir wenig; die Transskripte seiner Studenten weichen stark voneinander ab und widersprechen sich in den meisten Punkten, viele bestehen nur aus Schimpfworten. Als sicher gilt, dass er sich neben der Lehrtätigkeit auch als Erfinder einen Namen zu machen versuchte, was ihm allerdings nicht gelang.

Sein einziger persönlicher Kontakt in diesen anderthalb Jahren war sein Homburger Kollege Johann Philipp Reis, der 1863 in Frankfurt das erste Telefon vorstellte. Reis hat McCoy mindestens dreimal in Heidelberg besucht, zweimal davon auf der Durchreise.

Bei dem »Fräulein Ch.« handelt es sich sehr wahrscheinlich um Christiane Fromm, die Tochter des Dekans der Fakultät, die ihm bei einem der Diners ihres Vaters einmal die Tür öffnete (die Vermutung beruht auf der Tagebucheintragung vom 13. Mai 1861: »Sie öffnete die Tür.«). Über einen näheren Kontakt zwischen den beiden ist nichts bekannt, eine gemeinsame Italienreise jedoch sicher auszuschließen, da Christiane zu dieser Zeit fünf Jahre alt war.

Als Beleg für den Picknick-Vorfall kann hingegen eine Wäschereirechnung angesehen werden, die Philipp Reis McCoy Ende September 1861 zusandte.

Selbstporträt Nr. 311 (»monochrome bleu«)
Ölfarbe auf Türrahmen, Größe mit Hut ca. 45 cm
Sammlung des Physikalischen Instituts Heidelberg

Zylinder und Schnurrbart legen nahe, dass es sich um eine Darstellung McCoys als Physikprofessor an der Universität zu Heidelberg handelt. Die Beschränkung der Palette auf eine einzige, zudem kalte Farbe sowie das Weglassen aller individuellen Züge wie Augen, Nase und Mund zeugen von dem bis zur Selbstauslöschung gehenden Schmerz, den die unglückliche Bekanntschaft mit dem notorischen »Fräulein Ch.« bei McCoy hinterlassen haben muss. Denkbar ist auch, dass der Künstler nur einen Farbtopf zur Hand hatte und während seiner nächtlichen Malaktion am Universitätsportal von einem Polizisten oder Hausmeister gestört wurde.

Die Tausendmarks, 2

Hier Block zwei des McCoy'schen Experiments einer Familiensaga in Dialogen. Lag das Augenmerk in den ersten Kapiteln auf den vier Mitgliedern der krisengeschüttelten Kernfamilie, so scheint die Handlung sich nun, wie das Gesetz der Serie es verlangt, zu verzweigen. Im Quartheft findet sich an dieser Stelle des Textes eine überraschend deutlich geschriebene Randbemerkung: »Wenn man sich auf die Zehenspitzen stellt, wird der Horizont schon weiter, und der Wind hat ein leichteres Spiel.«

Kapitel 5: Der große Onkel

He, Sie. Hallo! Nehmen Sie mal Ihren Fuß da raus. Ja, so. Machen Sie mal noch ein bisschen sauber. Ja, das reicht. Also, aufgemerkt: Sie kennen die Tausendmarks aus Ihrem Stadtviertel?

Ha, wer kennt die nicht.

Ich bin der Bruder der Frau.

Der Bruder der Mutter, meinen Sie?

Nennen Sie sie nicht Mutter!

Oho, schon gut. Sie sind ein seltsamer Kauz.

Ich bin was?

Ein Bild von einem Mann, ein Adonis, der Liebe einer Göttin würdig.

Jetzt übertreiben Sie.

Aber keineswegs. Glücklich die Hand, die Ihre Fußnägel schneiden darf!

Womit wir wieder beim Thema wären: die Tausendmarks aus Ihrem Viertel.

Eine tolle Familie!

Ich bin mit meinem Schwager nie besonders warm geworden, wenn Sie es genau wissen wollen, und mein Neffe blieb mir vorenthalten.

Minotaurus?

Hüten Sie Ihre Zunge, Sie machen alles kaputt.

Na, man wird doch noch. Ein prächtiger Bursche, meine ich. Und das goldige Schwesterchen dazu.

Sie sind ein windiger Typ.

Ich persönlich ziehe die Bezeichnung »ausgebufft« vor.

Hören Sie, ich mache Ihnen ein Angebot: Freigang außer der Reihe. Gleich morgen.

Da sage ich spontan ja.

Ihr Bewährungshelfer wird Sie begleiten, und Sie werden einen kleinen Botengang für mich ausführen.

Herzlich gern. Ein Brieflein, nehme ich an? Ein paar galante Zeilen von Ihrer Hand, eine Sommernacht, ein geheimer Treffpunkt hinter einem Bierzelt, ein vorfreudiger Taumel der Hormone …

Falsch. Und doch nicht ganz und gar daneben gegriffen. Auch in diesem Fall nämlich geht es um ein Stück Jugend, ein Spielzeug, ein Körperteil. Genauer gesagt um den Teil, den ich großer Onkel nenne, beziehungsweise Bockermann.

Bockermann?

In Potsdam hat sich neulich einer totgefragt. Also: Sie lassen das hier morgen früh schön einwickeln und geben es im Hause Tausendmark ab, in meinem Namen. Zum Abendbrot sind Sie dann wieder hier, bei Ihrem Fuß. Was andernfalls passieren wird, wissen Sie ja.

Mein Bewährungshelfer wird schon dafür sorgen, dass ich nicht auf die schiefe Bahn gerate. Als Gegenleistung bin ich sein Hauptansprechpartner in religiösen Dingen.

Das ist Ihre Privatsache. Jedes Stück von uns hat schließlich seine Entsprechung im Bereich der Metaphysik.

Bis auf den großen Onkel.

Wo sind wir? Dieser Duft –

Oh, da bin ich Ihnen wohl eine Erklärung schuldig. In der Eile des Aufbruchs habe ich mich mit dem Kölnisch Wasser verschätzt. Wissen Sie, der Flakon im neuen Format, ich hatte noch keine Zeit, mich umzugewöhnen. Bin kürzlich erst befördert worden.

Aber hier muss es doch sein, oder? Der Ort des Geschehens. Wo alles begann. Die lokalen Medien waren damals voll davon.

Ich bin jedenfalls wegen der Anzeige in der Morgenpost hier. Sechs Zimmer, Stuckaltbau, repräsentativ –

Das Bett mit dem gusseisernen Gestell. Als wäre es gestern gewesen. Zeugung, spanische Grippe, Champagnerfrühstück. Die guten alten Zeiten.

Mich würde interessieren, wie es sich mit der Statik verhält, wenn man hier in der Wand einen Durchbruch macht. Eine amerikanische Küche gehört für mich zur Grundausstattung.

Und über dem Bett, so ernst und stumm, das Bildnis eines sagenhaften Vorfahren. Im Goldrahmen. Man möchte meinen, es sei frisch übermalt.

Die Decken würde ich abhängen lassen. Halogenstrahler rein. Vielleicht könnte man irgendwo zwanzig Zentimeter Stuck herunterschlagen und in einer Vitrine präsentieren, da hätte man dann gleich Gesprächsstoff, wenn mal Gäste da sind.

In jedem Winkel atmet hier Familiengeschichte. Fast bin ich versucht, dieses Toilettenschränkchen aufzustemmen. Aber was, wenn die Eheleute just in dem Moment aus dem Urlaub zurückkämen?

Alles kann, nichts muss.

Sie, wir kennen uns doch, oder? Sind wir nicht vor Jahren im Ritz im selben Zimmer abgestiegen?

Diese Frage kommt für mich jetzt etwas überraschend.

Sind Sie nicht selbst einer von den Tausendmarks?

Nein.

Ein entfernter Vetter vielleicht?

Wenn, dann sehr entfernt.

Der Leon, der Lukas, der Max, die Marie?

Ich fahre übrigens den neuen Siebener. Bin bisher sehr zufrieden.

Aha? Erzählen Sie mir was Neues, überraschen Sie mich! Wenn Sie in dieser Weise weitermachen, könnte ich mich ja ebenso gut mit dem Toilettenschränkchen unterhalten.

Ein Dienstwagen. Von Krisenstimmung in meiner Firma keine Spur.

Es wundert mich nicht, dass uns das Gespräch schwer fällt – an einem Ort, der so viele Rätsel aufgibt. Na ja, Schwamm drüber. Ich darf Sie dann beglückwünschen zum Erwerb dieser rutschfesten und strapazierfähigen Übungsmatte.

Mein Herr, so haben wir nicht gewettet.

Kapitel 7: Die Liebe

Meine Damen und Herren, in der Affäre Tausendmark hat sich eine neue Fährte aufgetan. Ein verschollener Brief soll eine entscheidende Rolle spielen. Wir sprechen zu diesem Thema nun mit Gretchen Tausendmark, und zwar auf der Lieferantenplattform des Eiffelturms in Paris.

Das wüsste ich aber.

Gretchen, wir können und wollen hier jetzt keine Grundsatzdiskussion führen. Sie haben vor einer guten Woche eine anonyme Postsendung erhalten.

Wenn Sie das sagen, dann wird es wohl stimmen.

Bestand diese Postsendung aus einem zunächst nicht eindeutig identifizierbaren Gegenstand, eingewickelt in etliche Lagen Packpapier und mit einer roten Schleife zugebunden?

Kann sein, kann auch nicht sein.

Haben Sie diesen Gegenstand ausgepackt, Gretchen? Handelte es sich um den verschollenen Brief?

Überzeugen Sie sich doch selbst.

Soll das heißen, Sie haben ihn hier? Aber das ist ja – ein Fahrrad.

Sind Sie hundertpro sicher?

Ich weiß nicht, aber es sieht mir doch sehr nach einem Fahrrad aus. Das würde allerdings wieder ein ganz anderes Licht werfen auf die Vorgänge der vergangenen zwölf Kapitel.

Finden Sie? Ich habe nach der ersten oder zweiten Folge abgeschaltet und mich selbst auf die Suche begeben.

Auf welche Suche? Etwa nach dem verschollenen Brief?

Tja, und wissen Sie, wo ich ihn gefunden habe? In meiner eigenen Hosentasche.

Das wäre ja eine Sensation!

Schauen Sie, ich habe aus dem verschollenen Brief ein Tier gefaltet. Ein Tier, das es nicht gibt.

Da fehlt mir jetzt ein bisschen die Bodenhaftung in dem, was Sie sagen.

Das wird daran liegen, dass ich zurzeit gewissermaßen auf bunten Wolken schwebe.

Ach? Sind Sie etwa verliebt, Gretchen Tausendmark?

Und wenn ich verliebt bin, was geht Sie das an?

Nun, sagen wir, es interessiert mich beruflich. Gehen Sie mal ins Detail.

Zuletzt hat er mir ein Gedicht geschrieben: »Heut Abend geh ich nicht mehr in die Politik, heut bleibe ich die ganze Nacht bei dir. Alles, was ich brauche, ist heut hier; mein Herz ist heute Hauptstadt und mein Körper Republik.« Wie finden Sie das?

Ein wenig bemüht, wenn ich ehrlich sein soll.

Niemand hat Sie darum gebeten, ehrlich zu sein. Für mich ist unser Gespräch hiermit beendet.

Aber Gretchen!

Und sehen Sie, was ich mit dem verschollenen Brief mache: Zack, werfe ich ihn übers Geländer. Das Tier, das es nicht gibt, ist nämlich zu Interkontinentalflügen fähig. Da können Sie lange suchen.

Eins zu null für Sie, Gretchen. Ich habe versagt. Aber das Fahrrad nehme ich mit.

Das Fahrrad war nur eine Projektion Ihrer eigenen Eitelkeit.

Kapitel 8: Der verschollene Brief, zweiter Versuch

Mensch, Herr Tausendmark, Sie sind ja schon wieder ganz der Alte. Wie machen Sie das bloß?

Das kann ich Ihnen nicht sagen, das ist top secret.

Top secret, Herr Tausendmark – unser Stichwort. Es geht, Sie haben das ja schon im Vorgespräch erfahren, um den verschollenen Brief. Also, mal raus mit der Sprache: Wer hat ihn geschrieben, wer sollte ihn erhalten?

Da könnte Ihnen möglicherweise meine Frau weiterhelfen.

Ja – und?

Meine Frau ist nicht im Haus, sie ist schon seit einer guten Woche Zigaretten holen.

Wir sind also zu spät. Und diese Schürze, die Sie umhaben –

– Ein Andenken an glücklichere Tage.

Oh. Ich wusste nicht.

Dass Menschen, wenn sie eine neue Waschmaschine gekauft haben, erst mal ein paar Programmdurchläufe lang vor dem Gerät sitzen und wie gebannt in die Trommel starren, ist ja nichts Ungewöhnliches. Meine Frau aber tat nicht nur das, sondern stenografierte auch noch die ganze Zeit mit. Und als ich sie fragte, was das solle, sagte sie, auf diese Weise stehe sie in heimlichem Kontakt mit ihrem Liebhaber. Natürlich glaubte ich ihr kein Wort. Wenig später aber fiel mir der sichere Beweis dafür in die Hände, dass sie und dieser Filou tatsächlich mittels der Waschmaschine ehebrecherische Botschaften austauschten.

Und – wie hat man sich diesen Beweis vorzustellen?

Hmsonajagrmblgrmblgngngngn.

Tut mir Leid, ich habe Sie jetzt nicht genau verstanden. Vielleicht liegt es an den – an den Klängen, die uns hier die ganze Zeit umgeben.

Das ist Orff'sche Schulmusik. Für mich das höchste der Gefühle. Dafür würde ich sogar auf spontanen, tabulosen Sex verzichten. Und Sie?

Bin gänzlich unmusikalisch und habe außerdem immer geglaubt, dass der Geschlechtsverkehr in Deutschland um 1985 abgeschafft worden sei.

Da sind Sie aber nicht ganz auf dem neuesten Stand.

Ach ja, die Wiedervereinigung. Babylon! Doch zurück zu dem verschollenen Brief. Ich meine, lassen wir die Sache mit Ihrer Frau mal beiseite.

An Hartnäckigkeit sind Sie kaum zu überbieten. Vielleicht sollten Sie auf der Festwiese nachsehen, hinter dem längst verwaisten Bierzelt. Gut möglich, dass dort der Überbringer dieses angeblichen Briefes immer noch wartet und sich die Füße in den Bauch steht.

Das Bierzelt. Und wie komme ich da hin?

Auf dem Zahnfleisch, mein lieber Freund, auf dem Zahnfleisch.

Herr Tausendmark, bitte, werden Sie nicht zu vertraulich. Es wird mir sonst schwer fallen, Sie mit meiner Story so richtig reinzureiten.

Ich kann Ihnen anbieten, Sie noch rasch übers Knie zu legen.

Na, das ist doch ein Wort, Herr Tausendmark. Da sage ich nicht nein.

Fortsetzung folgt.

Wenn Sie jetzt schon wissen wollen, wie es mit den Tausendmarks weitergeht, blättern Sie auf Seite 144.

Am Rio Grande

Dass K. L. McCoy in den späten 60er Jahren des zwanzigsten Jahrhunderts eine lange Reihe von Wildwestgeschichten im Groschenheftformat schrieb, darf als ebenso gesichert gelten wie, dass keine dieser Geschichten je einen Verleger fand. Umstritten bleibt dagegen, ob die geschilderten Begebenheiten in jedem Fall auf tatsächlichen Erlebnissen McCoys aus der Zeit zwischen 1878 und 1885 fußen, als er sich von einem Londoner Immobilienmakler zum Erwerb eines Grundstücks im südlichen Texas hatte überreden lassen und, nachdem er feststellen musste, dass das ausgewiesene Stück Land auf dem Grund des Golfs von Mexiko lag, jahrelang unbeirrt an einen Berechnungsfehler glaubte, der sich »schon noch aufklären« werde. Immerhin nutzte McCoy die Phase, bis er sich eingestehen konnte, dass er sich hatte übers Ohr hauen lassen, gleichermaßen für ausgiebige Reisen durchs amerikanische Grenzland wie für die Fortsetzung seiner physikalischen Tüfteleien. Und wirkt der Großteil seiner Westerngeschichten zumindest stark ausgeschmückt (etwa wenn er von den »unermesslichen Tulpenfeldern der Great Plains« schwärmt oder schildert, wie er an der Spitze eines riesigen Indianerheers die US-Armee vernichtend geschlagen und einer Dakota-Squaw namens Wolke sieben zur amerikanischen Präsidentschaft verholfen habe), so scheint er sich in der folgenden Episode streng an reale Abläufe zu halten.

Schon oft hatte der dünne Paco auf die Sonne geschossen. Getroffen hatte er noch nie, aber der dünne Paco war einer, der nicht so schnell aufgab. »Die Sonne ist eine alte Hyäne«, sagte er, »argwöhnisch und verschlagen. Wenn du sie erwischen willst, brauchst du Geduld.« Er nahm einen Schluck, reichte die Mescal-Flasche weiter, schob sich den Sombrero über die Augen und schlug auf dem Geländer der Veranda den rechten Fuß über den linken. Neben ihm saßen Skunk Harris und Tex

Mosquito, wie jeden Nachmittag. Und wie jeden Nachmittag machte sich die Sonne am Himmel verdammt breit, scheinbar ohne alle Vorsicht. Und würde doch blitzschnell ausweichen, sobald es jemandem einfiel, ihr eine Kugel entgegenzusenden.

Manchmal übte der dünne Paco an den Hühnern von Chester López, dem der Saloon gehörte, schoss ihnen, wenn sie im Korral ihre Maiskörner aus dem roten Staub pickten, die Köpfe weg, aus der Hüfte, dazu genügte ihm ein einziger kurzer Blick. Er traf auch eine Kakerlake aus 150 und einen Manschettenknopf aus 80 Schritt Entfernung. Gut genug für die Sonne war er damit aber noch lange nicht, da machte er sich nichts vor. Und einen Manschettenknopf ersetzte dir hier in La Condena niemand.

Es war Skunk Harris, der den Fremden als Erster sah. Ein stechender Schmerz in seiner rechten Seite hatte ihn geweckt. Das hieß, dass Polly sich wieder bewegte. Polly nannte er die Pfeilspitze, die durch seine Eingeweide wanderte, seit er und ein paar andere vor Jahren bei Laredo in eine Falle getappt waren. Außer Skunk Harris hatte keiner überlebt, die Pfeilspitze aber war dringeblieben, und er hatte sie Polly genannt, weil so ein Mädchen hieß, an das er sich dunkel erinnern konnte. Natürlich war sie vergiftet, aber das warf Skunk nicht um, sein Körper war Gift gewohnt. Er hob die Beine vom Geländer und streckte seinen Rücken, der vom langen Sitzen steif geworden war. Polly hatte sich schon wieder beruhigt. Tex Mosquito und der dünne Paco rührten sich nicht. Skunk Harris bückte sich nach der Flasche und sah, dass jemand kam.

Von Norden, von den Hügeln her, durch die flimmernde Hitze. Keine tausend Schritte mehr entfernt vom Ortsschild. Er war allein. Hatte ein Pferd, doch er ritt es nicht, er führte es am Zügel. Auf dem Sattel schien etwas festgezurrt zu sein, ein Bündel von unklarer Form. Skunk Harris nahm einen Schluck und weckte die anderen.

Den letzten Fremden hatte man hier im Winter gesehen. Ein

halb verschmachteter Mulatte, der die ganze Zeit irgendwas von der Bibel stammelte und, kaum dass es Abend wurde, tot zusammenbrach, dabei hatte ihn noch keiner angerührt. La Condena war nie ein großer Ort gewesen, und inzwischen war es ein sehr kleiner. Im Osten der Pecos, im Norden das Stockton-Plateau, und im Südwesten, nur ein paar Steinwürfe entfernt, der Rio Grande. Schon manches hatte man in dieser Gegend gesucht und nicht gefunden, erst Gold, später Öl, und irgendwann waren fast alle wieder gegangen. Mehr als auf der Veranda zu sitzen und darauf zu warten, dass Chester López Huhn mit Bohnen kochte, konnte man hier kaum tun. Von denen, die geblieben waren, hatte jeder eine Geschichte zu erzählen und auch schon hundertmal erzählt. Frauen gab es in La Condena längst nicht mehr. Tex Mosquito allerdings hatte angeblich mal eine gehabt, und zum Abschied hatte sie ihm das Hühnermesser zwischen die Beine gerammt. Zielsicher. »So ein Schwanz ist hier eh zu nichts zu gebrauchen«, sagte Tex. »Ein Schwanz macht dir nur Ärger.«

Selbst Chester López hatte eine Geschichte. Er wirkte harmlos mit seinem aufgedunsenen, schwitzenden Gesicht, seinen Hosenträgern und seinem Hemd, das mal ein Sack gewesen sein musste, beziehungsweise mehrere Säcke. Und doch beschlich einen, wenn man ihn ansah, das Gefühl, da stimme etwas nicht. Es waren die Haare. Vor langer Zeit hatte ihm jemand von hinten einen Stuhl über den Kopf gezogen. Oder eine abgebrochene Flasche oder etwas anderes. Jedenfalls war sich López in dem Moment sicher gewesen, man hätte ihn gerade skalpiert. Also fuhr er herum und trennte ohne zu zögern dem schmächtigen Burschen, den er hinter sich fand, seinerseits den Skalp vom Kopf. Als er seinen Irrtum bemerkte, war es zu spät. Aus schlechtem Gewissen wurde er sesshaft und machte den Saloon auf. Den rotblonden Skalp, den er genommen hatte, trug er immer noch über seinem eigenen schwarzen Haar, mit ein paar Nadeln befestigt. »Der arme Kerl hätte es so gewollt«, sagte er.

Jetzt war Chester López zu den anderen ins Freie getreten, sie standen zu viert im roten Staub vor dem Saloon, erwarteten den Fremden. Der dünne Paco kniff die Augen zusammen und sah zum Himmel. Man brauchte Geduld; er hatte Geduld; er gab nicht so schnell auf, und er wurde immer besser.

Bevor sie den Fremden töten würden, würden sie sich anhören, was er zu erzählen hatte. »Aber wenn es wieder so wirres Zeug ist wie bei dem Spaßvogel letzten Winter, wird nicht lange gefackelt«, knurrte Skunk Harris. Der dünne Paco wandte den Blick vom Himmel und spuckte seinen Priem aus, bevor er sagte: »Wir geben ihm Vorsprung bis zum Ortsschild, und dann mache ich ihm für jeden Knopf an seiner Kleidung ein schönes neues Loch.«

»Das Pferd ist müde.«

Von langen Begrüßungen schien der Fremde nichts zu halten. Er war hoch gewachsen und bauchig und trug trotz der Sonne einen langen dunklen Mantel.

»Erst mal den Namen«, sagte Tex Mosquito.

»Mary-Lou.«

Das Pferd, ein kräftiger Falbe, stellte die Ohren auf und schmiegte die Nüstern an die Schulter des Fremden.

Der dünne Paco bleckte die Zähne. »Und darf man vielleicht auch erfahren, wie sich Mary-Lous lustiger Begleiter nennt und was die beiden hier am Rio Grande zu suchen haben?«

»Flussaufwärts«, sagte der Fremde, »und auch oben in Arizona kennt man mich als The Crawling Kingsnake.«

»Das klingt wie ein verdammter Indianername«, zischte Skunk Harris.

Dazu schwieg der Fremde. So genau man auch hinsah, sein Gesicht blieb seltsam unkenntlich; als läge es, ganz gleich, woher das Licht kam, immer im Schatten. Schwer zu sagen, wie der Fremde das anstellte, den Hut trug er jedenfalls nicht besonders tief in der Stirn. Er löste die Riemen, die ein unförmiges Bündel etwa von der Größe einer Kiste Schießpulver im Sattel des Falben festgehalten hatten.

»Mary-Lou wird es an nichts fehlen.« López nahm dem Fremden die Zügel aus der Hand und führte das Pferd hinters Haus in den Korral, wo es saufen konnte.

»Was haben wir denn da in dem Bündel, Mister Kingsnake?« fragte Tex. »Lass mich raten: ein Geschenk für uns.«

»Falsch geraten«, erwiderte der Fremde. »Übrigens, gibt es hier Huhn mit Bohnen, oder bin ich ganz umsonst an den Rio Grande gekommen?«

Die Finger von Skunk und Paco zuckten nach ihren Revolvern. Doch Tex war die drei Stufen zur Veranda hoch getreten und sagte: »Ganz ruhig, Jungs. Nehmt ihn mit rein.«

Sie saßen im Halbdunkel des Saloons, am hinteren der beiden runden Tische, tranken Wasser und Mescal aus Blechbechern. Der Fremde hatte sein Bündel zusammen mit dem dunklen Mantel hinter seinem Stuhl abgelegt, an der gekalkten Wand. Während López sich nebenan mit seinen Töpfen zu schaffen machte, warf der dünne Paco ein paar Münzen in das mechanische Klavier. Tex Mosquito ergriff wieder das Wort: »Wenn du von Norden kommst, dann hast du sicher von einem Mann gehört, den sie *El Fon* nennen.«

»Der Name sagt mir nichts.«

»Du musst unverschämtes Glück gehabt haben, Fremder. Vor *El Fon* zittert nämlich zurzeit das ganze Grenzland.«

Der Fremde zuckte die Schultern. »Was soll das überhaupt heißen: *El Fon*?«

»Das weiß keiner«, sagte Skunk. »Jedenfalls schläft dieser Mann nie, und wenn doch, dann in einer Höhle tief in den Bergen, die er mit ein paar Grizzlys teilt. Man sagt, er ernährt sich von Menschenfleisch. Ein Verrückter, so viel steht fest. Ein Verrückter, der verteufelt flink mit der Bleispritze umgeht. Das ist *El Fon*.«

Der dünne Paco zog den Mund schief: »Aber jetzt brauchst du ihn nicht mehr zu fürchten, Fremder. Jetzt bist du in La Condena.«

Der Fremde schenkte sich nach. »Ihr wisst hier draußen ja ziemlich gut Bescheid über das, was im Rest der Welt so vor sich geht.«

»Richtig«, nickte Tex. »Doch genug von *El Fon.* Kommen wir zu deiner eigenen Geschichte, Mister Kingsnake.«

In diesem Augenblick trat Chester López durch die Schwingtür aus der Küche, stellte Bohnen und Maisfladen auf den Tisch, dazu drei Hühner, denen der dünne Paco am Vortag die Köpfe weggeschossen hatte. Ohne ein Wort zog der Fremde alle Töpfe zu sich heran und begann sich das Essen mit beiden Händen in den Mund zu schaufeln. Hätte er kurz aufgeblickt, wäre ihm nicht entgangen, wie die Züge von Skunk Harris sich verzerrten und dass der dünne Paco im Begriff war, ihm an die Gurgel zu springen. Doch Tex Mosquito, seit der Sache mit seiner Frau damals zu einiger Selbstbeherrschung fähig, blieb auch diesmal ruhig und gab den anderen durch eine kleine Geste zu verstehen, es sei besser, sich noch zurückzuhalten.

Unauffällig hatte er bereits den Waffengurt des Fremden in Augenschein genommen. Ein Colt, Kaliber .38, aus einer Modellreihe von vor dem Bürgerkrieg, obendrein schlecht nachgebaut. Mit dieser Sorte Schießeisen konntest du kleine Kinder erschrecken oder irgendwo im Osten ein Kaminsims schmücken. Mehr nicht. Seine Büchse hatte der Fremde im Halfter am Sattel des Falben stecken lassen.

»Übrigens, Mister Kingsnake«, sagte Tex, »es ist hier in der Gegend üblich, dass auch die Gastgeber was zu essen kriegen.«

Das mechanische Klavier verstummte.

»Na schön.« Der Fremde schien zu lächeln. Er schob die Töpfe von sich weg, wischte sich die Finger an seinem schwarzen Hemd ab und lehnte sich zurück. Nach einem Blick in die Runde stellte er eine seltsame Frage: »Wer von euch hat einen Traum?«

»So, Mister, langsam reicht es!« Skunk Harris hatte seinen Stuhl hinter sich geworfen und stand breitbeinig in der Mitte des Raums, den Revolver auf den Fremden gerichtet.

»Falls ihr laut werden wollt«, sagte Chester López hinter dem Tresen und nestelte an seinem Skalp, »sorgt dafür, dass es draußen auf der Straße geschieht. Oder meinetwegen im Korral. Aber nicht hier.«

»Gemach, gemach. Wenn ich mich nicht irre, wollte unser Freund hier nur kurz seine Beine ausschütteln.« Der Fremde hatte diesen Satz noch nicht zu Ende gesprochen, da zuckte Skunk Harris zusammen, ließ den Revolver fallen und presste beide Hände gegen seine rechte Seite. »Polly«, keuchte er. Einige mühsame Atemzüge lang verharrte er in gekrümmter Haltung. Dann hielt Polly wieder still. Skunk Harris nahm den Revolver und den Stuhl vom Boden, kehrte zurück an den Tisch und machte sich stumm über das verbliebene Essen her.

»Der da hat einen Traum.« Tex Mosquito deutete mit dem Daumen auf den dünnen Paco. Der dünne Paco warf ihm einen finsteren Blick zu.

»Er will«, fuhr Tex fort, »die Sonne abknallen.«

»Ein guter Traum«, sagte der Fremde. »Ein sehr guter Traum sogar.«

»Was ist mit dir selbst, Mister Kingsnake?«

»O ja, auch ich habe einen Traum. Aber der ist ziemlich schwierig. Ihr würdet damit gar nichts anfangen können.«

Erneut ließ sich López' Stimme von hinter dem Tresen vernehmen: »Mir scheint, Fremder, dass du mit den Dingen, die du sagst, ein paar Leute hier drin gegen dich aufbringst. Sei lieber vorsichtig.«

Der Fremde hatte die Arme auf der Tischplatte verschränkt. Das Lächeln auf seinen Lippen war nun unverkennbar, auch wenn der Rest seines Gesichts weiter im Dunkel lag.

»Warum sollte ich vorsichtig sein? Wenn ich die Regeln, nach denen hier in La Condena gespielt wird, nicht ganz falsch einschätze, ist dies doch so oder so meine Henkersmahlzeit gewesen.«

Tex Mosquito nickte. »Du bist wirklich nicht dumm, Mister Kingsnake.«

»Dann kann es ja losgehen«, sagte der dünne Paco und hatte sich schon erhoben. Skunk Harris warf einen letzten abgenagten Hühnerknochen hinter sich. Ein Knarren ging draußen durch die Balken der Veranda. Anscheinend war Wind aufgekommen.

»Wie sieht es aus, Gentlemen«, fragte der Fremde, »habe ich noch einen Wunsch frei?«

Der dünne Paco zeigte erneut seine Zähne. »Das mit dem letzten Wunsch gehört zu den Regeln, die wir hier in La Condena abgeschafft haben.«

Beim Aufstehen nahm der Fremde seinen Mantel und sein Bündel wieder an sich. Die drei ließen ihn gewähren, schließlich hielt jeder von ihnen eine verlässliche Waffe auf ihn gerichtet. Chester López beugte sich über den Tresen, ein frisch gefülltes Glas in der Hand.

»Es war ein Fehler, hierher zu kommen, Mister. Tut mir ein bisschen Leid für dich.« Er schob dem Fremden das Glas hin. »Der hier geht aufs Haus.«

In scharfen Böen fuhr der Wind zwischen die Häuser und ließ hier und da den Straßenstaub aufwirbeln wie roten Rauch. Die Sonne stand noch hoch über dem Fluss. Die alte, gefräßige Hyäne. Als dünne weiße Fetzen jagten Wolken über den Himmel und mussten schmelzen, sobald sie ihr zu nahe kamen. Nur in der Ferne, hinter den Hügeln, hing es dunkelgrau. López war im Saloon geblieben.

»Bevor ihr Ernst macht«, sagte der Fremde zum dünnen Paco, »würde ich gerne sehen, wie du auf die Sonne schießt.«

»Abgelehnt«, knurrte der dünne Paco. »Aber dafür geben wir dir Vorsprung bis zum Ortsschild.«

»Das ist doch eine Chance, nicht wahr, Fremder?«, schaltete sich Skunk Harris ein: »Gerade bei dem Wind. Es sei denn, dass du das Ortsschild vor lauter Staub gar nicht findest.« Und er begann zu lachen.

Der Fremde ließ sein Bündel sinken, ging in die Knie und begann es auszuwickeln. Sofort pressten sich drei Pistolenläufe gegen seine Schläfen und seine Stirn. Doch er zog seelenruhig die letzte sandfarbene Decke beiseite und gab den Blick frei auf einen metallisch glänzenden Gegenstand.

Der Apparat war einem Revolver nicht unähnlich, allerdings viel größer und von seltsamen Verhältnissen. Anstatt in einen schlanken Lauf mündete er in ein Rohr, so breit, dass es zum Heizofen eines Farmgebäudes in den Hügeln hätte gehören können. Die Trommel schien widersinnigerweise in seitlicher Lage eingebaut und lag verdeckt hinter einem eisernen Gitter. Der Schaft war von solchem Umfang, dass man ihn allenfalls mit beiden Händen fassen konnte, und auch das nur, wenn man außerordentlich große Hände hatte.

»Eine Kanone«, vermutete Tex Mosquito, »von einer Feuerkraft, mit der sich eine halbe Postkutsche wegblasen oder eine Mauer durchschlagen lässt. Ein bisschen unhandlich zwar, doch leicht genug, dass ein Pferd sie tragen kann. Ein teuflisches, verführerisches Gerät. Wie bist du dazu gekommen, Mister Kingsnake?«

»Es ist meine eigene Erfindung. Doch sie ist gescheitert.«

»Soll das heißen, das Ding funktioniert nicht?«, fragte Skunk Harris.

Wieder wurde auf dem schattigen Gesicht des Fremden das Lächeln sichtbar.

»Jedenfalls nicht so, wie es sollte«, sagte er. »Ich habe es eigentlich entworfen, um damit Haare zu trocknen.«

Der dünne Paco spuckte aus.

»Dann ist es nicht schlimm, wenn es nicht funktioniert. Es

passiert in dieser Gegend nämlich so gut wie nie, dass Haare nass werden.«

»Erratet ihr den Namen, den ich meiner Erfindung gegeben habe?«

Die Hähne der drei Revolver, die auf den Kopf des Fremden wiesen, wurden gespannt.

»Also gut, ich helfe ein bisschen nach. Der Name ergibt sich, wenn man ein F, ein O und ein N aneinander hängt.«

»Ein F, ein O, ein N«, überlegte Tex, »– das ergibt *Fon.* Soll das heißen – du – bist – *El Fon*?«

»Solche Fragen müsst ihr für euch selbst beantworten.«

Der Fremde war aufgestanden. Hinter ihm wirbelte roter Staub in einer Windhose hoch. Der Fremde sah den drei Revolvermännern ins Gesicht, einem nach dem anderen. Dabei schien sein Blick durchdringend, forschend; als könnten die drei Gesichter ihm Aufschluss geben über etwas, wonach er trachtete. Als er sich wieder abwandte, glaubte der dünne Paco ihn murmeln zu hören: »Nein. Ihr seid nicht die Richtigen.«

»Wir sind rechtschaffene Leute«, sagte Tex Mosquito. »Es wird uns zur Ehre gereichen, das Grenzland von *El Fon* zu befreien.«

Der Fremde nickte. »Ohne Zweifel. Aber lasst mich zuvor das Gerät, das ich gebaut habe, ein letztes Mal erproben.«

»Das mit dem Wunsch hatten wir doch schon besprochen«, erwiderte der dünne Paco mit kalter Stimme.

Als hätte er ihn nicht gehört, fuhr der Fremde fort: »Stellt euch in meinen Rücken, eure Waffen weiter auf mich angelegt. Sobald euch die kleinste Bewegung verdächtig vorkommt, könnt ihr abdrücken.«

Wieder war es Tex, der den beiden anderen bedeutete, sich noch einen Moment zurückzuhalten. Sie gingen hinter dem Fremden in Stellung. Der Fremde beugte sich über seine Erfindung, umfasste mit beiden Händen den Schaft und hob den metallischen Gegenstand langsam hoch, bis das Rohr in leichter

Schräge über die Dachkanten der verfallenden Gebäude auf der flusswärtigen Straßenseite hinwegwies.

»Jetzt schalte ich ihn ein«, sagte der Fremde und legte einen Hebel an der Seite des Schafts um.

Ein Geräusch wie von Wind, der zwischen zwei Häusern pfeift, erhob sich, doch es war fraglich, ob dieses Geräusch von der Maschine in den Händen des Fremden kam: Schließlich pfiff in der Tat ein Wind zwischen den Häusern und war gerade noch einmal aufgefrischt. Skunk, Tex und Paco hatten den Fremden genau im Auge und beobachteten, wie er den Apparat höher und höher gegen den Himmel richtete.

»Jetzt«, hörten sie den Fremden sagen.

Ein ungeheurer Knall zerriss die Luft, und im selben Moment wurde es dunkel in La Condena.

Der dünne Paco hielt seinen Revolver auf den Hinterkopf des Fremden angelegt wie bisher, doch er achtete nicht mehr darauf, sondern starrte fassungslos in die Höhe.

Die Sonne. Sie war verloschen. Der Himmel nachtschwarz. Da, wo sie eben noch gestrahlt hatte, zeigte sich nurmehr ein kleiner verkohlter Fleck – und selbst den vermutete der dünne Paco mehr, als dass er ihn wirklich sah. Der Fremde mit seiner Kanone hatte die alte Hyäne erwischt.

Ein paar Herzschläge lang rührte sich keiner. Auch der Wind hatte ausgesetzt. Nur ein leises Rascheln ging durch den Staub: Das waren die Kakerlaken, die aus ihren Verstecken krochen.

Dann peitschten drei Revolverschüsse durch die Finsternis, zwei Flüche gellten, und Chester López kam aus dem Saloon gestürzt, in jeder Hand eine Laterne. Noch hatten die beiden kleinen Lichtkegel Skunk Harris und Tex Mosquito nicht erreicht. Mit den Füßen und mit ihren vorgestreckten Waffen um sich tastend, taumelten sie durch das Dunkel und brüllten: »Wo steckt er? Er muss hier irgendwo liegen! Tot! Tot, verdammt!« Skunks Stiefel stieß gegen etwas Weiches. Ein

Körper im Staub. Im selben Augenblick war López mit seinen Laternen bei ihm.

Doch der Mann, der da reglos am Boden lag, war nicht der Fremde. Es war der dünne Paco. Während die beiden anderen nach dem Fremden geschossen hatten, hatte er sich seine Kugel selbst in den Kopf gejagt. Tex Mosquito riss López eine der Laternen aus der Hand und rannte, Skunk an seiner Seite, um sich feuernd in Richtung Korral.

Chester López kniete neben dem Toten. Er löste den blonden Skalp von seinem Kopf und legte ihn über den zerschmetterten Schädel des dünnen Paco.

Am nächsten Morgen war die Sonne wieder da. Woher sie kam, konnte sich in La Condena keiner erklären. Doch die Männer empfanden große Erleichterung bei ihrem Anblick.

Von dem Fremden fehlte jede Spur, ebenso von seiner teuflischen Maschine. Man fand auf der Straße nur eine der Decken, in die er den Apparat gewickelt hatte.

Alle waren sehr verändert seit jenem Tag, besonders aber Skunk Harris. Der redete fortan fast pausenlos von der Bibel, und wenn er sich dabei unterbrach, dann nur, um die einzige Geschichte zu erzählen, die man in La Condena noch erzählte: die Geschichte, wie *El Fon* die Sonne vom Himmel schoss.

Bei Erzbohrungen in den 1950er Jahren, unweit der Stelle, an der früher der Saloon gestanden hatte, stieß ein Urenkel von Chester López im roten Staub auf ein paar Scherben, aus Lehm gebrannt, bemalt und lackiert. Er schob sie zusammen, sah, dass sie eine Scheibe vom Umfang eines großen Buffettellers formten und dass diese Scheibe, in leuchtendem Gold vor grünem Hintergrund, unser Gestirn darstellte. Der junge López vergewisserte sich, dass er bei seinem Fund nicht beobachtet worden war. Dann vergrub er die Scherben hastig wieder und hat niemals ein Wort darüber verloren.

Der Fremde aber war natürlich ich. Unentwegt auf der Suche, im Grunde ein armes Schwein. Meine Erfindung übergab ich damals ein paar Meilen südlich von La Condena den Fluten.

Selbstporträt Nr. 492 (»La Condena's Most Wanted«)
Nähgarn auf Leinen, ca. 30 x 20 cm
López's Drug Store, Corpus Christi, Texas

Neben dem durch Mottenbefall stark beschädigten »Großen Atlas der Anatomie in Farbe« ist dies das einzig erhaltene Beispiel für McCoys Fertigkeiten in der Kreuzstickerei – eine Kunst, die er von den Irokesen erlernt haben will. Radiokarbonuntersuchungen datieren das Werk auf die Zeit um 1880. Der untypisch klare Blick, der übertrieben gepflegte Bart und der alberne Bowler-Hut legen nahe, dass der sonst so präzise und detailbesessene Realist McCoy es nachgerade darauf anlegte, auf diesem Selbstporträt nicht erkannt zu werden. Das auf Grundlage der Stickerei erstellte Fahndungsplakat sollte denn auch nie zur Identifizierung oder Festnahme des berüchtigten El Fon führen.

Vom Hörensagen

Von K. L. McCoy wird erzählt, dass er einige Jahre lang die Existenz von Hunden leugnete und jedes Mal, wenn er auf ein Exemplar dieser Gattung traf, es entweder schnell zu verscheuchen versuchte, bevor es jemand anders zu Gesicht bekam, oder, wenn es dazu schon zu spät war, in die Hocke ging, die Hand ausstreckte und übertrieben laut »Miez Miez« rief. Diese Angewohnheit endete, als ein entlaufener Berner Sennenhund ihm in Triest nicht mehr von der Seite wich und schließlich McCoys Herz eroberte, der daraufhin nur noch die Existenz von Cockerspaniels in Frage stellte, was sich, wie er selbst als Erster zugab, ohnehin als viel praktikabler erwies; eine Theorie übrigens, die bis heute von McCoy und einigen seiner Anhänger vertreten wird.

Der Berner Sennenhund, von McCoy nach langem Abwägen »Tolstois Erbe« genannt, starb auf den Tag genau neun Jahre nach ihrem Triester Aufeinandertreffen bei einem Motorradunfall. Auf Tolstois Erbes Grab am Bodensee erblüht, so heißt es, jedes Jahr an einem bestimmten Tag im Dezember eine gelbe Tulpe.

Von K. L. McCoy wird erzählt, dass er sich mehrmals täglich, zeitweise bis zu vierzehnmal am Tag, umziehe und neu frisiere. So erhöhe er die Chancen, behauptete er, dazu befragt, angeblich, sich bei einer unerwarteten Reflexion in einem Spiegel oder einer Schaufensterscheibe nicht sofort zu erkennen und sich deshalb mit einem unbestimmten Lächeln zu begrüßen, um dann, sobald ihm der Irrtum klar werde, in ein verlegenes Lachen auszubrechen. Das sei von allen seine drittliebste Beschäftigung. Über die beiden liebsten schweigt er bis heute, sodass einige behaupten, sie existierten gar nicht, und McCoy wolle sich nur etwas Spielraum bewahren.

Von K.L. McCoy wird erzählt, dass er im Sommer 1886, kurz nach dem Bau des ersten Automobils durch Gottlieb Daimler, in einer Phase finanzieller Bedrängnis versuchte, sich das Rad als Erfindung patentieren zu lassen. Als dies trotz von McCoy vorgelegter und, wie er beteuerte, aus seiner eigenen Hand stammender Skizzen aus dem vierten Jahrtausend vor unserer Zeitrechnung nicht gelang, soll McCoy zunächst das Deutsche Patentamt verwüstet und sich dann, nachdem er sich persönlich beim Kaiser für sein Verhalten entschuldigt hatte, darum bemüht haben, die Wörter »Führerschein«, »Lotterie«, »Armleuchter« sowie den Ausdruck »Grüner wirds nicht« als eingetragene Warenzeichen rechtlich schützen zu lassen. Die von McCoy nach Ablehnung dieses Antrags entworfene »Maschine zur Zerstörung aller Ämter« wurde dem Vernehmen nach zwar umgehend und anstandslos patentiert, kam offenbar aber über das Planungsstadium nicht hinaus.

Kaiserschmarren

Zu den großen Jahrhundertfeierlichkeiten 1899/1900 weilte K. L. McCoy auf Einladung Seiner Majestät Franz Joseph I. für einige Wochen als königlich-kaiserlicher Vorkoster im Schloss Schönbrunn bei Wien. In dieser turbulenten und für McCoys intellektuelle und kulinarische Entwicklung so prägenden Zeit muss vor allem die Begegnung mit Professor Sigmund Freud großen Eindruck auf ihn gemacht haben: In einer Tagebuchnotiz vom 2. Januar 1900 bezeichnet er ihn unter anderem als »schlimmen Finger«, »Supernase«, »Marillenschnapsleiche aus der Kapuzinergruft« und »Graf Koks vom Lachgaswerk«.

Doch auch McCoys Einfluss auf das Denken des Begründers der modernen Psychoanalyse ist nicht zu unterschätzen. So scheint Freuds Schrift »Eine Teufelsneurose aus dem sechzehnten Jahrhundert« in ihrer Gänze auf ein Erlebnis McCoys zurückzugehen, welches dieser dem Professor im Rahmen einer improvisierten Analysesitzung unter dem Schanktisch eines Vorstadtbeisls anvertraute. Nur in der Frage der Traumdeutung konnten die beiden keine Verständigung erzielen, da McCoy darauf beharrte, dass man Träume nicht nur exakt anhand der in ihnen auftauchenden Nahrungsmittel interpretieren, sondern sie auch wie auf einer Speisekarte bestellen können müsse. Fast hundert Jahre lang arbeitete er an einer solchen Präzisierung und Systematisierung der Freudschen Theorien. Das Ergebnis, eine vermutlich mehrere tausend Seiten umfassende enzyklopädische Studie mit dem Titel »Alles, was man träumen muss – von A wie Aal bis Z wie Zander« vermachte er 1999 der Österreichischen Gesellschaft für Psychoanalyse als Millenniumsgeschenk.

Offenbar verkannte man dort jedoch den Wert der McCoyschen Aufzeichnungen: Der einzig erhaltene Eintrag wurde im Frühjahr 2000 im Biomüll des Ersten Vorsitzenden gefunden, wie McCoy unter Bezugnahme auf einen Artikel der Kronenzeitung *(»Schatz-*

truhe Mistkübel – was Promis alles wegwerfen«) nicht ohne Bitterkeit vermerkt (»Im Übrigen bin ich der Meinung, dass Wien zerstört werden muss«).

K

Kaiserschmarren: Du weilst aus kulinarischen Gründen in der Residenzstadt Wien. Du sitzt im Café Griensteidl, hast gerade drei Sachertorten verspeist und willst dir nun einen doppelten Fiaker mit Schuss zu Gemüte führen, als du von einem Herrn mit brezelhaft gewundenem Schnurrbart angesprochen wirst. Er stellt sich dir als Intendant des Burgtheaters vor und setzt sich auf den Platz gegenüber. Ob er dich zu einem Gugelhupf mit Powidl einladen dürfe? Du bejahst, obwohl du keine Ahnung hast, wer Powidl ist. Als er nicht erscheint, verzehrst du den aufgetragenen Rührkuchen mit Pflaumenmus alleine.

Der Intendant betrachtet dich aufmerksam, während du den Nachtisch mit einem einzigen Bissen verschlingst und anschließend Teller und Kuchengabel gleich mit aufisst. Er beteuert lächelnd, dass er deine »bisherige Arbeit« mit großem Interesse verfolgt habe und bittet dich, wenn du nicht anderweitig verpflichtet seist, am folgenden Tag bei ihm vorzusprechen. Mit vollem Mund – du hast inzwischen einen weiteren Nachtisch bestellt – erklärst du dich bereit, dir seinen Wunsch durch den Kopf gehen zu lassen.

Am folgenden Abend machst du einen Verdauungsspaziergang am Ring entlang, die Gaslaternen werden bereits entzündet und die Krähen schreiben das Menü des folgenden Tages an den Himmel, als du dich unversehens vor dem Künstlereingang des Burgtheaters wiederfindest. Kurz entschlossen trittst du durch die schwere Eichentüre; mit einem satten Schmatzen schnappt sie hinter dir ins Schloss. Als der livrierte Portier dich sieht, wirft er seine Zeitung beiseite, springt eilfertig auf und verneigt sich tief. »Magister McCoy!«, ruft er ehrfürchtig. »Wir haben Sie schon erwartet.«

Mit einer einladenden Handbewegung bedeutet er dir, ihm zu folgen. Er führt dich einen langen, nach Scheuermitteln riechenden Flur entlang, dann nach rechts, eine eiserne Stiege hinunter, durch fensterlose, labyrinthische Gänge und schließlich durch eine Stahltüre, die er behutsam öffnet.

Ihr steht in einem Saal, wohl fünfzehn auf zwanzig Meter. Der Fußboden ist aus schwarz gestrichenem Holz, die Wände sind weiß und kahl, mit Ausnahme der linken Seite, die von einem bodenlangen Vorhang aus rotem Samt verdeckt wird. In der Mitte des Saals, unter einem strassbesetzten Kronleuchter, welcher funkelnde Lichtpunkte über die Wände wandern lässt, steht eine prächtige Tafel, die unter der Last der Köstlichkeiten, mit denen sie bedeckt ist, fast zusammenbricht. Muscheln, mit kandierten Perlen auf einem Silbertablett angerichtet, spreizen verführerisch ihre Schalen; ein Spanferkel mit Trüffeln im Maul scheint dir vertraulich zuzuzwinkern; an dem dir zugewandten Ende des Tisches wartet ein Sessel, davor ein Gedeck für mehrere Gänge.

Ohne zu zögern lässt du dich nieder. Als du dich nach dem Portier umdrehst, um ihn nach dem Anlass für dieses Festmahl zu fragen, ist er verschwunden, offenbar hat er sich diskret zurückgezogen. Auch gut. Da das Essen kalt zu werden droht und anscheinend keine weiteren Gäste erwartet werden, greifst du beherzt nach dem äußersten Besteckssatz und machst dich daran, den Tisch von seiner Last zu befreien.

Als Ouvertüre beginnst du mit den Meeresfrüchten. Die Austern sind dir leichte Beute, die kandierten Perlen zergehen auf deiner Zunge, die Langusten sind etwas widerspenstiger, gepanzerte Heerscharen, die dich auf dem Weg zu den Hauptgängen aufhalten wollen, aber du kennst kein Erbarmen: Du reißt ihnen die Rüstung vom Leib und verschlingst sie mit Haut und Haaren.

Beim zweiten Gang zeigst du dich friedlicher, von deiner häuslichen Seite, du hältst einen gepflegten Dialog mit einer Portion Geselchtem, die sich bequem auf einem Bett aus gedünstetem Karfiol und Grießnockerln niedergelassen hat, doch dann begibst du dich wieder ins Offene: In einer dramatischen Szene bringst du mehreren Metern Aal und einem Schwarm Zandern in einem Meer aus Heurigem das Schwimmen bei.

Du gönnst dir eine kurze Pause und trinkst gerade zur Vorbereitung auf weitere Taten eine Bouteille Marillenbrand, als dich ein unterdrücktes Räuspern stutzig macht. Du wischst dir den Mund ab, blickst vom Teller auf und siehst dich einem mehr als tausendköpfigen Publikum gegenüber; der Samtvorhang, hinter dem es sich bei deinem Eintreten versteckt hielt, hat sich zwischenzeitlich von dir unbemerkt gelüftet.

Die Zuschauer starren dich mit entrückten Mienen und offenen Mündern an, nur ein paar Besucher in der ersten Reihe blicken vorwurfsvoll auf den Räusperer, einen distinguierten Herrn mittleren Alters mit mausgrauem Jackett, Brille und Vollbart. Einen Moment lang meinst du, in ihm deinen Vater zu erkennen. Neben ihm sitzt eine Frau in einem schmandfarbenen Abendkleid, sie hält sich trotz ihres Platzes in der ersten Reihe ein Opernglas vor die Augen: möglicherweise deine Mutter.

Der Mann saugt nachdenklich an seiner Unterlippe, nickt bedächtig und beginnt, sich Notizen in ein kleines schwarzes Büchlein zu machen, welches er zu diesem Zweck aus der Innentasche seines Jacketts hervorgezogen hat. Da du die Marillenbrandflasche hast sinken lassen, scheint der Rest des Publikums zu glauben, deine Vorstellung sei beendet, und beginnt zu applaudieren; zuerst verhalten, dann immer frenetischer, Fußetrampeln mischt sich unter das Klatschen, dann begeisterte Pfiffe, »Bravo«- und »Encore«-Rufe.

Du fühlst dich geschmeichelt. Du schiebst deinen Stuhl beiseite, stehst auf und gehst an die Rampe, um dich zu verbeugen; da bemerkst du, dass du mit Ausnahme einer Serviette, welche du dir zu Beginn der Mahlzeit unter den Bart geschoben hast, vollkommen nackt bist. Hastig willst du dich umdrehen und die Bühne verlassen, aber deine Beine versagen dir den Dienst.

Durch die abrupte Drehbewegung verlierst du das Gleichgewicht und schlägst mit einem dumpfen Krachen auf die Bretter. Dann wachst du auf.

Du liegst vollständig angezogen auf dem Rücken. Deine Arme ruhen entspannt neben dem Körper, mit den Fingerspitzen spürst du den glatten Lederbezug einer Couch. Über deinem Kopf wölbt sich eine Kassettendecke aus dunklem Holz, zu deiner Linken sickert durch Gardinen aus weißem Tüll mildes Herbstlicht ins Zimmer und beleuchtet matt ein bis zur Decke gefülltes Bücherregal, welches du hinter deinen Fußspitzen sehen kannst. Du drehst den Kopf nach rechts und erblickst aus den Augenwinkeln einen Mann auf einem Stuhl. Er trägt ein mausgraues Jackett, hält den Kopf leicht gesenkt, du hörst das Kratzen seines Füllfederhalters. »Noch mal zurück zu Ihren Eltern«, sagt er.

Du bemühst dich nach Leibeskräften, dir ihr Bild ins Gedächtnis zurückzurufen, doch je länger du nachdenkst, desto sicherer bist du dir, dass der distinguierte Herr, den du im Traum für deinen Vater gehalten hast, in Wirklichkeit der Mann ist, der jetzt neben dir sitzt, und die Frau daneben die Bedienung aus dem Griensteidl – eine Einsicht, die dich laut an der Existenz deiner Eltern zweifeln lässt.

Das Dafürhalten deines Analytikers, dass du, wenn nicht gerade vom Essen, dann auffallend oft von Vater und Mutter träumen würdest, entkräftest du durch das Argument, dass diese Träume höchstwahrscheinlich die Kompensation eines Mangels seien, du würdest ja auch vor allem dann vom Essen träumen, wenn du hungrig seist. Dass deine Eltern dir im Schlaf erschienen, sei daher ein schlagender Beweis dafür, dass du keine habest.

Als der bärtige Herr dich daraufhin fragt, wie du dann deiner Meinung nach auf die Welt gekommen seist, stellst du die Behauptung auf, dass du bei jeder Mahlzeit neu geboren würdest und dabei jeweils die Identität des von dir verzehrten Nahrungsmittel annähmest, ein Prinzip, das du zunächst auf den Satz »Ich esse, also bin ich«, dann auf die griffigere Formel »Man ist, was man isst« bringst.

Als der Analytiker sich immer noch skeptisch zeigt, bietest du ihm an, ihn in das nächstbeste Kaffeehaus zu begleiten und deine These durch den Verzehr einer Portion Kaiserschmarren empirisch zu überprüfen – ein Angebot, das er mit der fadenscheinigen Begründung ablehnt, dass bei dir sowieso Hopfen und Malz verloren seien. Du gehst daher allein ins Griensteidl; ob sich der zu erwartende Effekt – deine umgehende Verwandlung in eine Portion Kaiserschmarren – tatsächlich einstellt, vermagst du nicht mit letzter Bestimmtheit zu sagen, da du dich in der trüben Spiegelung der Fensterscheibe nicht gut erkennen kannst; die auffallend gleichgültige Reaktion der anderen Kaffeehausgäste auf dein Äußeres ist dir jedoch Beweis genug, schließlich sind sie den Anblick von Kaiserschmarren hier gewohnt.

Selbstporträt Nr. 607

Kiefernholz, lackiert, Höhe ca. 50 cm

Heimatmuseum Ramsau (Steiermark)

Nachdem McCoy die Möglichkeiten, welche ihm die Kreidezeichnung, die Ölmalerei, das Aquarell, die Assemblage, der Kupferstich, die Kreuzstickerei und die Daguerreotypie boten, hinreichend ausgelotet zu haben glaubte, wandte er sich der Schnitzerei zu. Das hier abgebildete Porträt zeigt ihn in verschmitzter Pose, den Hut keck in die Stirn geschoben, die Augen zugeschwollen, die Wangen stark gerötet – höchstwahrscheinlich das Resultat einer ausgedehnten Extremsauftour mit Luis Trenker, mit welchem McCoy den Großteil des Winters 1922/23 in der Dachstein-Südwand »abgehangen« haben will. Doch auch der Einfluss des Bildhauers Ernst Barlach ist nicht zu übersehen.

Die Tausendmarks, 3

Mit den folgenden Kapiteln findet (laut Mehrheitsvotum der Herausgeber) K. L. McCoys Projekt einer Familiensaga in Dialogen seinen Abschluss. Die Tendenz zur Ausdehnung des Handlungsrahmens ins Metaphysische, bis hierher stets gleichermaßen angedeutet wie abgefangen, bricht im Endabschnitt leuchtend hervor. Zum Problem der Glaubwürdigkeit können wir abermals nur auf McCoy selbst verweisen: »Wenn einer etwas hinschreibt, dann stimmt es irgendwie auch« (»Über die Bedeutungsproduktion in der Graffiti-Kunst«, in: Vermischte Essays und Vortragsmanuskripte, *Kiste 12, Konvolut B).*

Kapitel 9: Die Stange Zigaretten

Frau Tausendmark – das ist ja famos! Welch Glanz in meinen schummrigen Gewerberäumen, wie gehts, wie stehts, und was darf es für Sie sein?

Wirklich eine nette Überraschung, Sie hier zu treffen. Mein alter Satellit. Nicht nur, dass ich Sie längst verloren geglaubt hatte, nein, ich war außerdem überzeugt, Sie wären zu dieser Jahreszeit nur von der Südhalbkugel aus zu sehen.

Das ist jetzt Geheimsprache, nicht wahr? Sie reden mich in Geheimsprache an. Mir eine Ehre, Frau Tausendmark.

Sie halten es schon ein ganzes Weilchen aus in Ihrer Umlaufbahn. Keine Spur von Materialermüdung?

Man tut, was man kann. Zum Frühstück seit der Scheidung nur noch rohes Fleisch.

Und jetzt – der Mars. Was halten Sie davon? Ein Loch von ein paar Zentimetern Tiefe wird in den Boden gebohrt, ein Gesteinsbrocken aufgegriffen und untersucht, gerade mal zwei Schritte von der Landekapsel entfernt. Das soll man nun als Triumph der Technik feiern. Und an den Polkappen hat man Wasser fotografiert. Wasser, ich bitte Sie. Einundzwanzigstes Jahrhundert, und Wasser auf dem Mars bringt es auf alle Titelseiten. Wie kläglich.

Ein faszinierender Blick über den Tellerrand, Frau Tausendmark. Bloß, wie soll ich sagen – natürlich hat man seine Interessen, und auch unsereins macht sich mal Gedanken über den täglichen Bedarf hinaus. Aber im Grunde bin ich eben doch ein eher schlichtes Gemüt, und deshalb, Sie müssen verzeihen – Ihre Antworten verunsichern mich gerade ein bisschen. Bitte, seien Sie doch so gütig und geben mir ein Zeichen, dass Sie, nun ja, wissen, wer ich wirklich bin und wo wir uns hier befinden: nämlich in meinem Laden. Zeitungen, Zeitschriften, Tabakwaren. Auch ein wenig Süßkram für die jüngere Kundschaft, nicht wahr? So wie früher. Und hinter der Ladentheke ich, Ihr guter alter –

– Ich habe *Titelseiten* gesagt.

Titelseiten, ach ja. Stimmt. Sie haben Recht. Ich sollte einfach genauer hinhören.

Ich bin ruhig. Gelöst. Entspannt.

Davon könnte ich mir getrost eine Scheibe abschneiden.

Übrigens warte ich immer noch auf Ihre Meinung zum Thema Mars.

Der Mars, ja, der Mars. Also ich persönlich finde es schon beeindruckend, was da jetzt alles läuft. Natürlich, es sind erste Schritte, sie kommen sehr spät, und man hätte sie sich vielleicht spektakulärer ausgemalt. Dennoch –

– Oh, ich merke, wenn ich Ihnen jetzt nicht ins Wort falle, werden Sie mir blühende Landschaften versprechen. Nun denn. Machen Sie schon: Küssen Sie mich. Aber bitte nur auf die Wange und nur ganz kurz.

Nein, Frau Tausendmark. Das werde ich nicht tun. Ich werde standhaft bleiben. Denn ich fürchte, es ist Ihnen nicht ernst mit mir, Sie treiben bloß Ihr Spiel, ich bin für Sie eine heiße Kartoffel, die Sie nach Belieben fallen lassen werden.

Haben Sie einmal erlebt, dass jemand eine heiße Kartoffel nach Belieben fallen lässt?

Das – das weiß ich gerade nicht.

Wie bitte? Hallo? Hallo? Die Funkverbindung ist jetzt sehr schlecht. Hören Sie mich noch? Empfangen Sie noch unser Signal?

Frau Tausendmark, ich fühle mich überfordert. Vielleicht rufe ich besser die Jungs von der Handelskammer oder so.

Geben Sie mir vorher noch eine Stange Zigaretten Ihrer Wahl, Sie Memme. Hier ist Ihr Geld.

Kapitel 10: Die Vogelperspektive

Minotaurus, bist du da drin? Ich komme einfach mal angewackelt, ja? Halli, hallo, Minotaurus! Hörst du mich? Wir kennen uns von früher. Ich bins, die dicke Frau vom Süßwarenstand. Weißt du noch? Und, Minotaurus, du bist es auch, oder? Du bist nur in den Stimmbruch gekommen. Ich habe deinen Brief erhalten.

Bist du meine Schwester? Hast du sie noch alle?

Nein, also – höchstens im Geiste. Ich meine: Schwester im Geiste auf jeden Fall! Ich meine: Wie galant, dass du mich Schwester nennst. Tantchen wäre mir auch recht gewesen. Oder Perle. Damals warst du ja ein bisschen maulfaul, hast nur guten Tag gesagt und dann stumm auf die weißen Mäuse und sauren Pommes und Glibberwürmer gedeutet, die ich dir einpacken sollte. Die gewünschte Zahl hast du mir durch Hochrecken der Fingerchen angezeigt, was sich nicht immer ganz einfach gestaltete, weil du ja zugleich die mitgebrachten Münzen umklammert halten musstest. Hach, Minotaurus, da hätte ich dir am liebsten alle paar Augenblicke durchs Wuschelhaar gestrichen. Mein Exmann übrigens, ja, wir sind mittlerweile geschieden, eine Schlammschlacht sondergleichen, mein Exmann hat den Laden jetzt übernommen und das Sortiment in Richtung Kiosk erweitert.

Es ist mir doch lieber, wir bleiben beim Sie.

Aber wir haben uns nie gesiezt, Minotaurus. Ich sagte immer du, so im Sinn von »Na, du Lauser«, und du hast gar nichts zu mir gesagt.

Wie wollen Sie hier wieder hinausfinden?

Och du, das weiß ich nicht. Ich wackel dann einfach wieder los, vielleicht kommt ja ein Quäntchen Glück dazu.

Ich empfehle die Vogelperspektive.

Die Vogelperspektive? Ach Gott, ach Gott.

Die Vogelperspektive beantwortet fast alle Fragen.

Mich erinnert, was du da sagst, an dieses Lied »Über den Wolken«. Kennst du das? Wollen wir es gemeinsam singen?

Zweimal nein.

Dabei bist du so ein bezauberndes Kind gewesen!

Das Leben hat mich hart gemacht, gnä' Frau.

Da fällt mir gleich noch ein weiteres Lied ein: »Im Leben, im Leben, geht mancher Schuss daneben.«

Man kann nur hoffen, dass dies auch für die Kugel gilt, die für einen selbst bestimmt ist.

Minotaurus, du bist ja ein Poet! Aber warum hast du es bloß so karg hier drinnen? Hier und da ein freundlicher Schnickschnack an den Wänden wäre die Lösung.

Was war mit dem Brief, den Sie vorhin erwähnten? Haben Sie etwa zu meinem Schaden das Postgeheimnis verletzt?

Du sollst die Wahrheit erfahren, Minotaurus. Nachdem ich jahrelang vergebens auf diesen Brief gewartet hatte, habe ich unter Tränen meine alte Olivetti ausgepackt, ein paar Zeilen hingeworfen, mit reizend ungelenker Hand deinen Namen darunter gekritzelt und das Ganze an meine eigene Adresse geschickt. Das ist, soweit ich weiß, nicht verboten.

Genug von den alten Geschichten. Höchste Zeit, dass Sie eine Flatter machen.

Wenn ich den Süßwarenstand noch hätte oder mit meinem Exmann, der jetzt den Kiosk hat, auf besserem Fuß stünde, dann hätte ich dir ein prall gefülltes Tütchen mitgebracht. Und dies ist nun der Dank?

Probieren Sie es mit der Vogelperspektive. Wie gesagt. Ich selber werde einstweilen die große Luftnummer vollführen, das spurlose Verschwinden. Sie werden Augen machen.

Mensch, das gibts doch nicht! Dieser Bengel.

Kapitel 11: Das Allgäu

Freiherr von Puffendorff, nehme ich an?

Weit gefehlt.

Wie schade. Dann entschuldigen Sie mich bitte.

Nicht doch. Ich kann Ihnen natürlich weiterhelfen. Ich bin der Kurier, müssen Sie wissen. Und wenn ich Ihnen jetzt Rede und Antwort stehe, dann nicht, um mich wichtig zu tun, sondern um ein wenig Klarheit in die Sache zu bringen.

Klarheit, Sache, sehr schön. In welchem verwandtschaftlichen Verhältnis stehen Sie denn zur Familie Tausendmark?

Sagen wir so: Nah genug dran, um Bescheid zu wissen.

Dann schießen Sie mal los.

Erstens: Es hat nie einen verschollenen Brief gegeben. Der Brief wurde ordnungsgemäß ausgeliefert. Ich muss es wissen, ich war schließlich der Überbringer, unterwegs im Auftrag des Bruders der Frau.

Des Bruders der Mutter?

Da müssen Sie die beiden selber fragen. Die Geschichte mit dem Brief jedenfalls: aufgebauscht. Zweitens: Harro, der Hund, wurde nicht erschossen, sondern verendete, als er im Badezimmer des Elternhauses beim Apportieren eines Haartrockners in die gefüllte Wanne sprang. Ein Unfall.

Das klingt mir, mit Verlaub, nach einer nicht ganz sauberen Recherche.

Ich nenne nur die Fakten, die Einordnung überlasse ich Ihnen.

Drittens: Die Festwiese, das Bierzelt – eine Finte. Ich selbst war es, der diesen Ort augenzwinkernd ins Spiel gebracht hat, im Gespräch mit dem Bruder der Dame des Hauses. Von da aus muss das Zelt seinen Weg in die Familienfolklore gefunden haben.

Aber mein Bester, diese Wiese, dieses Zelt – das ist doch alles eine Pracht, das könnte man sich gar nicht schöner ausdenken! Da wäre es doch jammerschade, wenn –

Eine Pracht nennen Sie das? Ha! Kein Vergleich zu den Bedingungen, die ich im Allgäu antraf. Das Allgäu, ich sage Ihnen: Schwimmbad, Sauna, alles da.

Und die Familie Tausendmark hat im Allgäu investiert?

Dazu äußere ich mich nicht. Noch nicht. Denn ich habe, müssen Sie wissen, ein Buch über die Familie Tausendmark geschrieben. Zwölfhundert supersaftige Manuskriptseiten, der ganze Komplex tritt darin sonnenklar zu Tage.

Das hört sich nach einem – wie soll ich sagen – nach einem regelrechten Knüller an, ja. Wann und wo wird dieses Buch erscheinen?

Das weiß ich nicht und werde mich da auch raushalten. Das Manuskript liegt gut versteckt an einem geheimen Ort. Wenn ich einmal nicht mehr bin, wird man es finden und sich fragen: Wer war dieser Mensch?

Lassen Sie mich raten: Bei dem geheimen Ort, von dem Sie sprechen, handelt es sich um ein Bierzelt mit angegliederter Sauna im Allgäu.

O nein, Sie liegen komplett daneben. Tja. Ihr Fahrrad gehört nun also mir. Für einen Kurier ist so was ein Grund zum Feiern!

Und da zieht er auch schon von dannen mit seiner Beute. Was unser nassforscher Herr Kurier allerdings nicht weiß: Es handelte sich hier gar nicht um mein Fahrrad, sondern um das des Freiherrn von Puffendorff. So klein ist nämlich die Welt.

Diese Reibekuchen, wirklich was für Genießer. Altes Familienrezept, habe ich Recht?

Je nachdem, welche Familie Sie meinen.

Oho, Frau Tausendmark – seit wann haben Sie denn so eine tiefe Stimme?

Wie kommen Sie darauf, mich Frau Tausendmark zu nennen?

Na ja, Erfahrungswerte.

Schauen Sie mal zu mir rüber. Wen sehen Sie vor sich?

Schwer zu sagen. Eine Art Fastnachtsmaske verhüllt Ihr Gesicht, Ihr wallendes Gewand lässt keine Rückschlüsse auf Ihren Wuchs zu. Dennoch, ich bleibe bei meiner Entscheidung: Sie sind niemand anders als Frau Tausendmark. Und wenn ich noch einmal auf Ihre Reibekuchen zurückkommen dürfte –

– Haben Sie sich da nicht ein bisschen voreilig festgelegt? Ich meine mit Frau Tausendmark, nicht in puncto der Leckereien auf Ihrem Teller.

Jetzt bringen Sie mich wirklich ins Schlingern. Also, der Gestik nach und mit dieser Lust am Versteckspiel könnten Sie natürlich ebenso gut Minotaurus sein. Dann würde auch die tiefe Stimme wieder passen.

Das ist noch lange kein Grund, sich die überschüssigen Reibekuchen hinten in den Kragen zu schieben.

Was wollen Sie mir da unterstellen? Und überhaupt, haben Sie plötzlich Helium geatmet? Falls nicht, dann weiß ich es jetzt: Sie sind Gretchen Tausendmark.

Eine kühne Vermutung.

Oder halt der alte Sack höchstselbst, Seine Dampfplauderei der Herr Tausendmark, heidewitzka. Soll ja, wie man hört, die Küchenschürze auch kaum mehr ablegen.

Mit Ihnen geht ganz schön der Gaul durch heute Mittag. Herr Tausendmark ist ein dezenter und einfühlsamer Gesprächspartner, schreiben Sie sich das hinter Ihre Ohren.

Ach, wissen Sie, mir ist es offen gestanden scheißegal, mit wem genau aus dieser Ansammlung von Knallchargen ich gerade das Vergnügen habe. Die Reibekuchen sind in Wahrheit auch nur mittelprächtig. Sehen Sie, eben noch hinten in den Kragen geschoben, jetzt vorne aus dem Latz wieder herausgeschüttelt. Wenn Sie wollen, erkläre ich Ihnen den Trick.

Ein Fertiggericht, wenn es Sie tatsächlich interessiert. Und mich können Sie bis auf weiteres Freiherr von Puffendorff nennen, zweimal zwei F. Das Geheimnis einer Familie aber, das müssen Sie woanders suchen. Ganz woanders. Am besten da, wo Sie noch nie nachgeschaut haben.

Ich fürchte, dafür ist es zu spät.

Das Wunder der Liebe

Mein rustikales Auftreten, mein wacher Sinn fürs Derbe, Deftige, auch der Eifer, mit dem ich immer bestrebt gewesen bin, die Orte, an die ich kam, ein wenig besser zu hinterlassen, als ich sie vorfand: All dies mag Außenstehende, nicht aber mich selbst, darüber hinwegtäuschen, dass ich im Grunde einsam durch die Jahrhunderte schreite. Sicher, einzelne mögliche Weggefährten in einem mehr als nur flüchtigen Sinn hätte es geben können, und ich bin auch durchaus hier und da mit ihnen zusammengetroffen. Doch das Schicksal war unseren Begegnungen nicht günstig. So saß ich, auf freundliche Vermittlung von Virginia Woolf, einige Male mit der alterslos frischen Orlando zu Tisch und wir tauschten Artigkeiten aus, richtig warm aber wurden wir nicht miteinander; sie kam mir überspannt und allzu britisch vor. Ähnlich ging es mir mit dem Grafen Dracula, dessen Essverhalten zudem mit meinen Gewohnheiten nicht in Einklang zu bringen war. Und Ahasver gegenüber brachte ich vor Ehrfurcht kaum ein Wort über die Lippen, begann schließlich vom Wetter zu reden, genauer gesagt von Temperaturbeobachtungen irgendwo im Kaukasus, die ich zwischen Frührenaissance und Rokoko angestellt hatte, woraufhin Ahasver mich einen langatmigen, ziemlich uninteressanten Schmock nannte und nur halbherzig seinen Segen über mich sprach, ehe er mich mit einer angedeuteten Verbeugung stehen ließ.

Nun gab es Stunden, in denen die Erkenntnis meiner ausweglosen Einsamkeit ganz von mir Besitz zu ergreifen und mich, den Unerschütterlichen, niederzuwerfen drohte. Starr und fast ohne Gedanken saß ich in meiner Kammer, zerdrückte einen alten Globus in der Hand oder tat sonst etwas Blödes. Als diese Stunden mir einmal gar nicht wieder vergehen wollten, sich längst zur Phase ausgewachsen hatten und dringend Maßnahmen ergriffen werden mussten, verfiel ich darauf, den Dingen um mich her persönliche Namen zu geben, um sie enger an mich zu binden und aus ihrer Nähe Trost zu erfahren. Die Kammer, in der ich hauste, nannte ich Cristobal, meinen Kimono Monika, die Zahnbürste Lord Nelson und die Tapete, an die ich meinen Kopf lehnte, bezeichnete ich als Jahrhundertwein. Doch der Trost, den ich erfuhr, war kaum nennenswert, und so beschloss ich schweren Herzens, mich endlich wieder zu verlieben. Ich schälte mich murrend aus dem Kimono und machte mich frisch.

Sollte ich eine Frau lieben oder einen Mann?

Mit den Männern ist es so eine Sache. Wenn ich ganz ehrlich sein soll, ist für meinen Geschmack keiner von ihnen je dem jungen Sokrates gleichgekommen, weder an Anmut noch an Scharfsinn. Den jungen Sokrates aber hatte ich seinerzeit in meinem dummen, unreifen Mutwillen so gründlich verprellt, dass er nach unserem Gespräch übers Haaretrocknen jede Begegnung vermied und bis zu seinem gewaltsamen Tod kein Wort mehr mit mir wechselte. Ich weiß, das ist lange her, dennoch wollten der Gedanke an den blitzgescheiten Griechen und mein Gram darüber, wie ich mit ihm umgesprungen war, das Pflänzchen meines Tatendrangs schlagartig verdorren lassen.

Also doch eine Frau. Nach Möglichkeit ein Prachtexemplar. Auch gemeinsame Interessen waren mir wichtig. Und weil mir gerade ein handfestes Ambiente zuträglich schien, entschied ich, meine Suche in der Umgebung von Imbissbuden zu beginnen, und trat vors Haus, in einen blendenden Frühlingstag.

Zwar fand ich die Liebste nicht auf Anhieb, aß jedoch einige der metallischsten Würstchen und fossiliertesten Bouletten meines Lebens, kam wieder zu einigen Kräften, brachte hier und da eine übermotorisierte Limousine zum Stehen, zerrte einen Spitzenverdiener aus dem Fond, gab ihm Saures und raubte ihn aus, entschuldigte mich charmant, als ich einmal an ein verschrecktes Brautpaar geriet, und der Jubel der Umstehenden brandete immer lauter zu mir empor; sie nahmen an, ich würde die erbeuteten Werte unter den Armen verteilen, doch ich brauchte alles für meinen Eigenbedarf. Einer geregelten Beschäftigung ging ich zu dieser Zeit nicht nach, und meine Rücklagen waren aufgezehrt.

Es geschah dann nicht im Wurst- und Boulettenmilieu, dass ich sie traf. Nein, ich hatte die Suche ausgeweitet, auch mal eine Salatbar, eine Grünkernbraterei oder die geheimnisumwitterte Wohnwagenküche eines fahrenden Völkchens einbezogen, und an einem dieser Orte, einer engen, fast fensterlosen Baracke, gehüllt in die Aromen von Kurkuma, Koriander und Cumin, muss es gewesen sein, gegen neun Uhr morgens. Den Blick gesenkt, zerlegte sie auf einer schmalen Resopalanrichte Gemüse, die man hierzulande nur vom Hörensagen kannte, und rührte parallel eine Marinade an, für die allein ich meinen Bart und meine Seele hergegeben hätte. Die bronzenen Züge der Frau aber stelle man sich als ein überraschend aufgetauchtes Original vor, das Tausende im Umlauf befindliche, durchweg sehenswerte, mitunter brillante Kopien auf einmal nichtig werden lässt.

Doch lange genug hatte ich ungläubig im Eingang gestanden, ein bunter Perlenvorhang ersetzte die Tür. Bloß keinen Fehler machen, bekniete ich mich innerlich. Die Frau war allein hinter der Theke und ich wohl der erste Gast des Tages. Ich wählte meinen Platz am hintersten der drei Stehtische im Raum und ertappte mich bei dem Versuch, meine Kleidung zu ordnen, obgleich doch Ordnungsliebe in meinem Charakter aus guten Gründen gar nicht angelegt ist und der Frau ebenso wesensfremd schien; darauf wies zumindest der Wust tiefschwarzer Locken hin, der um ihr Haupt in herrlicher Unbezähmbarkeit nach allen Richtungen außer der des Erdbodens strebte. Nichts überhasten!, tönte mein Appell an die eigene Adresse. Ich durchsuchte meine Taschen nach Material zum Lesen, Notizenmachen, Auswendiglernen, halt irgendwie schöngeistig Vertieftsein, fand aber nichts, ausgerechnet. Blieb also nur das Essen.

Kraft meines Willens führte ich eine beispiellose Steigerung meines Appetits herbei und köstigte mich mit ruhigen, abgemessenen Bewegungen Gericht für Gericht durchs komplette Angebot, wie es von schweifender Hand auf einer Tafel über der Theke geschrieben stand. So schritt der Tag voran, Kundschaft kam und ging, ich blieb und aß, mein Gaumen frohlockte auf seine stille Weise, und mein Magen wich mir keinen Fingerbreit von der Seite. Der fortgesetzte, konzentrierte Akt des Speisens brachte einen erstaunlichen meditativen Effekt zuwege; ich fühlte mich dem Zustand der Erleuchtung nah, als die Frau ein gutes Stück nach Mitternacht die Flammen des Herdes löschte. Nicht aufdringlich wirken!, schreckte mich ein innerer Warnruf aus der Versenkung und ließ das dezent-beredte Mienenspiel des weit gereisten Gourmets, das meine Mahlzeit begleitet hatte, für Sekunden aus dem Ruder laufen. Ich wuchtete meinen Leib gegen die Theke.

»Na, da bekommense aber ordentlich Mengenrabatt«, sagte die Schönste, indem sie einen Schwamm in die Spüle schnippte, und erwähnte ich schon, dass ihre Stimme dunkel perlte wie der Quell einer nächtlichen Oase? Ich bestand darauf, für die genossenen Speisen den vollen Preis zu zahlen, mindestens – »Allein für eine Ihrer Marinaden wäre ich bereit gewesen, meine Seele und meinen Bart zu geben.«

»Ach, hörense mir auf.«

»McCoy«, sagte ich, »vorne leider Klaus.«

Sie lächelte: »Da kann man ja vielleicht noch was machen.«

Mir war nicht klar, wie sie diese Worte meinte, doch ich schnitt ein verständiges Gesicht.

Ob auch sie einen Namen hatte?

Sie teilte ihn mir jedenfalls nicht mit, sondern sagte: »Aber der hier geht aufs Haus, keine Widerrede.« Aus einer schwarzen Flasche, die sie einem Versteck unter der Theke entnommen haben musste, schenkte sie mir ein Gläschen voll ein. Der Tropfen war nicht minder schwarz als die Flasche, doch über seine

Oberfläche warf der Widerschein der Deckenlampe einen rötlichen Glanz. Ich trank, und gleich darauf war meinem Leib alle Schwere genommen. Es schien mir sogar das Nächstliegende, mich, sobald ich den Perlenvorhang nach draußen passiert hätte, in die Lüfte zu schwingen und von der nächtlichen Brise irgendwohin tragen zu lassen, vielleicht ans Meer. Ob, was ich da getrunken hatte, uralter Wein war oder sehr feiner Likör oder etwas Drittes, Unbekanntes, vermag ich nicht zu sagen. Meine Augen allerdings hingen, so lebensecht die Vorstellung meiner Schwerelosigkeit sich mir in dem Moment auch entfaltete, unablösbar am Gesicht der Schönsten fest – solange, bis sie, und ihre Linke führte dabei eine leichte Wellenbewegung aus, sagte: »Lassense sich ruhig mal wieder blicken.«

»Ich überlegs mir«, erwiderte ich und hatte Mühe, nicht in lauten Jubel auszubrechen. Die Untröstlichkeit, aus deren Würgegriff ich mich noch einige Zeit zuvor nur mit größter Anstrengung entwunden hatte, erschien mir nun wie ein haltloses Gerücht vom Vorjahr. Trank hin, Trank her: Das Wunder der Liebe hatte in mir zu wirken begonnen, daran war kein Zweifel. In die milde Nacht hinaus aber begleitete mich das Lachen der Unvergleichlichen, zunächst wie eine erfrischende Dusche, dann wie ein neu erkorenes Lieblingslied, schließlich, ich schob schon den Schlüssel ins Schloss meiner Kammertür, noch wie ein Echo, ein Hinweis auf etwas, das jenseits aller mitteilbaren Erfahrung liegt.

Ich ging nicht gleich am nächsten Tag wieder hin, spazierte vielmehr von früh bis spät im Wald herum, unablässig ihr Bild vor Augen. Jede Pore ihrer Gesichtshaut, der leiseste Faltenwurf ihres Kittels hatten sich mir eingeprägt; und legte ich auf Lichtungen den Kopf in den Nacken, so trug der ganze Himmel ihr Antlitz, und die Brise, die mich umfächelte, schien einen Gruß von ihr zu flüstern.

Am übernächsten Tag also, und nun hatte ich etwas zu lesen

bei mir; das darauf folgende Mal einen Skizzenblock, und zu dritter Gelegenheit wieder gewaltigen Kohldampf.

»Sie scheinen sich hier als Stammgast empfehlen zu wollen«, schmunzelte die Schönste.

»Ich folge nur dem Feinschmecker in mir.«

»Sie Schmeichler, Sie.«

»Nein, wirklich, keineswegs.«

Sie hatte die Ellbogen auf die Kasse gestützt, ihr Kinn in die Hände, und ich wurde warme Butter unter ihrem Blick.

»Ich würde«, brachte ich nach einer Weile hervor, »sehr gerne auch einmal für Sie kochen.«

»Oho. Wie stellense sich das denn vor?«

»Nun, wenn es recht ist, bei mir zu Hause.«

Sie zwirbelte ein Büschel ihres unbändigen Haars.

»Wenn ich aber in festen Händen wäre?«

»Dann wüsste ich festere.«

Diese Worte waren mir hinterhältig entschlüpft, liefen in ihrer prahlerischen, ins Zotige lappenden Grobschlächtigkeit dem Eindruck, den ich von mir geben wollte, radikal zuwider.

Hatte ich alles kaputtgemacht?

Mit eingezogenem Kopf stand ich an der Theke, und im Boden unter meinen Füßen tat sich ein Netz feiner Risse auf, doch schlucken wollte er mich nicht.

Sie ließ sich Zeit mit ihrer Antwort.

»Sie sollen Ihre Chance haben, Klaus«, sagte sie schließlich. Und hielt wieder die schwarze Flasche in der Hand, füllte diesmal zwei Gläser, wir stießen an. »Sie sind einer, der sich nicht gut verstellen kann«, gab sie mir noch mit auf den Weg, »das gefällt mir an Ihnen.«

Und abermals begleitete mich ihr Lachen durch die restliche Nacht.

Mich nicht zu verstellen war also die Devise. Ich hütete mich davor, für ihren Besuch meine Behausung umzukrempeln, durch

Anschaffung von Mobiliar oder Firlefanz Wohnlichkeit vorzutäuschen und dergleichen. Als sie kam, es war ein Samstagabend im Mai, erklärte ich mit einem Armschwenk durch meine Kammer im natürlichsten Ton: »Dies ist Cristobal, dort in der Ecke liegt, flüchtig zusammengefaltet, Monika; Jahrhundertwein könnte einen neuen Anstrich vertragen, wird sich aber noch ein ganzes Weilchen gedulden müssen.«

Die einzige Abweichung vom Normalzustand der Bude bildeten das verhüllte Bett und der für den Anlass in die Mitte geschobene und reich gedeckte Eichentisch Maurice de la Gidouille.

»Wer führt eigentlich«, fragte ich beim Apéritif, »heute Abend an Ihrer Stelle das Restaurant?«

»Restaurant?« Sie schüttelte den Kopf. »Nun übertreibense ja schon wieder schamlos.«

»Nicht dass ich wüsste.«

»Ich habe in der schmierigen Hütte nur die Urlaubsvertretung gemacht. Das ist jetzt vorbei.«

»Heißt das – Sie sind gar keine Wirtin?« Einmal mehr hätte ich mir für meine Worte ein gepflegteres Gewand gewünscht.

Sie lehnte sich zurück und richtete ihren Blick, als seien ihm die Wände meiner Kammer kein Hindernis, für einen Moment in weite Ferne.

»Wirtin zu sein ist keine Frage der Stellung, sondern der Einstellung. Auch du bist für mich ein Wirt, Klaus.«

Lächelnd sah sie mir beim Erröten zu und schob sich eine der zierlichen Teigschnecken, die ich als *amuse-bouche* aufgetragen hatte, in den Mund.

»Wirt zu sein bedarf es wenig«, stammelte ich verzückt, um gleich darauf heiß zu erschrecken, weil mir aufging, welch abfälliger und grundfalscher Spruch über den Bildungsweg im gastlichen Gewerbe in meiner Äußerung angeklungen sein musste. Doch auch dieses Mal sah die Schönste mild amüsiert über meinen Ausrutscher hinweg.

Alle siebzehn Gänge hindurch hielt sie aufs Unverzagteste mit, merkte einmal gutmütig an, die Feigen, mit denen ich den Truthahn gefüllt hatte, hätten einen Schuss weniger Armagnac vertragen, äußerte sich aber auch wiederholt beifällig über meine Künste. Und kennt der Koch ein schöneres Kompliment, als wenn am Ende kein Anstandsrest bleibt? Beim dritten Dessert, einem traumwandlerisch verspielten Litschi-Sorbet, erklärte sie, nun sei der Moment für ihr Gastgeschenk gekommen. Und sie zog – woher, weiß ich nicht, mir war, als ich ihr öffnete, keine Tasche, kein Beutel aufgefallen – die schwarze Flasche ans Licht.

»Da würde ich allerdings einen Wechsel aufs Sofa vorschlagen.«

Sie willigte ein, auch wenn es sich bei dem Sofa um nichts anderes als meine mit einer verschossenen Tagesdecke und zwei marokkanischen Sitzkissen bedeckte Matratze Rosmarinchen handelte.

Wir sprachen dem schwarzen Trank diesmal ausgiebiger zu als an den beiden Abenden in der Baracke, saßen dicht beieinander, und es bestürzt mich sehr, dass ich nun trotz größtmöglicher innerer Sammlung außerstande bin, auch nur einen Fetzen des Gesprächs wiederzugeben, in das wir uns vertieften. Ein unersetzlicher Verlust!

Klarheit habe ich erst wieder von dem Augenblick an, in dem ich das Glas zum siebten Mal absetzte und es endlich wagte, meinen Arm um die Schulter der Angebeteten zu legen. Sie ließ kurz und wohlig ihr Lachen erklingen und neigte mir dabei den Kopf so weit zu, dass einige Spitzen ihres Haars meinem Bart zu schmeicheln begannen. Auf der Stelle wollte ich eine erdrutschartige Liebeserklärung abgeben, holte tief Luft, doch meine Zunge gehorchte mir nicht. Dafür wähnte ich mich mit einem Mal ganz woanders – eine wunderbare Vision hatte all meine Sinne gefangen genommen.

Und zwar sah ich mich zunächst auf eine üppige Wiese versetzt. Es war Nachmittag, ein Gezwitscher von Myriaden sorglos voll gefressener Vögel klang mir in den Ohren. Ich blickte mich um, und der Ort schien mir vage vertraut. Allmählich unterschied ich neben dem Gezwitscher weitere Geräusche: das Murmeln oder Plätschern eines schmalen Wasserlaufs, helles Lachen und Kreischen. Ich richtete mich auf und trat aus der Senke, in der ich gelagert haben musste. Jetzt erkannte ich alles wieder: den grasigen, sanft gewellten Hang, hoch oben am Waldsaum den Weg, von dem wir übermütig abgewichen waren, ein paar Dutzend Schritte unter mir den Bach, Ziel unseres Abstechers; an seinem anderen Ufer, halb von der nächsten Kuppe verdeckt, drei mächtige, eng zusammenstehende Ulmen, in deren Schatten – ich wusste es, ohne es zu sehen – eine Blockhütte aus längst entfärbtem Holz sich duckte. Die Kinder, die am Wasser spielten, planschten, sich ins seichte Flussbett warfen, waren meine Freunde oder Nachbarn. Wir kamen oft hierher, was den Großen aber verheimlicht werden musste – nicht nur, weil wir hartnäckig versuchten, deren glotzäugige Zierfische in den Fluten zu ersäufen; nein, es hieß auch, über dem Bach und seinen Ufern liege ein Fluch oder zumindest eine unheimliche Präsenz, die Blockhütte jedenfalls sei bewohnt von drei alten Töpferinnen, die nicht zu den Sterblichen zählten. Wir gaben nichts auf solche Schauermärchen. Der Name des Bachs war Mümmelfried, und wer vor einem Ort, der Mümmelfried hieß, Angst hatte, der machte sich ja überall zum Gespött. Ich hielt der spendablen Nachmittagssonne noch für ein paar Augenblicke mein Gesicht hin, dann lief ich hinunter zu den anderen. Sie empfingen mich johlend und mit einem Spottlied – McCoy habe im Kopf nur Heu, hieß es darin, und bei Klaus hänge unten was raus –, sodass ich nicht umhin kam, einige Prügel auszuteilen. An Wuchs und Reife unterschieden wir uns kaum; auch ich war offensichtlich ein Kind. Und wie Kinder so sind, vergaßen wir über unsere Rauferei wohl die Zeit, denn beim nächsten Aufblicken herrschte um mich her schon Halbdunkel, und die meisten Vögel waren verstummt. »Lasst uns mal zurück«, rief ich in die Runde. Doch ich erhielt keine Antwort, auch nicht, als ich meine Aufforderung mehrmals wiederholt und etliche Kraftworte eingeflochten hatte. Und sosehr ich meine Augen anstrengte, an beiden Ufern auf und ab rannte, rundgeschliffene Findlinge anhob, mich auf allen vieren durchs Bachbett tastete – ich fand niemanden, bloß ein paar unerklärlich munter gebliebene Zierfische. So stand ich fröstelnd und allein, ein böiger Wind begann mich zu zausen, und mich umfing kein Dämmer mehr, sondern Finsternis. Überdies reichte mir das Wasser, wie mir schlagartig bewusst wurde, bis zu den Schultern; dass der Bach so tief werden konnte, verblüffte mich. Ich musste auf meiner nervösen Suche nach den anderen weit abgekommen sein von der Stelle, an der wir uns getummelt hatten, und ich vermochte nicht zu sagen, in welcher Richtung. Selbst eine grundsätzliche Orientierung anhand von Bergseite und Talseite war mir unmöglich. Und als ich fürs Erste ein beliebiges Ufer ersteigen wollte, fanden meine Füße nach wenigen Schritten keinen Halt mehr. Ich fühlte mich von einem tückischen Sog erfasst, umgerissen, fortgespült. Nach Leibeskräften versuchte ich mich aufzubäumen, gegen die Strömung anzurudern. Doch es war ein ungleicher Kampf. Bald schlug das schäumende Element über meinem Kopf zusammen, die Luft blieb mir weg, ein ohrenbetäubendes Gurgeln und Brodeln orchestrierte meinen Untergang. Der Name Mümmelfried, so schoss es mir noch durch den Sinn, ist irreführend, man muss ihn dringend ändern. Dann setzte meine Wahrnehmung aus.

Als Nächstes fand ich mich in Rückenlage wieder, auf eine grobe Wolldecke gestreckt, über hartem Holz und leidlich trocken. Ich öffnete die Augen und sah gegen einen matten Lichtschein die Konturen eines schroff gezackten, dunklen Felsmassivs, zu dessen Fuß ich lag. Doch gleich darauf musste ich meinen Eindruck korrigieren. Es war kein Fels, der neben mir ragte, nein: Es handelte sich um die rissigen Silhouetten dreier uralter Frauen. Auch vernahm ich, offenbar abgedämpft durch ein geschlossenes Fenster, ein Rauschen, wie vom Wind, der durch mächtige Baumkronen geht. Nun war ich im Bilde; wusste sogar, von einem Moment auf den andern, wie die Namen der drei Töpferinnen lauteten: Tonschuh, Tonhose und Tonbeutel. Tonschuh war die Erste, die das Wort ergriff.

»Da hat das Bürschchen ja noch mal Glück gehabt, nicht wahr?«

»Wären wir nicht beizeiten zur Stelle gewesen, dann würde der Matz jetzt wie ein fortgeworfener Schwamm talwärts in einem Strauch verrotten«, pflichtete Tonhose mit begrabener Stimme bei, während Tonbeutel sich stillvergnügt ihre Pfeife stopfte. Entschlossen, mich von den drei Schachteln nicht ins Bockshorn jagen zu lassen, erwiderte ich, dass, bei allem Respekt, doch Damen derart reifen Jahrgangs, Damen, die dem Anschein nach bei den letzten vier oder fünf geologischen Verwerfungen hier in der Gegend eigenhändig mitverworfen hatten, keinesfalls fähig gewesen sein konnten, mich aus den mörderischen Fluten zu ziehen, und ich mich folglich aus eigener Kraft hierher gerettet haben musste.

Meine Worte lösten bei den Töpferinnen einiges Entzücken aus. »Was für ein reizend vorlauter, allerliebst neunmalkluger Bengel«, rief Tonbeutel, indem sie mir ihren Pfeifenrauch ins Gesicht blies. »Wenn das Bürschchen so weitermacht, dann kann noch so einiges aus ihm werden, so einiges«, jubelten die beiden anderen.

Ich hatte mich halb aufgerichtet, die Ellbogen in die Wolldecke gestemmt, und sah mich in der Blockhütte um. Eine Funzel unter dem Dach streute trüben Schein. Sofern nicht von gelben Butzenscheiben durchbrochen, standen die Wände deckenhoch voll mit Schränken und Regalen, die von irdenen Krügen, Geschirr und Figürchen, trockenem Kraut, dicken Schwarten in Leder und Messing, Schürhaken, Perücken und unbeschreiblichem Plunder überquollen. Rechter Hand ballte sich ein gewaltiger Herd, noch übertroffen von einem Ofen, aus dessen gekippter Luke auch jetzt, obwohl das Wetter draußen doch alles in allem einen sommerlichen Eindruck gemacht hatte, gierig die Flammen schlugen. Natürlich, dachte ich, den brauchen sie für ihr Handwerk.

»Und weil du uns solchen Spaß machst, kleiner Mann«, erklang Tonschuhs Stimme dicht an meinem Ohr, »ist es uns ein Bedürfnis, dich zu beschenken.«

Sie hielten mir ein glasiertes Pfeifchen hin, nicht von der Art wie die, aus denen sie rauchten, nein, ein Pfeifchen, um dünne Töne darauf zu blasen. Ich steckte es ohne ein Wort des Dankes ein. Mit heiserem Kichern zogen die drei sich von mir zurück, um einen Kessel Suppe auf den Herd zu setzen oder was weiß ich; im selben Augenblick durchzuckte mich furchtbar ein Regelspruch, den ich von den Großen mit auf den Weg bekommen haben musste: Sobald du ein Geschenk von den alten Töpferinnen annimmst, hast du ihnen im Tausch deine Seele gegeben!

Plötzlich war es nicht mehr weit her mit meinem Mut. »Ihr lieben Damen«, stammelte ich, »bei näherem Hinsehen wird mir klar, dass ich die Pfeife lieber doch nicht will.« Doch sie rumpelten und tuschelten in der Kochecke untereinander weiter, ohne mich zu beachten.

Noch immer saß ich auf der Wolldecke, und die Wolldecke lag über einem grob behauenen Esstisch. Als draußen ein Blitz das Dunkel spaltete; das Steinzeug in den Regalen unter dem Donnergetöse erzitterte; die drei Alten jäh herumfuhren, ins Riesenhafte gesteigert, mit lodernden Augen, weit aufgerissenen Gesichtern, und, Messer und Gabeln in den Händen, auf mich losstürzten – da brach die Vision ab.

Ich fand mich in meiner Kammer wieder, auf dem Sofa, und rieb mir ungläubig die Augen. Die Schönste an meiner Seite schien diese Geste als Signal dafür zu werten, dass ich ihren Aufbruch wünschte.

»Aber nein, aber nein, ein schreckliches Missverständnis!«

Sie hatte sich erhoben, ich auch.

»Was hast du gesehen?«, fragte sie unvermittelt.

Meine Vision war mir in diesem Moment ein wenig peinlich, also wiegelte ich ab: »Och, nichts Besonderes. Ich ging, glaube ich, an einem Bach spazieren, dessen Name Ober-Rauschebert lautete, so genau weiß ich es gar nicht mehr.«

»Du wirst schon das Beste daraus machen, Klaus.«

»Na ja, setzen wir uns doch wieder.«

Sie schüttelte lächelnd den Kopf: Nein, sie müsse jetzt los, vielen Dank für den sehr schönen Abend.

»Nicht doch – wir könnten doch noch –«

Sachte strich sie mit dem Finger über meinen Mund, sodass ich stillstand wie frisch zum Mann des Jahres gekürt.

»Für eine meiner Marinaden, hast du mal gesagt, wärst du bereit gewesen, deinen Bart und deine Seele zu geben.«

»Ohne Wenn und Aber.«

»Nun, seine Seele hat einer wie du ja, denke ich, längst anderweitig verjubelt.«

Um ehrlich zu sein: Ich konnte mich über diesen Spruch nicht ganz unbefangen freuen.

»Bleibt also der Bart.«

Diesmal strich sie mir nicht nur über den Mund, sie legte ihre beiden Hände auch liebkosend um mein Kinn. Ich wollte vor Wonne schier bersten. Als sie ihre Hände wieder wegnahm, war mein Bart verschwunden. Doch meine Bestürzung hielt sich erstaunlicherweise in Grenzen. Ach, dachte ich bei mir, der wächst nach.

»Auf Wiedersehen, Klaus.«

Ich brachte kein Wort hervor, konnte nur hoffen, dass meine Augen alles sagten. Die Schönste drückte einen Kuss auf meine Lippen. Meine verzauberte Reglosigkeit schien sie zu erheitern. Unvergänglich erscholl ihr Lachen, während sie aus meinen vier Wänden trat.

Geraume Zeit verstrich, ehe ich wieder ein paar klare Gedanken fassen konnte und mir siedend aufging, dass ich nach wie vor weder ihren Namen noch ihre Adresse wusste und dass die schwarze Flasche nicht mehr in meiner Kammer stand. Hastig vergewisserte ich mich, dass es zumindest die beiden Gläser und den Tisch voll benutztem Geschirr weiterhin gab. Ich zog eine imaginäre Ellipse um alle Zeugnisse unserer gemeinsamen Stunden, rief mehrmals mit fester Stimme: »Wirklichkeit!« und warf mich auf das zum Sofa ernannte Möbel, um an jedem seiner Bestandteile den Duft der Einzigen zu erschnuppern.

Nun waren allerdings, jenseits und unabhängig von Duft oder Flasche, zwei deutliche Spuren von ihr geblieben. Zum einen meine Bartlosigkeit, zum andern der beispiellose Nachhall ihres Lachens. Die Abwesenheit des Barts – gewöhnungsbedürftig nach all den Jahren. Immer wieder war mir, als stünde ich in der Öffentlichkeit und hätte ein unverzichtbares Kleidungsstück vergessen. Ihr Lachen – ich habe seine Wirkung ja schon zu beschreiben versucht als einen Dreischritt aus blitzartiger Erfrischung, lang gezogener Schwärmerei und einer dunkleren, gleichsam außerweltlichen Note im Dauereffekt; ähnlich dem Dichterwort *Dumpf aus der Erde wandert es mit*. Ein tiefes Rätsel also, und dennoch schien es mir alles andere als fremd, dieses Lachen, ja, ich empfand es geradezu als heimelig. Für solche Widersprüche gab es meiner Ansicht nach eine so einfache wie tiefsinnige Erklärung: die Macht der Liebe.

Doch ich muss mich unterbrechen – es klopft an meiner Wohnungstür, für die der Name Rekordmeister vielleicht doch ein bisschen zu viel der Ehre ist. Es klopft heftig, offenbar nicht zum ersten Mal, auch verzerrte Stimmen vor dem Haus sind schon seit einer Weile schwer zu ignorieren. Ich richte mich auf und finde noch Zeit für ein paar rasche, lockernde Leibesübungen. Dann lässt ein dumpfer Stoß das Türschloss bersten und die Angeln aus der Zarge brechen.

Es sind nicht, wie ich unwillkürlich, ganz in meiner Innenschau befangen, erwartet habe, drei Töpferinnen, ins Monströse angeschwollen, die über die niedergestreckte Tür hinweg auf mich einstürmen. Nein, es ist Polizei. Viel Polizei, gepanzert, behelmt. Im Nu hat ein Dutzend Schwerbewaffneter einen Ring um mich geschlossen und mir Handschellen angelegt. »Unbeschreiblicher Mief hier drin«, höre ich jemanden murmeln. Von rohen Fingern fühle ich mich abgetastet, und erst als die Rüpel sich von meiner Wehrlosigkeit überzeugt haben, wagen sich auch ihre Befehlshaber in die Kammer. Beide in Zivil, ein dünnlippiger Schlaks, dem mit den Jahren der Skalp nach hinten gerutscht zu sein scheint – seine Stirn reicht ihm bis an den höchsten Punkt des Kopfes, dafür bedecken dichte graue Stoppeln seinen Nacken bis in den Kragen hinein – und eine wallende, rotblond Getönte mit Abgebrühtheit vortäuschenden Augensäcken.

»McCoy«, beginnt der Mann, »Sie haben sich den Bart abgenommen, aber Sie sehen ja selbst, das nützt Ihnen nichts.«

»Das Spiel ist aus, McCoy. Sie sind verhaftet«, hält es seine Partnerin für nötig zu ergänzen, vielleicht wegen meines verwirrten Gesichtsausdrucks. Und weil ich immer noch nicht wissender aus der Wäsche schaue, zählen sie endlich ein paar Gründe für meine Gefangennahme auf. Eine Serie kaltblütiger Raubüberfälle werde mir zur Last gelegt, schwere Körperverletzung in etlichen Fällen, Störung der öffentlichen Ordnung, Terrorismus.

Da dämmert es mir: Was die Staatsanwaltschaft und diese beiden Zwangscharaktere mit ihrer Vollstreckerschar auf den Plan gerufen hat, sind die zugegebenermaßen unkonventionellen Methoden der Geldbeschaffung, auf die ich zurückgriff, als ich im klassischen Imbisssektor nach der Liebsten Ausschau hielt. Ich gerate in Wut: »Und wegen so was scheuchen Sie mich auf, während ich hier an meiner Lebensbeichte sitze, obendrein an einer besonders schwer zu stemmenden Passage? Schämen Sie sich was, nehmen Sie mir diese Fesseln ab, und kommen Sie gefälligst ein andermal wieder.«

»Lassen Sie die Faxen, McCoy«, fährt mir die Rotblonde rauchig über den Mund, doch damit stachelt sie mich nur weiter an: »Natürlich, na sicher, Madame, Monsieur – ein paar dicke Fische aus Vorstandsetagen und inneren Zirkeln der Macht empören sich, weil ich sie aus ihren Protzkarossen gezogen und in einer Drastik, die sie als heilsam empfinden sollten, an das Anliegen der sozialen Gerechtigkeit erinnert habe. Dabei liegt es doch auf der Hand: Wenn die da oben nicht zu Potte kommen mit der überfälligen Umverteilung, dann muss der wehrhafte Demokrat in eigener Sache zur Tat schreiten!«

»An Ihrer Stelle würde ich solche Töne ab jetzt mit meinem Anwalt abstimmen«, entgegnet der Nackenskalp und glaubt, seine Worte hätten solches Gewicht, dass man ihnen auch zuhört, wenn er sie sehr leise sagt. Auf einen Wink seiner Partnerin ergreifen mich die Grobiane und schleppen mich aus dem Haus. Dass ich für einen Ausflug denkbar unpassend gekleidet bin, lässt sie kalt. Bartlos und mit nicht viel mehr als meinem Kimono Monika am Leib werde ich meiner Bleibe, meinem Schreibtisch entrissen. Aber wenn die Herrschaften glauben, sie könnten mich auf diese Weise davon abhalten, mit meinem Text fortzufahren, dann irren sie sich. Ich habe da so meine Tricks.

Man stößt mich durch die Hecktür einer fingerdick vergitterten grünen Minna im Kleinbusformat, und auf die Frage, ob dieser hübsch hemdsärmelige Ausdruck unter Sicherheitskräften für die Fahrzeuge, mit denen sie unterwegs sind, heute noch gebräuchlich sei, erhalte ich keine Antwort. Allerdings steigt das Einsatzleiterpaar anstatt in einen der Begleit-Opels mit mir zusammen ein, vielleicht um Gewissenhaftigkeit zu demonstrieren, vielleicht auch aus besonderer Faszination für meinen Fall. Drei Bewaffnete sitzen uns gegenüber. Lärmend setzt die Kolonne sich in Bewegung, es wird unnötig scharf beschleunigt. Für mich heißt Madame zu meiner Linken Dr. Zanussi und der schlaksige Herr da rechts Gurkenhobel BMX, da kenne ich nichts, da können sie mir erzählen, was sie wollen.

Überhaupt gehen unsere Wahrnehmungen gerade entschieden auseinander. So sind die beiden überzeugt, das Blaulichtgeschwader, dessen Mittelpunkt unsere Minna bildet, steuere, eine Bresche nach der andern durch den Berufsverkehr schlagend, zügig und geradewegs das Polizeipräsidium an, und es fehle schon nicht mehr viel. Ich dagegen sehe die Sache so: Keine drei Minuten auf Achse und wir stecken im zähesten Feierabendstau, gegen den auch geballte Martinshornwucht nichts vermag. Die zwei Kriminalisten schäumen, und ich erlaube mir einzuwerfen, es liege für mein Gefühl im allseitigen Interesse, an einer Kneipe zu halten und sich dort erst mal in Ruhe auszuquatschen – »Sie können ja Ihre Schergen alle Fluchtwege blockieren lassen.« Nach anfänglichem Zögern, so will ich weiter behaupten, willigen meine Häscher in den Vorschlag ein. »Bis sechs, halb sieben ist hier eh kein Durchkommen«, begründet Dr. Zanussi knapp. Gurkenhobel BMX setzt über ein altertümliches Funkgerät die Zentrale und den Chauffeur in Kenntnis, wir fahren rechts ran. Dass Halteverbote für die Polizei nicht gelten, zählt zu den bekannten immanenten Widersprüchen, an denen das politische System hierzulande noch längst nicht zugrunde geht; so viel wissen wir aus bewegteren Zeiten. Die Kneipe aber heißt *An einem Donnerstagnachmittag Anfang Juni*, weil ja manchmal im Leben eins zum andern passt. Aus Sicherheitsgründen kommt die Sonnenterrasse nicht in Betracht, wir müssen in den dunklen, menschenleeren Gastraum. Die Kommandoebene besteht auf einen Ecktisch, sodass die Bewaffneten sich im Doppelriegel vor uns aufstellen und mich in Schach halten können. Selbst die Kellnerin passiert diese Barriere nur gegen Vorlage eines gültigen Lichtbildausweises.

Ich bleibe nach außen hin ganz ruhig. Bevor die Kellnerin mich aus der Nähe sieht, versuche ich die Handschellen mit den weiten Ärmeln des Kimonos zu überdecken, damit sie mich für einen abgeschirmten Popstar hält. Mit zitternder Stimme fragt sie, was es bei mir sein dürfe.

»Nun, wenn Sie zufällig so ein ganz schwarzes Getränk da hätten – leider weiß ich den Namen nicht, kann nur sagen, es ist ein unbeschreibliches Getränk, tiefschwarz, und wenn man das Glas gegens Licht hält, bekommt es einen leicht rötlichen Schimmer. Wissen Sie, was ich meine?«

Sie bringt mir eine Cola. Und sucht so hastig wieder das Weite, dass ich keine Chance zum Protest habe. Dass Dr. Zanussi und Gurkenhobel BMX mir über ihre Kaffee Latte oder Sanddornbuttermilch hinweg gehässige Blicke zuwerfen, bilde ich mir vielleicht nur ein.

»Dann legen Sie mal los, McCoy«, knurrt Gurkenhobel, »wir haben ja nicht ewig Zeit.«

Um zu zeigen, dass ich mich von einem wie ihm nicht unter Druck setzen lasse, ziere ich mich noch ein wenig und hole dann umso weiter aus. »Mein rustikales Auftreten«, beginne ich, »mein wacher Sinn fürs Derbe, Deftige, auch der Eifer, mit dem ich immer bestrebt gewesen bin, die Orte, an die ich kam, ein wenig besser zu hinterlassen, als ich sie vorfand« – doch anders als der Einsatzleitung ist ja der geneigten Leserin und dem womöglich ebenfalls auf der Kippe stehenden Leser die Geschichte bereits in groben Zügen bekannt. Ich möchte also die Zeit, bis die Polente mit Hintergrundwissen versorgt ist, hier aussparen oder besser noch für eine knappe Skizze der weiteren Ereignisse zwischen dem Abschied der Liebsten aus meiner Kammer und der Zerstörung meiner Tür nutzen.

Und zwar schwankte ich zunächst eine Weile zwischen dem Bedürfnis, das Haus gar nicht mehr zu verlassen – um auf keinen Fall abwesend zu sein, sollte die Ersehnte wieder vorbeischauen, vielleicht einen Zettel mit ihrer Anschrift in der winkenden Hand – und dem Drang, sie suchen zu gehen. Bald siegte die Unrast. Ich klebte meinerseits einen Zettel auf mein Klingelschild, *Bin bei der Baracke, auf gut Glück*, und rannte los. Doch wie erschrak ich, als ich die Baracke, den Schicksalsort, an dem ich meine Königin zum ersten Mal erblickt hatte, dem Erdboden gleichgemacht fand! – »Hier wird jetzt ein Wellness-Komplex errichtet«, pampte ein stämmiger Werktätiger aus dem Cockpit einer Planierraupe herab; es fehlte nicht viel und ich hätte ihn mir vorgeknöpft. Bloß, was wäre der Nutzen gewesen? Zumal doch eher den Hintermännern oder -frauen beziehungsweise den so genannten Bauherren mein Groll gelten sollte als diesem ahnungslosen Handlanger und ich außerdem keine Zeit zu verlieren hatte. Blitzartig stob ich zurück in meine Kammer; der unberührte Zettel am Klingelschild versetzte meinem Herzen einen kleinen Stich.

Die Phase aber, die nun folgte, sollte mich bis nah an den Selbstverlust bringen. Ich übertreibe nicht. Denn die Einzige blieb verschwunden, und so endlos und fieberhaft ich auch nachdachte, analysierte, eins zum anderen zählte – ich fand keine Anhaltspunkte, wo oder wie ich sie aufspüren könnte. Die ganze Imbisstour noch einmal von vorne? Törichter Aktionismus. Einen Detektiv einschalten? Nicht mit mir, wirklich nicht. Ich suchte Rettung in Ritual und Hokuspokus, setzte alles daran, telepathisch mit ihr in Verbindung zu treten – durch mehrtägige, pausenlose Zubereitung erlesener Mahlzeiten, durch ohrenbetäubende Beschwörungsgesänge im Schneidersitz oder indem ich mir Morgen für Morgen den nachsprießenden Bart wegrasierte, bemüht, dabei auf den tiefsten Grund meiner Erinnerungen an ihr Lachen und an die Wirkungen des schwarzen Tranks zu tauchen. Doch alles vergeblich. Ich wusste nicht weiter. Heilloser Liebeskummer begann mich zu zerfleischen.

Daran, dass zumindest ab und zu der Schlaf mir Linderung brächte, war auch nicht zu denken. Kaum wurde es Nacht, gesellte sich zur dumpfen Qual des Sehnens und Vermissens noch die Sorge, ihr könnte etwas zugestoßen sein. Unfall, Mord, Entführung, der Phantasie waren keine Grenzen gesetzt. Erwischte es nicht oft gerade die, die den lebensvollsten Eindruck machten? Hatte es nicht mit der Zeit so gut wie alle erwischt? Und deutete nicht schon der Umstand, dass mir ihr Name unbekannt geblieben war, darauf hin, dass über dem, was so aufjauchzend begonnen hatte, ein dunkles Verhängnis dräute? Oder – und hier wurden mir die Mutmaßungen erst recht zur Pein, gingen an die Substanz meiner Persönlichkeit und brannten sie weg wie ein Marathonläufer seine Kalorien – lag sogar ungute Absicht darin, mir zu verbergen, wie sie hieß? Konnte es sein, dass sie nur ihr Spiel mit mir getrieben hatte; dass ich eine kurze, vielleicht ganz nette, vielleicht gar bizarre Episode für sie gewesen war und weiter nichts? Dies, so wusste ich, wäre das Ende: das Ende von K. L. McCoy in all seinen bisher dokumentierten Formen.

Meine Zerrüttung galoppierte also voran, und ich sah mich vor die Wahl gestellt, dem Irrsinn anheim zu fallen, in einer Verzweiflung zu versinken, gegen die meine Schwermut in der Zeit, bevor ich die Frau getroffen hatte, ein zünftiger Maientanz gewesen war – oder aber mich mit letzter Kraft hinzusetzen und die ganze Geschichte zu Papier zu bringen. Keine leichte Entscheidung. Doch wie sie ausfiel, liegt ja nun auf der Hand, sechsunddreißig blassblaue Briefbögen mit *Diddl*-Grafik sind bis hierher beidseitig mit schwer zu entziffernden Schriftzeichen bedeckt, und wer die Hartherzigkeit und Nullsensibilität aufbrachte, mich mitten in diesem fast aussichtslosen Versuch der Krisenbewältigung zu überfallen und dingfest zu machen, ist auch kein Geheimnis mehr.

Wir wären demnach so weit. Meine Bekenntnisse münden in der unmittelbaren Gegenwart, und im Café *An einem Donnerstagnachmittag Anfang Juni* sind die beiden Strategen vom Sonderdezernat Öffentliche Ordnung inzwischen auch auf einen aktuellen Stand gebracht. Die Kellnerin ist nicht noch einmal an unseren Tisch gekommen, sodass ich sie über ihren Irrtum in Sachen meines Getränks nicht habe aufklären können. Eben hat sich Gurkenhobel BMX, eine Spur blasser als zu Beginn unseres Gesprächs, mit den Worten »Ich übernehm das mal« zur Theke begeben und begleicht die Zeche dort.

»Um ehrlich zu sein, McCoy«, haucht seine Kollegin, indem sie ihre Linke auf meinen Unterarm legt, »Ihre Geschichte hat mich seltsam bewegt. Diese Kraft und Bedingungslosigkeit in den Empfindungen, die Sie schildern – da schien mir mein eigenes Leben fast erstarrt und hohl, da stand für einen Augenblick selbst aller höhere Sinn meiner Ermittlungsarbeit für mich infrage.«

Sie macht eine Pause, die ich für ein ernstes Nicken nutze.

»Aber«, fährt sie fort und nimmt ihre Hand wieder von meinem Ärmel, »dieser Moment des Zweifels ist nun vorbei. Auf die Märchenstunde folgt die Stunde der Wahrheit.«

Und drei der Schwerbewaffneten nötigen mich vom Stuhl, während die anderen sich zwischen uns und der Tür zum Spalier aufstellen.

Nicht die nächste Wache, nein, gleich das Präsidium darf es sein, ein Betonquader natürlich, von entseeltem Unmaß. Ich bin etwas enttäuscht, dass uns auf dem Parkplatz keine Kamerateams erwarten. Im Innern des eisig erleuchteten Klotzes kommt dann zumindest ein Fotograf gehastet und macht vor einer Wand, an der ein aufgemaltes Metermaß mir bis knapp an die Schultern reicht, eine Porträtserie von mir. Dass ich lauthals *It's been a bad day, pleeease don't take a picture* singe und an der Luftgitarre alles gebe, scheint ihn in seinem Eifer nur anzufeuern. Dr. Zanussi, Gurkenhobel und ein paar andere stehen mit triumphierenden Mienen daneben. Nach der Prozedur verweigere ich zwei Unterschriften und die Angabe meines Geburtsdatums, dann bringt man mich hinunter in meine Zelle.

Und da muss ich doch sagen, seit ich zuletzt einsaß, 1789, in Gesellschaft des versponnenen Marquis, hat sich einiges getan: Massive Stahltür, die sich dennoch lautlos schließt, die Wände in besänftigendem Ocker, Bettwäsche, sanitäre Lösungen. Und kein Laut dringt aus dem ganzen riesigen Gebäude an mein Ohr, nur das dezent hirnerweichende Zirpen der Klimaanlage.

Meine Versuche, diesem Ort oder irgendwelchen Einzelheiten darin Namen zu geben, scheitern schon im Ansatz: Da kommt rein gar nichts. Bloß als ich den Blick zur Energiesparbirne hebe, die unter der Decke in eine Fassung geschraubt ist, scheint sich ein kleines Potenzial in meiner Kehle zu regen. Eilfertig öffne ich den Mund.

»11 W, 220–240 V, 90m A, 50/60 Hz.«

Und aus. Nicht mal ein Hall, der noch für Sekundenbruchteile im Raum zittern würde; die Wände ersticken sofort jedes Geräusch.

Namenlos meine Umgebung, namenlos mein Zustand. Also beginne ich zu zählen – zuerst die winzigen, flachen PVC-Noppen des Bodenbelags, dann mikroskopische Unebenheiten auf der Wandfläche, in der Hoffnung, als Ergebnis eine sechsstellige Primzahl zu erhalten, denn sonst gibt es hier ja nichts zu hoffen, und das Zählen, oh, das hat man gelernt in meinem Alter.

Habe ich zumindest immer geglaubt. Nun aber, irgendwo zwischen 623 705 und 623 723, muss ich mich verfranst haben, bin plötzlich nicht mehr in der Reihenfolge und verfalle in eine wüste und ausschweifende Beschimpfung meiner eigenen Person, wobei ich mich, dem akuten Grad meiner Selbstentfremdung gemäß, nicht einmal mehr sieze, sondern den größten Teil meiner Kanonade an *diesen Scheißtypen da* richte. Die Mauern aber schlucken jeden Wutschrei.

Und jäh zerreißt ein sengender Schmerz meine Brust und verschlägt mir die Sprache, jäh weiß ich, was mich eben aus dem numerischen Trott stolpern ließ: sie; ihr Bild; ihr unvergleichliches Antlitz, das sich vor die Wand geschoben hat. Ohne mir darüber Rechenschaft zu geben, habe ich schon seit einer Weile nicht mehr feinste Erhebungen auf einer ocker getünchten Kerkermauer, sondern Gesichtsporen der Einzigen gezählt. Die Erkenntnis schmettert mich rücklings aufs schroffe Lager. Meine

Fäuste prasseln auf meinen Rumpf, ich höre mich, die Lider aufeinander gepresst, brüllen im unentrinnbaren, endgültigen Wahn.

Irgendwann schabt etwas an der Zellentür. Durch eine Luke stellt ein Gummihandschuh Essen herein, die Luke schließt sich wieder, nach meinem Befinden ist nicht gefragt worden.

Zu meiner Verwunderung scheint der fatale Nervenaufruhr nun doch nachzulassen. Ich verstumme sogar und bemerke: Meine linke Hand, in den Kimono verkrallt, stößt auf etwas Hartes.

Mein Atem geht ruhiger. »Ah, Sie sind es, McCoy«, flüstere ich mir zu, und dann lasse ich mich überraschen, was meine Linke aus den Tiefen des Kimonos ans Licht zieht. Ein tönernes, schwarz glasiertes Pfeifchen. Bei der Leibesvisitation übersehen. Kein Wunder – auch ich selbst wäre ja im Leben nicht darauf gekommen, dass ich so etwas bei mir trage. Allerdings kommt es mir merkwürdig bekannt vor, dieses kleine Instrument. Doch für den Augenblick stehe ich noch auf dem Schlauch.

Jetzt aber, jetzt glaube ich Bescheid zu wissen. Ein Schauer überläuft mich. Ich setze das Pfeifchen an den Mund und blase hinein.

Unerwartet wehmütig, fernsüchtig der Klang; als zöge hoch über dem antennenbewehrten Dach des Präsidiums gerade ein Kondor seine Bahn. Da jedoch nichts weiter geschieht, wende ich mich der Mahlzeit zu, die man mir hereingestellt hat. Allem Anschein nach ein Frühstück. Ich muss die ganze Nacht hindurch randaliert haben, und jetzt haben wir Freitag.

Das Frühstück macht keine Freude. Immerhin kann ich den dünnen Filterkaffee für einige vorsorgliche Wandmalereien verwenden, damit mir so etwas wie vorhin, mit dem Gesicht der treulosen Liebsten, nicht wieder passiert. Ich male einen röhrenden Hirsch, ein paar Planierraupen und Uschi Glas. Das sollte reichen. Der Kaffee ist aufgebraucht, und ich blase ein zweites Mal in die Pfeife.

Prompt vernehme ich Geräusche von außerhalb der Zelle, das ist neu. »Meinen Respekt, Trulla von Kairo«, sage ich zu der

Pfeife, und ihr Name geht mir wunderbar leicht über die Lippen. Doch nun muss sie schnell zurück in den Kimono, denn die stählerne Tür wird geöffnet. In angespannter Erwartung stehe ich bereit.

»Gut geschlafen, McCoy?«, begrüßt mich Gurkenhobel BMX und fügt, ohne meine Antwort abzuwarten, hinzu: »Los, Abmarsch, zur Vernehmung.« Sein *Nenn-mich-einfach-Sieger-der-Geschichte*-Grinsen lässt keinen Zweifel daran, dass ihm als Lohn für meine reibungslose Festnahme die nächste Beförderung winkt. Einmal mehr stärkt eine Busladung waffenstarrender Büttel ihm den Rücken; ich tippe mir nur flüchtig an die Stirn und lasse mich auf dem Weg durchs Treppenhaus ohne Gegenwehr von ihnen umringen.

Ich sollte mir nichts vormachen: Ich stehe allein. Wie schon so oft. Wie im Grunde noch jedes Mal. Schicksal, würde ich sagen. Der Kondor hört aus großer Ferne den lang gezogenen Pfiff, er denkt sich: Gewiss, gewiss, da unten, da liegt eine Welt; und er schwebt weiter, hat ja sein eigenes Leben auf die Reihe zu kriegen. Nicht anders ich. Was uns allerdings unterscheidet, mich und den Kollegen droben in den Lüften, ist, dass ich gerade im Begriff bin, alles hinzuschmeißen – mich aus schierem Überdruss zum gemeingefährlichen Rabauken abstempeln, mich für wer weiß wie lange wegsperren zu lassen und so einem Ermittlerduo, das jedes Fingerspitzengefühl vermissen lässt, in eine höhere Gehaltsklasse zu verhelfen. Und alles wegen der Frau; wegen der Illusion, der ich wie ein dummer Knabe auf den Leim gegangen bin!

Im Verhörzimmer gibt es immerhin ein Fenster; draußen bricht soeben eine Wolkendecke auf. Ich habe es, von der bewaffneten Staffage abgesehen, mit Zanussi, Gurkenhobel sowie einem eisgrauen höheren Kader zu tun, dessen Strategie es scheint, sich bis auf weiteres im Hintergrund zu halten. Ein junger Griesgram muss Protokoll führen.

»Machen wirs kurz, okay?«, beginnt Dr. Zanussi, noch ehe ich richtig sitze. Sie selbst hat rittlings auf einem Drehstuhl Platz genommen, die Arme auf der Lehne verschränkt, und ihr Blick von unten herauf betont die Säcke unter ihren Augen. »Einen Anwalt wollten Sie nicht sprechen, das ist Ihre Sache. Leugnen wäre lächerlich, das ist Ihnen, denke ich, klar. Und falls nicht, muss ich wohl nur kurz erwähnen, dass wir ein paar Dutzend Zeugenaussagen haben, schön deckungsgleich, außerdem Fingerabdrücke, Tatfotos und was Sie sonst an stichfesten Beweisen wollen. Bleiben also die Fragen nach Ihren Motiven und Ihren Komplizen. Ich würde sagen, Sie nennen uns als Erstes mal ein paar Namen.«

Ich will mich zurücklehnen, doch der Klassenzimmerstuhl, den man mir zugewiesen hat, ist hinten völlig mürbe. Komplizen, dass ich nicht lache. Aber so sieht es aus in Polizeigehirnen. Keine Phantasie.

»Wenn ich jetzt Namen nenne, könnt ihr damit eh nichts anfangen.«

»Sie unterschätzen uns, McCoy; das ist Ihr größter Fehler.« Einmal mehr bildet Gurkenhobel BMX sich ein, er klänge mit gesenkter Stimme besonders bedeutend.

»Gut gebrüllt, Löwe. Dann sage ich als Erstes Trulla von Kairo.«

»Und weiter?«

»Tonschuh. Tonhose. Tonbeutel.«

Der Protokollant blickt grimmig auf. Dr. Zanussi hat sich eine Zigarette angezündet.

»Die Psychomasche läuft bei uns nicht, McCoy. Entweder Sie kooperieren jetzt, und wir legen beim Gericht ein gutes Wort für Sie ein. Oder Sie spielen Ihr Kasperletheater weiter, und die Sache zieht sich unnötig in die Länge.«

»Dr. Zanussi, Sie können mir glauben, dass sich in meinem Leben schon einige Sachen unnötig in die Länge gezogen haben. Und wenn Sie und der Gurkenhobel da mit den Namen, die ich Ihnen nenne, nichts anzufangen wissen, so bestätigt dies im Wesentlichen meine Voraussage.«

»Hören Sie auf, den Bekloppten zu spielen.« Sie ist von ihrem Stuhl aufgesprungen und fuchtelt mit ihrer Zigarette vor meinem Gesicht. – »Es gibt hier keine Zanussi, das wissen Sie so gut wie ich.«

»Wenn Sie mir so kommen, müssen Sie mich als Einzeltäter behandeln.«

»Wir müssen hier überhaupt nichts, merken Sie sich das!«

»Einverstanden. Aber haben *Sie* sich auch gemerkt, was ich Ihnen gestern Nachmittag im Café anvertraut habe?«

»Ich bin nie mit Ihnen in einem Café gewesen, McCoy.«

»Sehen Sie, da klaffen nun unsere Erinnerungen ziemlich auseinander.«

Sie kann die Spannung gerade nicht weiter aufrechterhalten, denn sie muss zum Aschenbecher. Wütend drückt sie die halb gerauchte Zigarette aus. Ihr Kollege aber übernimmt wie geschmiert: »Wir haben Sie abgeholt und hergebracht.«

Ich nicke: »Und unterwegs haben wir ein Päuschen eingelegt.«

»Blödsinn!«

Jetzt plustern sie sich zu zweit vor mir auf, breitbeinig, über den Tisch gebeugt, an dem ich sitze. Doch ich lasse mich nicht einschüchtern. Im Gegenteil. »Geben Sie es zu!«, herrsche ich Dr. Zanussi an.

Sie beißt sich auf die Lippe. Hält meinem Blick nicht mehr stand. »Die Geschichte Ihrer Liebe – und Ihres Liebesleids«, sagt sie schleppend, fast tonlos, »hat mich seltsam bewegt. Gerne wüsste ich, wie sie ausgeht.«

»Was ist mit dir los, Susanne?«, schreit Gurkenhobel BMX. Unwillkürlich hat er sie bei den Schultern gepackt – einen Riss im fest gefügten, rechtwinkligen Bild von der Welt, in der er lebt, könnte einer wie er sich nie eingestehen. Seine gegen sich selbst etwas aufrichtigere Partnerin erwidert, sie wisse auch nicht, was mit ihr los sei, aber er solle gefälligst seine Finger wegnehmen.

»Ich darf also vorstellen: Trulla von Kairo.« Mit diesen Worten schüttele ich die Pfeife aus dem Kimono und bin sofort von entsicherten Dienstpistolen umkreist. »Her damit«, zischt der ungläubige Gurkenhobel und hechtet auf mich zu. Doch ich bin schneller, habe das Instrument bereits am Mund. Sehnsuchtstrunken tönt der Pfiff. Die Schießprügel um mich her rühren sich nicht. Den Angreifer hat es in den Drehstuhl geworfen, auf dem vorhin Dr. Zanussi rittlings saß. Und mir kommen vor Herzweh fast die Tränen. Einige Augenblicke verstreichen in der Schwebe. Nur unser Atem ist zu hören, mein schweres Schlucken und hier und da das Knarren einer kugelsicheren Weste.

»Schluss jetzt mit dem Spuk.«

Die Forderung erklingt aus einer lange unbeachteten Ecke des Raums zwischen der Tür und einem metallenen Wandschrank. Dort hat der Vorgesetzte mit eisgrauem Schopf eingangs seinen Stuhl hingeschoben, und nun ist für ihn offenbar ein Punkt erreicht, an dem er einschreiten muss. Noch behält er Platz, doch allein das sonore Orgeln seiner Stimme stellt klar, ich habe es hier mit einem Gegner von anderem Format zu tun. – Dein schlimmster Gegner bist immer noch du selbst, K.L.! schärfe ich mir deshalb rasch noch einmal ein. Denn die Aufmüpfigkeit, die ich zum Glück wieder an den Tag zu legen vermag, hat ja einen durchaus ernsten Hintergrund: Zerstört soll ich werden, das scheint mir beschlossene Sache; zerstört aber bitte schön durch die Macht der Liebe und nicht durch eine Bullenparade im Bonzendienst. So viel Widerstandskraft muss ich noch aufbringen. Ich nehme den Chef blitzend ins Visier: »Wer sagt das?«

Er erhebt sich. Eine imposante Erscheinung, das muss man ihm lassen; dabei ist er nur von mittlerem Wuchs. Und wenn ich mich nicht täusche, pariert er meinen Blick mit einem kalten Lächeln.

»Da verlässt unseren Wiederholungstäter wohl seine Intuition.«

»Um ehrlich zu sein: ja.«

»Vielleicht hilft ihm das hier auf die Sprünge.«

Er fährt sich mit der Linken ins eisgraue Haar und wischt es wie eine Perücke nach hinten von seinem Kopf. Ein unbändiger Wust schwarzer Locken quillt darunter hervor. »Herr Polizeipräsident! Herr Polizeipräsident! Nein!«, kreischen Zanussi und Gurkenhobel wie zwei Laiendarsteller im Premierenrausch. Doch längst hat die imposante Erscheinung sich auch noch, mit einem raschen Griff nach beiden Ohren, das Gesicht herabgerissen, und der grau melierte Tweedanzug sackt, in zwei Hälften auseinander klaffend, zu Boden.

Ich stehe fassungslos, vom Donner gerührt, wer weiß wie lange. Irgendwann gibt ihr Lächeln mir meine Sprache zurück.

Ich kann ihr nicht böse sein. Im Leben nicht. So viel ist mir nun klar.

»Liebste«, lispele ich, »lass uns tanzen.«

Doch als ich nach dieser scheuen Bitte meine Augen wieder hebe, strahlt nicht mehr die unverhoffte Einzige mich an. Nein, in der Mitte des Raumes ragen, vergoldet vom Nachmittagssonnenlicht, das zum Fenster hereinflutet, drei uralte Töpferinnen, ungezwungen gegen diese und jene Tischkante gelehnt.

»Zu viel der Ehre, kleiner Mann«, winken sie kichernd ab.

Im selben Moment geht ein Ruck durch Gurkenhobel BMX: »Überwältigt sie! Schlagt Alarm!« Doch seine Männer fürs Grobe verharren untätig, ich glaube sogar, bei einem oder zweien von ihnen ein angedeutetes Kopfschütteln zu erkennen.

»Susanne!«

»Es hat keinen Zweck, Volker.«

»So was – so was darfst du nicht sagen!«

Ich schalte mich ein, um das Drama, das sich zwischen den beiden Kriminalchargen anbahnt, auf ein Mindestmaß abzukürzen: »Du kannst vor diesen Ereignissen die Augen verschließen, Gurkenhobel BMX. Aber verhindern kannst du sie nicht. Im Ringen der Wirklichkeitsmodelle habe ich dank der Unterstützung meiner –« hier komme ich ins Schwimmen, blicke mich fahrig um, sehe auch diesmal die drei Töpferinnen und nicht die Liebste – »also dank der Unterstützung durch meine Unterstützerinnen – die Oberhand behalten.«

»Der Matz hat sich ja in der Tat einige Reime gemacht auf die Welt, in der er lebt«, schmunzelt Tonhose beifällig.

Gurkenhobel aber dreht jetzt erst richtig auf: »Nein, McCoy! Du entkommst uns nicht – und wenn ich selbst dich hier abknallen muss!«

Er reißt einem der Gepanzerten die Dienstwaffe aus der Hand und legt auf mich an.

»Immer mit der Ruhe.« Tonschuh spricht. Der Zeigefinger des fanatisierten Kommissars krümmt sich um den Abzug, läuft weiß an, doch der Schuss löst sich noch nicht. Tonbeutel hat den metallenen Wandschrank geöffnet und entnimmt ihm eine schwarze Flasche. »Na bitte. Ein Schlückchen und der Druck lässt nach.« Das Nächste, was ich sehe, ist, dass die drei dem Heißsporn den Kopf in den Nacken gelegt haben und ihm einen gehörigen Schwall in den Hals gießen, ohne dass er die Pistole dabei sinken lässt oder sein Finger um den Abzug sich lockert. Meine eigene Gier nach dem schwarzen Trank schnellt ins Unermessliche. »Ich auch! Ich auch!«, höre ich mich keuchen. Doch Tonhose ruft mir etwas zu, das wie »Nichts da, Bengel« klingt – genau verstehe ich es nicht, denn mit ihrem Ruf ist sie auf mich losgesprungen, prallt mir vor die Brust und wirft mich, ungelogen, von den Füßen. Gleichzeitig fällt der Schuss. Ich spüre, indes ich zu Boden gehe, die Kugel scharf über meine Schädeldecke hinwegpeitschen, dann zerspringt die Fensterscheibe in tausend Splitter.

»Schnell, raus hier.« Jemand zerrt an meinem Kimono. Ich rappele mich auf. Das Geschoss hat eine ziemliche Scharte durch mein Haupthaar geschlagen. Die Töpferinnen sind verschwunden und mit ihnen die schwarze Flasche.

»Komm schon, Klaus!« Die Liebste, die Einzige – sie ist es,

die an meiner Seite gestikuliert, mich zupfend zum Aufbruch mahnt!

»Jetzt weiß ich also, wie die Geschichte ausgeht«, flüstert Dr. Zanussi, einen Schimmer in den Augen. Gurkenhobel BMX lehnt zusammengesunken neben ihr am Tisch. Der Protokollant zermalmt mit ruhigem Tritt sein Aufnahmegerät. Die Bewaffneten, im Halbrund aufgestellt, applaudieren feierlich, während die Schönste und ich Hand in Hand durch den leeren Fensterrahmen springen.

Vierter Stock, das hatte ich nicht bedacht. Andererseits auch wieder nicht hoch genug, um sich im freien Fall noch über mögliche Maßnahmen auszutauschen. Und selbst für das heiß und ewiggültig hervorgestoßene *Ich liebe dich*, Minimalversion dessen, was ich unter solchen Umständen auf jeden Fall loswerden möchte – ist es jetzt zu spät.

Doch, Tag voller Wunder: Ich bin nicht besonders hart gefallen. Am Leben. Offensichtlich sogar ohne Knochenbrüche.

»Liebste …« Ich kann sie nirgends sehen. In meinem Rücken die bleiche Präsidiumsmauer; vor mir robuste Ziersträucher und der Parkplatz; unter mir – ja, was mag meinen Sturz abgefangen haben? Ein wenig schwindelig komme ich auf die Beine. Und erkenne, wie sich an der Stelle, wo eben noch mein eigener Körper lag, etwas anderes regt, sortiert, mühsam aufrichtet.

Es sind die drei Töpferinnen.

»Wo bist – wo ist – ?«, stammele ich.

»Versucht das Bürschlein hier seinen Dank dafür in Worte zu fassen, dass wir ihm einmal mehr die Haut gerettet haben?«

»Hört sich nicht danach an, finde ich.«

»Ich sage euch, Schwestern, der Spund hält es bereits für eine Selbstverständlichkeit, dass wir ihm beistehen und ihn raushauen.«

»So schnell gewöhnen sich die Leute an die angenehmen Dinge des Lebens.«

»Unser kleiner Rabauke ist vom Stamme Nimm.«

Und während die drei Alten in solch denkwürdiger Weise vor sich hin murren, will mir plötzlich scheinen, dass ich in ihren Gesichtern ein Stück von mir selbst wiedererkenne. Wie ist das möglich, frage ich mich. Die Lösung des Rätsels lässt nicht lange auf sich warten: Es ist mein Bart, den sie sich teilen; jede von ihnen trägt ein Drittel der alten Pracht ums Kinn. Ein schlimmer Verdacht, der mich schon seit einiger Zeit beschleicht, drängt nun stürmisch auf Bestätigung. Doch Tonbeutel unterbricht mit einiger Schärfe meinen Gedankengang: »Wo hast du denn dein unersetzliches Pfeifchen?«

Ich spüre, wie ich erröte, taste den im Einsatz verschmutzten Kimono ab und finde nichts.

»Ich muss es wohl – ich kann mich nicht –«

»Verschwunden, aha? Aber du weißt schon, dass wir dieses Pfeifchen aus deiner kümmerlichen Seele getöpfert haben? Du hast nicht gut darauf aufgepasst.«

Ich schweige, die Lippen zusammengepresst. Am liebsten würde ich ihnen sagen, dass der Verlust meiner Seele ja wohl auf einem ziemlich miesen Trick von ihnen beruht. Doch es scheint mir nicht der geeignete Zeitpunkt für solch eine Debatte.

»Na ja, kann passieren«, lenkt Tonschuh zu meiner Verwunderung ein. »Auf dies hier wirst du hoffentlich besser Acht geben.« Sie nestelt in ihrem Gewand, zieht ein dunkles Kleinod hervor.

»Ein Restchen Seele war noch übrig, als wir die Pfeife fertig hatten«, erklärt Tonhose.

Behutsam drehe ich das Schmuckstück in der Hand. Ein Amulett, tiefschwarz und für seine Größe überraschend schwer. Es hat die Gestalt eines Föns.

»Danke«, bringe ich hervor. »Endlich«, erwidern zwinkernd die drei Alten. »Dann werden wir uns jetzt mal aus dem Staub machen.«

Etwas lodert in mir auf: »Was ist mit dem schwarzen Trank?«

»Von nun an tabu. Ein paar schöne, vielleicht auch schwierige Erinnerungen wird er dir wohl hinterlassen haben. Bewahre sie in deinem Herzen, pflege sie gut.«

Und sie wenden sich zum Aufbruch, doch mein betrübtes Gesicht lässt sie noch einmal innehalten.

»Na, na, Bengelchen. Kopf hoch. Hier – etwas zum Trost. Vielleicht wird es dir mal nützlich.« Sie werfen mir eine Packung Zigaretten zu. Offen, angeknautscht, aber noch gut gefüllt. Pechschwarzer Tobak. Vermutlich das Kraut, das sie sonst in ihren Pfeifen rauchen.

Jetzt stehen sie auf dem Parkplatz, zehn Schritte von mir, rücken zwischen zwei abgestellten Streifenwagen dicht zusammen. Ich sehe, wie ihre gesenkten Stirnen sich berühren. Da tut es einen dumpfen Laut, *wusch!*, und sie haben sich in eine bronzehäutige Königin von unsagbarer Anmut und Strahlkraft, sprich: in keine andere als die Liebste selbst verwandelt. Ihr Lachen erschüttert beispiellos und geheimnisvoll die Lüfte, während sie sich auf einer schwarz schimmernden Töpferscheibe langsam in den Junihimmel schraubt.

Halb weh-, halb demütig blicke ich ihr nach. Die so sehr wie nichts anderes auf der Welt ersehnte Erfüllung soll mir also versagt bleiben. Das Wunder der Liebe, ich habe es erlebt; das ist allemal ein Grund zum Feiern. Doch der Wunsch, das Wunder festzuhalten, auf immer eins zu werden mit der über alles Verehrten – dieser Wunsch kann in der Wirklichkeit, die ich, McCoy, bewohne, offenbar nur in der Form eines unverbrüchlichen und dabei nicht ganz spannungsfreien Bundes mit drei seltsamen alten Töpferinnen wahr werden. Manch Bedürfnis des Körpers bleibt da auf der Strecke.

Eine zarte Wolke überm östlichen Horizont hat die Töpferscheibe verschluckt. Ich wende den Blick vom Himmel. Hinter mir, im Polizeipräsidium, ist Tumult ausgebrochen. Alarmsirenen platzen los. Mit ungekannter Leichtigkeit hechte ich über parkende Einsatzfahrzeuge und erste anstürmende Gruppen grüner Männchen hinweg, und sobald ich freie Bahn habe, steigere ich mich zu einem Spurt, wie ich ihn selber nicht für möglich gehalten hätte. Es sind die Flügel ihres Lachens, die mich tragen.

Im Grunde bin ich recht hungrig, fällt mir auf. Und ich weiß, wo auch immer ich unterschlüpfen, mich für die nächste Zeit verbergen und dem Zugriff dieses so genannten Rechtsstaats entziehen mag: Gleich nach meiner Ankunft werde ich zu kochen beginnen und Marinaden anrühren und nicht eher ruhen, als bis sie mir die Künste der Einzigen zurück auf die Zunge bringen; Ehrensache; alles Weitere sehen wir dann später. Ich schließe die Finger meiner Linken fest um das schwarze Amulett und lege noch einen Zahn zu.

»Ich und die Liebe: ein unerschöpfliches Thema.« So ein Vermerk K. L. McCoys auf einem Bierdeckel der slowakischen Brauerei Zlatý Bažant, ca. 1999. Doch lassen sich die faktischen Hintergründe der Amouren, die unser Autor immer wieder – mal beiläufig, mal verklärend, mal entwaffnend ehrlich – in seine autobiografischen Schilderungen einflicht, in der Regel zuverlässig ermitteln, so tappten die Herausgeber dieses Bandes ausgerechnet im Fall des programmatisch »Das Wunder der Liebe« betitelten Prosastücks lange Zeit im Dunkeln. Wer kann die namenlose Schöne gewesen sein, deren Charme McCoy hier mit der ihm eigenen Rückhaltlosigkeit verfällt? Welche Bewandtnis hatte es in Wirklichkeit mit dem »schwarzen Trank« oder den drei Töpferinnen? Wo, in welcher Stadt, befanden sich McCoys »Kammer« und die »Baracke«, in der er so unvergleichlich gut und viel gegessen haben will?

All diese Fragen sind bis heute unbeantwortet. Doch eine Reihe wichtiger Hinweise verdanken wir Sharifa A., einer Berlinerin syrischer Herkunft, die in der Endphase ihres Hochschulstudiums (Hauptfach Allgemeine und Vergleichende Literaturwissenschaft) mit McCoy in Kontakt kam. Wie weit die Annäherung ging, wis-

sen wir nicht. Sicher ist aber, dass er die junge Frau mit einiger Hartnäckigkeit zu überreden versuchte, über »etwas von ihm« ihre Abschlussarbeit zu schreiben. Sie lehnte ab mit der Begründung, ihr Spezialgebiet sei das romantische Märchen. »Und dann«, so Sharifa A., »lag plötzlich dieser Diddl-Briefblock bei mir in der Post.«

Obwohl der auf den Briefbögen niedergelegte Text, wie sie heute sagt, »nicht ganz ihr Fall« war, las die Studentin ihn sehr gründlich und schickte McCoy eine Liste von Anmerkungen und Fragen, vor allem zur wenig glaubwürdigen Gleichzeitigkeit von Erleben und Berichten in der zweiten Hälfte der Episode. McCoys Antwort liegt uns in Auszügen vor. Er spricht ausweichend von »Multitasking«, von »Quantenphänomenen« und von »Grauzonen der Machbarkeit, Grenzbereichen der Physik, mit denen wir uns hier nicht weiter herumschlagen sollten«. Im weiteren Verlauf des Schreibens finden sich Bemerkungen wie: »Überhaupt spiegelt der Erzählgestus Tanderadei eine Haltung Saladusaladim zur uns ene-mene-tekel bekannten Welt wider, die in ihrer stolzen A-whop-bop-a-loo und feinsinnigen Wagalaweia dem Menschen neue Wege aufzeigt.« Auf die Nachfrage, was das denn bitte heißen solle, erklärte McCoy, er habe sich erlaubt, in diesem Abschnitt jeden Fachbegriff durch »ein Wünschelrütlein aus dem Feenwald der Poesie zu ersetzen«, und empfehle Sharifa A. dringend, es in ihrer Abschlussarbeit ebenso zu machen. Nach Abbruch ihres Studiums arbeitet Sharifa A. heute als Mediengestalterin für eine namhafte Agentur im südwestdeutschen Raum.

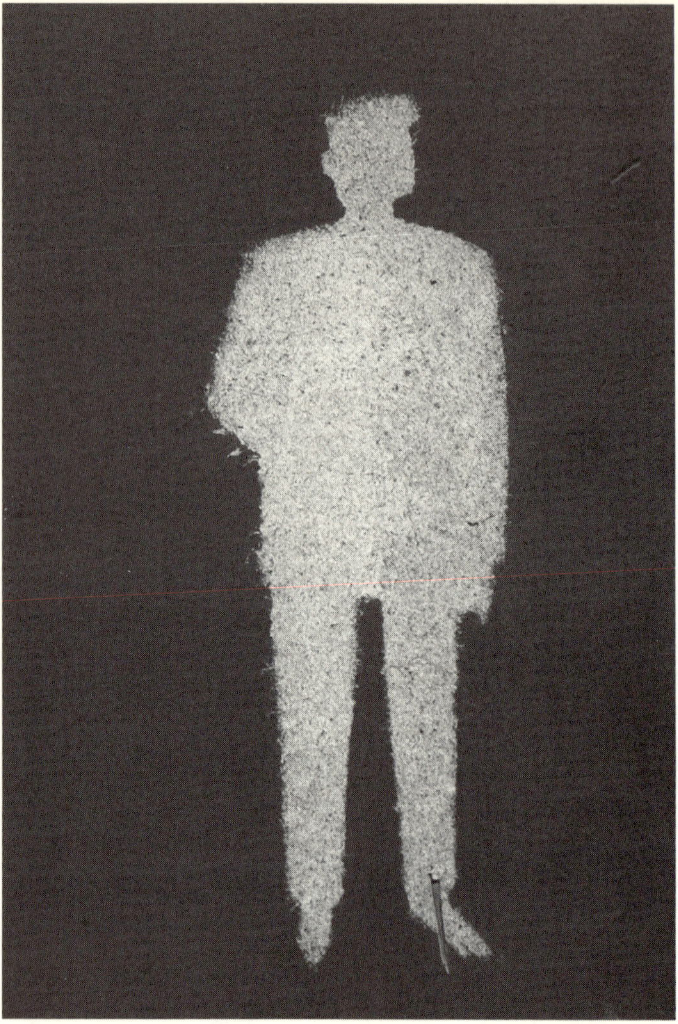

Selbstporträt Nr. 851 (»Abendstimmung am Mümmelfried«)
Sprühlack auf Metall, Höhe ca. 25 cm
Badestelle Bürgerablage, Berlin-Spandau

»Nach einer großen Enttäuschung suche ich (ca. 2,17 m, humorvoll, sportlich, aufgeschlossen) eine/n Partner/in zum gemeinsamen Lachen, Kochen und Haaretrocknen oder zumindest eine Stelle als Bademeister. Spätere Heirat nicht ausgeschlossen. Das Bild an der öffentlichen Toilette Bürgerablage *entspricht meinem Typus. Nur ernst gemeinte Zuschriften unter Chiffre 11 W, 220–240 V, 90 m A, 50/60 Hz.« Dass es sich bei der »großen Enttäuschung« in dieser unlängst in einem Berliner Stadtmagazin erschienenen Annonce um die bronzehäutige Liebste bzw. den Polizeipräsidenten bzw. die drei Töpferinnen oder möglicherweise eben Sharifa A. handelt, darf als gesichert gelten. Ebenso gewiss ist, dass das Angebot für ein unbezahltes Praktikum in der Pressestelle der DLRG die einzige Zuschrift war, welche McCoy auf seine Annonce erhielt.*

Vom Hörensagen

Von K. L. McCoy wird erzählt, dass er sich in den achtziger Jahren des zwanzigsten Jahrhunderts mit der im Eigenverlag herausgegebenen Frauenzeitschrift *Damenwelt* ruinierte. Ungezählten Warnungen zum Trotz war er überzeugt, mit Aufmachern wie *Bauch her in vierzehn Tagen, Bartpflege mit Ayurveda* oder *Schluss mit dem Mode-Stress: ein Blaumann für alle Lebenslagen* eine Marktlücke gefunden zu haben. Nach der fünften Ausgabe, von der nachweislich kein einziges Exemplar verkauft wurde, gestand McCoy sich das Scheitern des Projekts ein, sah den Grund dafür allerdings in »mafiösen Strukturen beim Vertrieb«. Dass er sich, um seinen Gläubigern zu entkommen, im September 1989 auf das Gelände der ungarischen Botschaft in Bonn flüchtete und sich von dort aus in den Ostblock abzusetzen versuchte, ist jedoch ein haltloses Gerücht.

Von K. L. McCoy wird erzählt, dass er während eines ausgedehnten Kuraufenthalts in St. Peter-Ording aus Langeweile darauf verfiel, angespülte Ohrenquallen mit nach Hause zu nehmen, sie in der Badewanne seines Hotelzimmers zu halten, zu dressieren und sich schließlich beim örtlichen Familienzirkus als Quallendompteur anzudienen. Die von McCoy vorgeführten Dressuren – *Sich-Treiben-Lassen*, *Herumdümpeln* und *Gemächliches Planktonfressen* – wurden vom Publikum allerdings wenig begeistert aufgenommen. Als schließlich bekannt wurde, dass der waghalsige Sprung des Quallenweibchens Astrid durch einen brennenden Reifen – eine Nummer, zu welcher der sensationslüsterne Direktor McCoy wegen sinkender Zuschauerzahlen gedrängt hatte – nur ein plumper Trick und in Wirklichkeit eine beachtliche Wurf- und Zielleistung der Direktorentochter war, verließ McCoy überstürzt den Kurort. Ob er Astrid ihrem Schicksal überließ, sie zurück in die Nordsee brachte oder, wie ein verwaistes Aquarium in einer Ecke von McCoys Gewölben im Bahnhof Zoo nahe legt, bis heute mit sich herumträgt, ist umstritten.

Von K. L. McCoy wird erzählt, dass von ihm in letzter Zeit unter anderem deshalb so wenig zu hören ist, weil er es für ein Zeichen guter Kinderstube hält, jede Spam-Mail einzeln und in durchaus höflichem Ton zu beantworten. »Liebe Frau Jaclyn«, schreibt er, »Liebe Brandy«, »Hallo Hank«, »Liebe chix with dicks«, »Sehr geehrte Damen und Herren von Anal Addictions« und »Liebes Harte-Nippel-Team«. Er schreibt: »Herzlichen Dank für Ihr freundliches Angebot«, er schreibt: »Ich habe mich sehr über deine Bilder gefreut«, er schreibt: »Es ist ja tatsächlich kaum zu glauben, was so eine kleine Pille alles zu leisten scheint«. »Trotzdem«, schreibt er, »kann ich mich leider so spontan nicht zu einer Bestellung durchringen«, oder: »Wie ich Ihnen ja schon in meiner letzten Mail mitteilte, besitze ich bereits mehrere Diplome«, oder: »Es ist sehr schmeichelhaft, was die jungen Damen alles mit mir machen möchten, zur Zeit bietet mein Terminkalender aber leider nur wenig Spielraum. Und, wenn Sie die Frage gestatten: Worum genau handelt es sich bei einer Double Penetration?« Stets enden seine Mails mit einem freundlichen Gruß und einem erneuten Dank für das »wirklich verlockende Angebot«, und, meist noch nach einem »Ich hoffe, wir bleiben dennoch in Kontakt« oder einem »Vielleicht kommt es in diesem Jahr tatsächlich mal zu einem Treffen«, verbleibt er als »ganz der Ihre, K. L. McCoy«.

Die Tausendmarks, 4

Kapitel 13: Der Tod

Na ja, was soll ich sagen. Es war nicht einfach. Aber natürlich habe ich sie alle gekriegt. Ich mache den Job ja nicht erst seit gestern. Als Erstes habe ich mir den Alten vorgenommen. Hatte mir was besonders Schönes für ihn überlegt: ein Fahrstuhl, zwischen Etage 20 und 21, und plötzlich bricht der komplette Boden raus. Ein Ende, mit dem man in die Kulturgeschichte eingehen kann. Und was macht dieser Banause, dieser Wahnsinnige? Entscheidet sich fürs Treppenhaus. Geschätzte sechshundert Stufen. Ich habe ihm schnell noch einen Infarkt hinterhergeschickt, aber irgendwie hat der ihn nicht erwischt. Okay, habe ich mir gesagt, okay. Kommt halt seine Gattin vor ihm an die Reihe, so rum gehts ja auch. Die Feinschmeckervariante für die Dame: Reibekuchen, *Convenience Food* der gehobenen Kategorie. Geschmacksneutral eingebacken: eine Dosis, die auch ein Flusspferd umgehauen hätte. Und dann? Anstatt dass Mutti selber zulangt, wird das Zeug einem Schmierenkomödianten aufgetischt, der mit ein paar leckeren Reibekuchen, ordentlich Apfelmus drauf, nichts Besseres anzufangen weiß, als sie sich hinten ins Hemd zu schieben. Und anderswo hungern die Leute. Nun, dass dir einer dazwischenfunkt, kann in dem Geschäft immer passieren, selbst wenn du absoluter Profi bist. Ich werde auf dich zurückkommen, Lady, habe ich mir gesagt. Und bin mir erst mal den Stammhalter schnappen gegangen. War übrigens nicht leicht zu finden in seinem Versteck inmitten verschachtelter Gänge. Zum Beklopptwerden. Bin dann auch eher zufällig auf ihn gestoßen, meine Ausdauer machte sich mal wieder bezahlt. Plötzlich stand er vor mir. Ich habe nicht lange gefackelt: Kleiner, du bist geliefert, habe ich ihn begrüßt. Und er so: nimmt reißaus. Ich hinterher. Ist noch nie vorgekommen, dass einer schneller war als ich. Auch diesmal nicht. Nein, es waren die verdammten Schachtelgänge. Heimvorteil für den Junior. Nach einigem Gerenne war ich auf einmal wieder draußen vor dem Eingang. Ich lass mich doch nicht für blöd verkaufen, habe ich mir gesagt. Und beschlossen, mich zunächst mal in aller Ruhe um seine rotzige Schwester zu kümmern.

Metro-Surfen in Paris, was will man mehr: Linie 4, die Göre reckt sich so weit aus dem Fenster, dass sie selbst bei Stillstand Schwierigkeiten mit dem Gleichgewicht bekommen hätte. Kurz vor der Einfahrt nach St-Michel, der Tunnel verengt sich, aber der Zug bremst noch nicht ab. Ein schwarz geziegelter Mauervorsprung, der immer näher kommt. Ich direkt hinter dem dummen Backfisch, säusele ihr ins Ohr: Noch nicht zurück, noch nicht zurück, du wirst es ihnen allen zeigen, du bist die Königin der Welt. Da lacht das Ding geschmeichelt, streckt den Kopf noch weiter raus. Rasende Fahrt, keine Sekunde mehr trennt uns von der Mauer. Dann ein unglaublicher Schlag. Keine Ahnung, wie, aber sie muss es geschafft haben, sich im allerletzten Moment wieder ins Fenster zu ziehen. Und ich vollrohr gegen die Ziegel.

Okay, also: okay. Ganz so weit wie geplant bin ich mit den Herrschaften noch nicht. Ist ja keine Schande, es gab ja Unwägbarkeiten. Aber den Hund, den Hund habe ich. Ein voller Erfolg, gleich beim ersten Zugriff. *Overwhelming Freedom* habe ich die Operation genannt. Gut, es ging nicht in erster Linie um den Hund. Eigentlich sollte es ein neuer Anlauf in Sachen Mutti Tausendmark sein. Das Tier war Mittel zum Zweck, sollte Frauchen hübsch den Haartrockner in die Badewanne werfen. Preschte dann aber außerplanmäßig vor. Ich meine, man weiß ja oft nicht, was sich im Kopf so einer Kreatur abspielt und ob überhaupt, aber in diesem Fall – springt also der Vierbeiner selber ins Wasser, den eingeschalteten Apparat in der Schnauze, und Madame steht noch ganz trocken daneben. Plemplem, ballaballa, mehr fällt mir dazu nicht ein. Zu allem Überfluss eine absolut unerträgliche Töle. Kläfft mir die Bude in Grund und Boden, rund um die Uhr. Braucht anscheinend nie auch nur eine Sekunde Schlaf. Und ich werde das Drecksbiest ja nicht mehr los, zum Henker.

Was aber die vier anderen betrifft, werde ich ebenso wie bei dem Köter das letzte Wort haben. Davon bin ich überzeugt. Und diese Überzeugung hält mich auf den Beinen, auch heute Nacht.

Die Ewige Jause

»Wenn man will, dass etwas richtig gemacht wird«, so K. L. McCoy, »dann darf man es nicht den Falschen überlassen« (Telefonat mit T. W. Adorno, 29. August 1963). Aus dieser Grundhaltung heraus wird begreiflich, warum unser Autor die nachstehende Abschiedsrede nicht nur persönlich verfasste, sondern – wenn wir einem zwischen die Manuskriptseiten gelegten Löschblatt, auf dem unter der Überschrift »Verzeichnis öffentlicher Auftritte« eine Reihe von Terminen notiert ist, Glauben schenken dürfen – sie am 6. April 2001 zu vorgerückter Stunde auch selber hielt. Zudem deutet einiges darauf hin, dass er für diesen Vortrag gesetzwidrig in den Konferenzraum C des Hauptgebäudes des Deutschen Alpenvereins, Sektion Berlin, eindrang. Die im Manuskript vermerkten Publikumsreaktionen entspringen allerdings wohl dem Wunschdenken des Redners: dass Zuhörer anwesend waren, ist höchst unwahrscheinlich.

Über Motivation und Tragweite dieser bewegenden Ansprache McCoys schießen die unterschiedlichsten Hypothesen ins Kraut. Selbst bei vorsichtiger Lesart liegt aber auf der Hand, dass sie zumindest einen Wendepunkt in seinem Leben markiert.

Meine sehr verehrten Damen und Herren, geschätztes Kollegium, werte Frau Vorsitzende, liebe Gemeinde. Als ich gestern Abend zu Tisch saß – ich hatte mich für ein Restaurant mit vorzüglicher Küche und reellen Portionen entschieden, ließ es mir schmecken und sagte mir gerade wieder einmal, so könnte es ewig weitergehen –, da überkam mich zwischen dem siebten und dem achten Gang plötzlich ein seltsames Gefühl: Ich war nicht mehr hungrig. Ich hatte keinen Appetit mehr. Ich war satt.

Erschüttert legte ich Messer und Gabel beiseite. Aha, dachte ich, das ist es also. So fühlt es sich an, wenn du auf einmal nicht mehr der Alte bist, wenn dir das Heft aus der Hand genommen wird, wenn dein Stündlein schlägt. Eben noch beherzt bei der Sache, mit einem Kohldampf, der dir unvergänglich schien – und jetzt, *rumms*, das Ende. Wohl eine Viertelstunde lang saß ich, von diesen finsteren Bildern bedrängt, reglos über den erkaltenden Speisen. Dann schlug die Lähmung in Panik um. Ich sprang auf, riss das Tischtuch samt meinem Gedeck und der halb leeren dritten Flasche Wein zu Boden, setzte den herbeieilenden Kellner durch einen Fausthieb außer Gefecht, stürzte aus dem Restaurant und hörte erst auf zu rennen, als ich mich auf der Spitze des Fernsehturms am Alexanderplatz befand und jeder weitere Schritt ins Leere gegangen wäre.

Meine Damen und Herren, Sie ahnen längst, auf welche Botschaft diese sehr privaten Bekenntnisse Sie einstimmen sollen: Wir sind heute Abend hier versammelt, um schweren Herzens Abschied zu nehmen von unserem langjährigen Freund und Weggefährten K. L. McCoy. Ich darf wohl sagen, er hinterlässt eine Lücke, die so leicht niemand vollkriegen wird.

[Lautes, vielstimmiges Schluchzen im Publikum; die Mehrzahl der anwesenden Damen wird von Heulkrämpfen geschüttelt, eine Handvoll junger Männer ohnmächtig aus dem Saal getragen]

Keiner von uns, der unseren McCoy nicht sehr geschätzt, ja, mit der Zeit sogar richtig lieb gewonnen hätte; keiner, dessen Bewunderung ihm nicht sicher war, wenn er wieder aufbrach, einen neuen Gipfel zu erklimmen, und ich meine damit durchaus auch die Gipfel im übertragenen Sinn, also diejenigen der Literatur, der Ingenieurskunst, bisweilen auch der Unverfrorenheit.

[Vereinzeltes irritiertes Schnäuzen]

In der Hauptsache aber, meine Damen, meine Herren, denn nicht umsonst sind wir ja der Deutsche Alpenverein, in der Hauptsache spreche ich in der Tat von den Gipfeln, die uns am nächsten stehen: jenen der Berge. Denn McCoy hat sie fast alle bezwungen; daran darf und kann gerade in diesem Moment kein Zweifel bestehen!

Natürlich, unbestritten, es hat Phasen der Verirrung gegeben. Wir erinnern uns noch gut, wie unser Freund McCoy im November 1967, nachdem ihn das Timothy-Leary-Stipendium für einige Monate nach San Francisco verschlagen hatte, mit der These überraschte, die Höhe der Gebirge sei abhängig vom Grad der Berauschtheit ihrer Anwohner; unsere majestätischen Alpen erhöben sich mithin nur als Folgeerscheinung des in der Gegend betriebenen Hopfen- und Hanfanbaus, bei den Anden habe es sich, ehe die Inka begannen, an ihren Hängen Kokablätter zu kauen, um eine Tiefebene gehandelt, und der Himalaya sei ohne das in der Region beliebte Opium gar nicht denkbar.

[Zwischenrufe: »Zefix!«, »Pfei'grad!«, »So a Hiasl!«]

Wir haben nicht vergessen, dass angesichts derart haarsträubender Positionen nur die grenzenlose Gutmütigkeit unserer Vereinsführung McCoys Ausschluss aus dieser größten und herrlichsten unter den Alpinistengemeinschaften verhindern konnte. Aber wir wissen auch, dass McCoy gerade in jüngster Zeit auf rührende Weise versucht hat, sich für die Langmut seiner Bergkameradinnen und -kameraden zu revanchieren. Dem großen Plan, den er seit einigen Jahren in unser aller Interesse verfolgte, soll heute Abend unser ungeteilter Respekt gelten.

Ich darf kurz rekapitulieren, worum es ihm ging – was es war, das er da noch vor sich liegen sah, gipfelwärts, in der Sonne. In einer Zeit, liebe Trauergemeinde, da nichts mehr unmöglich, alles schon erreicht schien, hatte unser Kollege K. L. McCoy es sich zum Ziel gesetzt, neue Herausforderungen zu schaffen, besonders auch für die Jugend. Ja, er hatte sich dazu entschlossen, jener freundliche Riese zu sein, auf dessen Schultern zukünftige Generationen Erstbegehungen unternehmen, Gipfelfeste feiern und die atemberaubendsten Aussichten genießen können. Er wollte Grenzen nach oben verschieben, wollte es dem Nachwuchs ermöglichen, neue Höchstleistungen aufzustellen. So beabsichtigte er, eigenhändig Dutzende Ladungen Granit auf den Gipfel des Mount Everest zu tragen, um die

Höhe dieses Berges auf nie da gewesene neuntausend Meter zu steigern. Er wollte eingefahrene Routen wie die Rupal-Wand am Nanga Parbat oder die Dhaulagiri-Südwand durch gezielte Sprengungen und das Errichten gefährlicher Hindernisse wieder zu echten Aufgaben machen. Dass er außerdem vorhatte, den Marianengraben auf dem Grund des Pazifischen Ozeans »noch ein wenig auszukratzen«, erwähne ich nur beiläufig, denn das gehört ja nicht in unser Interessengebiet. Sehr wohl dagegen sein Einsatz für die gezielte Erforschung und Zucht des Yeti, den McCoy als überaus paarungswillig, schnellwüchsig, eiweißreich und wohlschmeckend beschreibt und der daher einen wichtigen Beitrag zur Lösung der Ernährungsprobleme einer stetig wachsenden Weltbevölkerung leisten könnte.

[Spontaner Applaus]

Leider, meine Damen und Herren, konnte McCoy all diese Pläne nicht mehr zu Ende führen; leider hat dieser leidenschaftliche Alpinist und Weltverbesserer jetzt, für uns alle unfassbar, seinen letzten Gipfel erklommen und hält dort die Ewige Jause.

Was ist ihm geschehen? Vorgestern Abend wurde er noch in der Wellness-Landschaft eines Hotels der gehobenen Kategorie in seinem geliebten Allgäu gesichtet, in der finnischen Sauna, auf der obersten Bank liegend, ein Scherzwort auf den Lippen. Als er bis zum Morgen nicht wieder herausgekommen war, ging der Bademeister ihn suchen – erfolglos. 110 Grad, jede halbe Stunde ein automatischer Aufguss: Wahrscheinlich, so der herbeigerufene Badearzt, sei der Vermisste unter diesen Bedingungen allmählich verdunstet, nach und nach durch das Abluftrohr entwichen und habe sich dann in der urgesunden Luft der Allgäuer Alpen, über den Gipfeln von Nebelhorn, Hochfrottspitze und Höfats aufgelöst, ohne eine Spur zu hinterlassen. Ein schrecklicher Gedanke, und dennoch: Ein schöneres Ende, meine Damen und Herren, könnte ich McCoy nicht wünschen.

[Empörtes Gemurmel]

Nicht doch, nicht doch – lassen Sie mich schließen. Ich weiß, von hier, von Berlin aus gesehen, liegen die Berge fern. Dennoch: Wenn ich den Kopf jetzt leicht nach hinten neige; wenn ich die Augen schließe; wenn ich mir die Nase zuhalte und einige Minuten die Luft anhalte – dann kann ich ihn sehen. Er sitzt in sonnendurchfluteten Höhen, ein Föhnwind spielt in seinem Bart, McCoy blickt milde lächelnd auf uns nieder, er teilt im Geist seine Brotzeit mit uns, leert auf unser Wohl seinen Flachmann in einem Zug und schreibt dann einen Sinnspruch ins Gipfelbuch. Er wartet auf uns.

Wir aber, die wir heute Nacht wohl doch nicht mehr wirklich ins Allgäu aufbrechen werden, wir wollen zumindest noch die Südwand des Prenzlauer Bergs zusammen ersteigen, nicht wahr, und eine Kneipe unserer Wahl aufsuchen und mal schauen, was heute noch so geht.

[Zustimmendes Raunen, allgemeines Schuheschnüren und Rucksackschultern, metallisches Klappern beim Griff nach Pickel, Steigeisen und Karabinerhaken]

Nicht anders würde unser unvergesslicher Freund an unserer Stelle handeln, denn eines, meine Damen und Herren, dürfen wir nie vergessen: Wir müssen uns McCoy als einen hungrigen und durstigen Menschen vorstellen.

[Beifälliges Schmatzen und Rülpsen, »Encore«- und »Bravo«-Rufe, Füßetrampeln, nicht enden wollender Applaus]

Fön aus der Asche

Michael: Ein Freitagabend in Prenzlauer Berg. Wir vier mal wieder in unserer Stammkneipe *Zum fröhlichen Tübinger.* Lehnen so am Tresen und tauschen Beauty-Tipps aus. Gerade erzähle ich den anderen, dass auf der Packung meiner Watte-Pads die Nummer einer Hotline steht und dass ich da morgen unbedingt anrufen will – da tritt dieser Riese durch die Tür.

Tilman: In der Kneipe erstirbt jedes Gespräch, auch die Espressomaschine verstummt; die CD, die den ganzen Abend rauf und runter läuft, bleibt bei ihrem besinnlichsten Stück hängen, und die magere Kellnerin ist »mal eben nach nebenan verschwunden«.

Florian: Der Riese hat den Bart eines Wikingers, den Teint eines Überseekoffers, den Bizeps eines Hafenkrans. Er räuspert sich und klopft sich eine Wolke grauen Staubs aus den Ärmeln, so viel sehe ich noch, doch Bruno knufft mich in die Seite: Es ist besser, wenn wir jetzt ganz unbeteiligt in unsere Teetassen blicken.

Bruno: Zu spät. Er steht schon hinter uns. Rumms, landen seine Pranken auf den Schultern von Tilman, der ganz links, und Florian, der ganz rechts lehnt.

Na, Jungs.

Michael: Am besten so tun, als wäre er nicht da. Oder zumindest so, als wäre es ganz normal, dass ein robuster Unbekannter ein bisschen Körperkontakt mit uns aufnimmt, und als würden wir uns gar nicht angeprochen fühlen, wenn hinter uns jemand »Na, Jungs« sagt.

Na, Jungs, könnt ihr denn schon rauchen?

Florian: Der Riese versteht es, einen aus der Reserve zu locken. Tilman fährt herum, mit blitzenden Augen, hochrotem Gesicht. Er ist ein bedächtiger Mensch, doch er hat seinen Stolz.

Tilman: Und ob wir rauchen können!

Das trifft sich gut.

Michael: Er hat sich zwischen uns an den Tresen gedrängt, bietet uns Zigaretten an aus einem zerknautschten Paket.

Ich bin übrigens schon mehrere hundert Jahre alt.

Bruno: Auf so was gar nicht erst näher eingehen, das ist unsere Devise. Sonst wird man Typen wie den nie wieder los. Eine mit ihm rauchen, okay; man will ihn ja nicht vor den Kopf stoßen. Aber keine Einzelheiten.

Florian: Er gibt uns Feuer. Der Tobak ist rabenschwarz und höllenstark. Doch die Stimme des Riesen dröhnt laut genug, dass wir auch bei unseren Hustenattacken noch ungefähr mitbekommen, was er sagt.

Ich bin übrigens sogar schon mehrere tausend Jahre alt.

Tilman: Klar, so schnell lässt er nicht locker. Wir verdrehen ein bisschen die Augen, rühren in unseren halb leeren Tassen herum, nehmen einen extra vorsichtigen Zug aus den Zigaretten, nicht auf Lunge, nur gepafft, und husten trotzdem gleich wieder los.

Ich heiße Klaus Luzifer McCoy. Das ist zumindest, was in meinem Pass steht. Aber in diesen Breiten bin ich auch unter dem Namen The Crawling Kingsnake bekannt – wenn ihr wisst, was ich meine.

Bruno: Wir wissen nicht, was er meint, aber wir nicken alle, und Michael murmelt sogar: Ach ja, richtig. Um unsere Köpfe herum langt The Crawling Kingsnake sich mit der Rechten ans Kinn und ordnet seinen undurchdringlichen Bart.

Ich hab euch lange gesucht, Jungs.

Michael: Das ist aber nur ein Traum hier, oder?, flüstere ich den anderen zu.

Tilman: Wenn das ein Traum ist, dann träumen wir heute alle dasselbe.

Michael: Stimmt. Aber, hey – haben wir uns das nicht immer gewünscht? Vier Jungs, die gemeinsam *einen* Traum träumen?

Tilman: Zwar schon. Aber wir haben es uns irgendwie anders vorgestellt.

Florian: The Crawling Kingsnake lässt sich durch das Getuschel von Michael und Tilman nicht aus dem Konzept bringen.

Nach so ein paar tausend Jahren, wisst ihr, da will man sich mal grundlegend verändern. Einen radikalen Schnitt machen, raus aus der Routine und so.

Bruno: Du, das kann ich total gut nachvollziehen, entfährt es mir.

Die Sache ist nämlich die, dass ich ganz gerne schreibe. Also kurze Prosa, auch mal Lyrik. Ziemlich abgefahrenes Zeug.

Tilman: Das stell ich mir schön vor! In kalten Nächten zum Beispiel, wenn man nicht schlafen kann. Einfach mal was für die Schublade oder für den Kohleofen oder fürs Etagenklo.

Ich sehe, wir verstehen uns.

Florian: Wäre dies dann nicht der Moment für einen harmonischen Abschied? Ich lasse es auf einen Versuch ankommen: Oh, da fällt mir ein, ich muss nach Hause, ich hab ja heute Abend noch Bronchitis.

Nee, nee, nee. Das fällt heute alles aus. Ich will euch nämlich ein Geschäft vorschlagen, Jungs. Das Zeug, das ich schreibe, das braucht die Bühne. Das will performt werden. Mit Musik. Ich hab da an eine Art Boygroup gedacht. Und ihr vier habt soeben das Casting gewonnen. Na, wie schmeckt euch das?

Michael: Also das ist natürlich ein ganz, ganz tolles Angebot von dir, Crawling Kingsnake. Aber so Texte und Musik und Bühne, das ist leider überhaupt nicht unser Ding. Wir sind alle eher kosmetik- und yogamäßig orientiert. Eine Tätigkeit im Außendienst wäre vielleicht noch denkbar, aber –

Bruno: O nein. Jetzt hat Michael den Bogen überspannt.

Was ich für mein Projekt will, sind frische, unverbrauchte Gesichter.

Tilman: Zum grollenden Klang dieser Worte schießen Crawling Kingsnakes Hände auf Michaels Kopf zu. Eine blitzschnelle

Drehbewegung, ein kurzer, knarrender Laut, und sein Gesicht – ist weg!

Florian: Michael scheint die Sache mit Humor zu nehmen. Schon immer hat er sich eine klassischere Nase gewünscht und einen dichten schwarzen Schnauzbart und so, und nun zappelt er ganz aufgeregt umher, weil er glaubt, er könnte das alles bekommen.

Bruno: Florian aber ballt die Fäuste und brüllt den Riesen an.

Florian: Sag mal, hast du sie noch alle? Der Michael ist mein Freund, ja? Ich hatte mich an seinen Anblick gewöhnt! Ich zähle bis drei, und dann gibst du ihm sein Gesicht zurück! Eins, zwei, zweieinhalb, zweizweidrittel –

Michael: Weiter kommt er nicht, denn The Crawling Kingsnake schnippt nur einmal kurz mit den Fingern, da zerfällt Florian vor unseren Augen zu einem Häufchen Asche.

Tilman: Bruno versucht einzulenken: Man könne die Dinge doch bei einer Tasse Tee in Ruhe besprechen, Voraussetzung sei allerdings, dass alle Beteiligten grundsätzlich bereit wären, sich aufeinander zuzubewegen. Und *wusch!* zerbröselt Bruno ebenfalls zu Asche, und auch ich spüre so ein entgrenztes Kribbeln.

Michael: Hat denn diese Person bei Ihnen kein Hausverbot?, will ich, auf den Riesen deutend, noch von der mageren Kellnerin wissen, die, Besen und Kehrblech in der Hand, gerade wieder hinter der Theke erscheint. Doch meine Stimme – löst sich – mit mir – auf.

Tja. So was. Unsere vier Jungs, auf vier Häufchen Asche reduziert. Damit ist ja dann wohl alles vorbei, oder?

Bruno: Moment, Moment! Unter Crawling Kingsnakes hungrigem, gleichsam körperlichem Blick kommt Bewegung in die vier Häufchen.

Tilman: Da organisiert sich etwas, da nimmt etwas Gestalt an.

Michael: Schon ist kein Zweifel mehr möglich: Was da aus der Asche wächst, sind wieder wir, Bruno, Tilman, Florian und ich. Ein bisschen blass vielleicht, ein wenig verpeilt, aber unverkennbar. Der Riese dagegen ist auf einmal verschwunden.

Florian: Wir klopfen uns den Staub von den Ärmeln. Fön!, jubeln wir dabei im Chor – ab jetzt nennen wir vier uns Fön, ja, das machen wir! Wir wollen euer Fön sein! Auf der Bühne, im Internet, überall!

Ja, das wollen sie, unsere vier Jungs. Und es klingt auch gar nicht mal schlecht. Aber die Wirklichkeit sieht natürlich anders aus.

Tilman: Die Wirklichkeit, ha!, die ist mal wieder so unwahrscheinlich, so haarsträubend, so absolut schräg, wie es eben nur die Wirklichkeit sein kann.

Michael: In Wirklichkeit sind wir nur Gefäß. Vier Jungs, euer Fön, das ist alles bloß Hülle, Fassade, Camouflage. Dahinter aber steckt ein ganz anderer und zieht unbeirrbar seine Show durch: Dahinter steckt Klaus Luzifer McCoy alias The Crawling Kingsnake. So. Jetzt ist es mal raus.

Selbstporträt Nr. 911

Asche und Leim auf Metall, 14 x 4 cm

Restauration Zum Fröhlichen Tübinger, Berlin-Prenzlauer Berg

»Noch einmal jung sein, Krawatte tragen, Spielbein vorstrecken und dem Porträtisten ins Auge gucken, als wollte man sagen: Willst du ein Passbild von mir, du Opfer? – *das wär's. Aber nicht ich, andere sollen das machen. Und mehr.« Diese Inschrift an der Wand unserer Stammkneipentoilette hätte uns Warnung genug sein können. Doch wie einst der babylonische König Belsazar konnten oder wollten wir nicht verstehen, was klar und deutlich in aramäischer Schrift vor uns geschrieben stand. Wir waren blind, stumm und taub. Jetzt sind wir Fön.*

PIPER ORIGINAL

Falko Hennig

Radio Hochsee

139 Seiten. Klappenbroschur

Falko Hennig reist aufs Land – und macht Erfahrungen mit der Heißen-Kühlschrank-Karte und dem Häßlichen-Biber-Ticket. Gibt's nicht, sagen Sie? Stimmt, könnte aber gut sein: Falko Hennig beobachtet den täglichen Aberwitz in unserem Leben und übertreibt, maßlos. Er erzählt von esoterischen Autowerkstätten und lispelnden Kellnern, von Dönerschorle und unvorstellbaren Geräuschtapeten.
Ausgestattet mit dem Wortwitz und der Phantasie des großen Komikers gelingen Falko Hennig hinreißende Szenen und reihenweise verblüffende Pointen. Wie würde sein legendärer Kellner sagen: »Daß müßen ßie leßen!«

04/1032/01/L

PIPER

Jakob Hein
Vielleicht ist es sogar schön

165 Seiten. Gebunden

»Meine Mutter war vierundfünfzig Jahre alt, als sie eines Tages unerwartet anrief und bat, noch an diesem Abend vorbeizukommen.« – So beginnt Jakob Heins kurze Geschichte seiner Familie. Sie beginnt mit einem Ende. Denn das, was die Mutter seinem Bruder und ihm anzukündigen hat und nicht am Telefon geschehen kann, ist die Nachricht von ihrer lebensgefährlichen Erkrankung. Aber natürlich ist das nicht das Ende, kann es nicht sein. Man darf nur nicht die Kontrolle verlieren. Die eigenen Gedanken unter Kontrolle zu halten und alles zu erfahren über diese Krankheit seiner Mutter, das ist die Absicht des Sohnes. Unwillkürlich beginnt er sich zu erinnern an das Leben mit ihr. Nichts spricht doch dafür, sagt er sich verzweifelt, daß die Mutter jetzt schon sterben wird.
»Vielleicht ist es sogar schön« ist klug, wütend und tröstlich zugleich. Jakob Hein erzählt von dem Tod seiner Mutter und verbindet die literarische Erinnerung mit dem Porträt einer außergewöhnlichen Familie.

01/1372/01/R